Christa Canetta

Die Heideärztin

Sehr verehrte Leserin,
sehr verehrter Leser,

unsere Welt wird immer schnelllebiger, unser Alltag immer hektischer. Gerade deshalb sind die schönen, unbeschwerten Momente, in denen wir innehalten und uns zurücklehnen, so kostbar.

Ich persönlich greife in solchen Momenten gerne zu einem guten Buch. Eine spannende und unterhaltsame Geschichte hilft mir, schnell abzuschalten. Beim Lesen vergesse ich die Sorgen des Alltags.

Doch manchmal ist es gar nicht so einfach, ein gutes Buch zu finden. Dabei gibt es so viele Autorinnen und Autoren, die mit ihren Geschichten die Leser in ihren Bann ziehen. Solche Highlights der Unterhaltungsliteratur bringt jetzt die vielseitige UNIVERSO-Taschenbuchreihe zusammen. Die von uns sorgfältig ausgewählten Bücher reichen von frechen Frauenromanen über spannende Krimis bis hin zu großen Liebesgeschichten und historischen Romanen.

Die kleine, aber feine UNIVERSO-Auswahl möchten wir gerne auch mit Ihnen teilen. Mir bleibt nur, Ihnen viel Spaß und Entspannung beim Lesen und Träumen zu wünschen.

Herzlichst
Ihr

Siegfried Lapawa
Verleger Karl Müller Verlag

Christa Canetta
Die Heideärztin

Roman

Über die Autorin:
Christa Canetta ist das Pseudonym von Christa Kanitz. Sie studierte Psychologie und lebte zeitweilig in der Schweiz und Italien, arbeitete als Journalistin für den Südwestfunk und bei den Lübecker Nachrichten, bis sie sich schließlich in Hamburg niederließ. Seit 2001 schreibt sie historische und Liebesromane.

Genehmigte Lizenzausgabe
Universo ist ein Imprint des Karl Müller Verlages –
SILAG Media AG, Liebigstr. 1–9, 40764 Langenfeld

Copyright © 2013 by dotbooks GmbH, München
Umschlagfotomotiv: Thinkstockphoto/Hemera

Dieses Buch wurde auf Pamo Classic von Arctic Paper gedruckt.

ISBN-Nr. 978-3-95674-152-4
Printed in EU 2014

Für Thorsten

I

Der schrille Schrei des Telefons riss Sabine aus dem ersten Tiefschlaf dieser Nacht. Erschrocken und verwirrt setzte sie sich auf und griff zum Hörer. Die Leuchtziffern des Weckers zeigten genau zwei Uhr an.

»Büttner«, murmelte sie verschlafen.

»Schnell, Doktor Büttner, Sie werden in der Notaufnahme gebraucht.«

»Aber ich habe doch heute keinen Bereitschaftsdienst«, protestierte Sabine, weil sie wusste, dass solche Versehen in der Zentrale durchaus passierten.

»Sie werden gebraucht, bitte beeilen Sie sich«, mahnte die ungeduldige Frauenstimme am anderen Ende der Telefonleitung.

»Bin schon unterwegs«, rief Sabine und sprang aus dem Bett. Nach der Betätigung eines kleinen Schalters auf dem Nachttisch ging in der ganzen Wohnung das Licht und in der Küche die Kaffeemaschine an. Diese Installation hatte sie ein kleines Vermögen gekostet, aber sie half ihr bei plötzlichen Einsätzen, schnell ganz wach zu werden und sich in Windeseile fertig zu machen. Mit dem gleichen Knopfdruck eines Schalters neben der Eingangstür konnte sie alle elektrischen Geräte und Lampen wieder ausschalten.

Es war nur ein kleines Appartement im Ärztehaus, das Sabine bewohnte – Wohnzimmer, Schlafzimmer, Küche und Bad –, aber sie liebte ihr Domizil, und es genügte ihr, weil sie die Räume im Laufe der Jahre sehr persönlich eingerichtet hatte.

Sabine lief ins Bad, spritzte sich Wasser ins Gesicht und Zahncreme in den Mund – fürs Zähneputzen blieb bei einem solchen Anruf keine Zeit –, streifte die weiße Kleidung über, die immer bereitlag, trank etwas von dem brühheißen Kaffee und schlüpfte in Arztkittel und Schuhe. Dann griff sie nach der

Notarzttasche, die ihren Platz neben der Wohnungstür hatte, warf das dunkelblaue Lodencape über die Schultern, löschte das Licht und zog die Tür ins Schloss. Sie lief den Flur entlang zum Treppenhaus. Auf den Lift verzichtete sie nachts, der hatte nämlich so seine Tücken. Sie war aus der zweiten Etage schneller unten, wenn sie lief, als wenn sie irgendwo im Lift stecken blieb.

Draußen empfing sie eine bitterkalte Nacht. Obwohl der Kalender Mitte März anzeigte, verbiss sich ein eisiger Nordostwind in ihrer Haut. Ein paar vereinzelte Laternen zeigten ihr den Weg durch den Park zum Krankenhaus. Rechts und links auf dem Rasen, wo das Licht hinfiel, spiegelte sich glitzernder Raureif in hundertfachen Farben. Aber für die Schönheit der Natur hatte Sabine Büttner in dieser Nacht keine Zeit. Sie versuchte, auf dem frostigen Boden die Balance zu halten und so schnell wie möglich das Haupthaus zu erreichen.

Vor dem Eingang zur Notaufnahme herrschte Hochbetrieb: Krankenwagen mit Blaulicht, aber ohne Martinshorn fuhren vor und wieder fort, Schwestern, Ärzte und Sanitäter eilten hin und her. Leise Kommandos und hundert Fragen füllten die hektische Atmosphäre.

Sabine blieb einen Augenblick neben der Außentür stehen. Ihr Herz jagte, und sie musste tief durchatmen, um dieses Herzrasen zu bekämpfen. Sie lehnte sich gegen die Wand, weil ein leichter Schwindel festen Halt forderte. ›Jochen Bellmann muss mich durchchecken‹, dachte sie erschrocken, ›diese Herzattacken nehmen zu. Ist ja auch kein Wunder bei diesem Stress. Da hat man nach sechsunddreißig Stunden Bereitschaftsdienst endlich eine Nacht lang Ruhe, und dann wird man doch aus tiefstem Schlaf gerissen. Eigentlich habe ich nichts gegen die Hektik, aber vielleicht sollte ich doch ab und zu auf meinen Körper hören.‹

Sabine griff in die Tasche und zog die Briefchen mit den Tenormin-Tabletten heraus. ›Zur Not muss es eben ohne Wasser gehen‹, dachte sie und zerkaute das bittere Medikament. Seit drei Monaten hatte sie diese Tabletten immer griffbereit. Sie war Ärztin genug, um zu wissen, was Herzrhythmusstörungen bedeuteten. ›Aber mit dreiunddreißig ist es einfach zu früh für solche Medikamente‹, schalt sie sich. ›Ich sollte mir endlich die ruhige Landarztpraxis suchen, von der ich während des Studiums geträumt habe. Wenn da nicht Axel wäre ...‹ Und dann dachte sie für einen Augenblick an den Chirurgen Axel Bentrop. Ein Lächeln huschte über ihr Gesicht, als sie ihren Verlobten in Gedanken vor sich sah. Seinetwegen blieb sie im Unfallklinikum Großbresenbek. Er war der stellvertretende Chefarzt und würde die Klinik nie verlassen. Für einen flüchtigen Moment dachte sie sogar an ihre Hochzeit, die für Ostern geplant war. ›Vielleicht gelingt es mir dann, als seine Frau, ihn von dieser Hektik zu lösen und einen ruhigeren Lebensrhythmus für uns beide zu finden.‹

Sabine atmete noch einmal tief ein. Das Herz hatte sich beruhigt.

Sie ging in die Notaufnahme und erkundigte sich am Zentralverteiler: »Doktor Büttner, wo werde ich gebraucht?«

Eine Mitarbeiterin suchte im Computer. »Drittes Obergeschoss, Station vier. Man wartet auf Sie.«

»Was ist da los? Wer erwartet mich?«

»Weiß ich nicht«, erklärte die Schwester. »Ist heute Nacht sehr turbulent. Es gab einen Unfall am Rangierbahnhof. Wir sind überfüllt. Man wird Sie oben einteilen, Doktor.«

Sabine eilte zur Treppe, da die Aufzüge mit Krankentragen besetzt waren. Atemlos nahm sie immer zwei Stufen auf einmal. ›Komisch‹, dachte sie, ›auf der Drei und Vier gibt's doch gar keinen akuten Unfalldienst. Da liegen Rekonvaleszenten.‹

Endlich war sie oben. Sie wartete einen Augenblick, um ihren keuchenden Atem zu beruhigen, dann öffnete sie die Glastür. Außer einigen Notleuchten war der Flur dunkel.

›Seltsam‹, dachte Sabine, ›hier schlafen doch alle. Außerdem ist das die Station von Jochen Bellmann, der würde mich nie aus dem Schlaf reißen.‹ Leise ging sie den Flur entlang. Hinter der Tür mit der Aufschrift »Stationsschwester« brannte Licht. Sie klopfte leise und trat ein. Am Schreibtisch saß keine Nachtschwester, sondern der Arzt persönlich.

»Hallo«, sagte sie leise, »was ist denn los, Jochen?«

Der Arzt stand auf, reichte ihr die Hand und bat sie: »Komm mit, ich muss dir etwas zeigen.«

Sprachlos sah sie ihn an. »Nur um mir etwas zu zeigen, holst du mich mitten in der Nacht aus dem Bett?«

»Warte es ab.«

Sabine schüttelte den Kopf, folgte ihm aber über den langen Flur. Jochen Bellmann war der rücksichtsvollste Mann, den sie kannte, und seit vielen Jahren ein guter Freund. Als sie in der Klinik anfing, damals, als Assistenzärztin, hatte er sie unter seine Fittiche genommen und ihr den Einstieg auf jede erdenkliche Art leicht gemacht. Als Oberarzt hatte er sie vor eifersüchtigen Schwestern geschützt, die der jungen, gut aussehenden Ärztin das Leben zur Hölle machen wollten. Er hatte sie in Schutz genommen, wenn bei der Arbeit Schwierigkeiten aufgetaucht sind, hatte für genügend Freizeit gesorgt, in der sie sich vom Stress der Unfallklinik hatte erholen können, und hatte ihr geholfen, sich in der fremden Großstadt zurechtzufinden. Er hatte sie auf ihrem Weg die Karriereleiter hinauf unterstützt und zu dem gemacht, was sie heute war: eine kompetente, energische, von allen geachtete Medizinerin, der die Klinikleitung großes Vertrauen entgegenbrachte.

Und dann hatte sie Axel Bentrop kennen gelernt und sich sofort in den neuen stellvertretenden Chefarzt verliebt. Er war charmant, umwarb sie mit Zärtlichkeiten, mit Blumen und kleinen Präsenten, führte sie zum Essen aus und fuhr sie in seinem schnittigen Porsche durch die Gegend, wenn es die Zeit erlaubte. Er verkörperte alles, was sie sich von einem Mann erträumt hatte – obwohl, viel Erfahrung mit Männern hatte sie nicht.

Jochen Bellmann, der diese Entwicklung mit Sorge, Wut und Traurigkeit beobachtet hatte, zog sich aus ihrem Leben zurück. Er blieb ihr Freund, wenn sie Hilfe brauchte, aber er ließ sie nun allein auf ihrem Weg die Karriereleiter hinauf und in die Arme von Axel Bentrop.

Sie gingen bis ans Ende des langen Flurs. Die dicken Gummisohlen der Ärzteschuhe, die jeder auf der Station trug, machten keinerlei Geräusch. Als Bellmann vor einer der letzten Türen stehen blieb, legte er seinen Zeigefinger auf die Lippen. Dann stieß er ganz plötzlich die Tür auf, bediente gleichzeitig den Lichtschalter und trat zur Seite. Geblendet starrte Sabine in den Raum. Was sie sah, trieb ihr Herz zur Raserei. Auf dem Krankenbett im leeren Privatzimmer lag ihr Verlobter, eng umschlungen von den Armen und Beinen einer Lernschwester, und befand sich im Endstadium sexueller Befriedigung. Hartes Keuchen und helle, schrille Schreie zeigten das nahende Ende der Vereinigung an. Die beiden Liebenden waren so vertieft, dass sie weder die aufschlagende Tür noch das blendende Licht, noch die Besucher im Türrahmen bemerkten. Versteinert von dem Anblick, blieb Sabine stehen, bis sich die Erregung auf dem Bett gelegt hatte und die Umschlungenen ihre Umwelt wieder wahrnahmen. Als die Augen ihres verblüfften Verlobten sich erschrocken auf sie richteten, drehte sie sich um und verließ das Zimmer. Sie hörte, wie er ihren Namen rief, aber sie ging mit erhobenem Kopf und ohne zu wanken den langen Flur zurück ins Zimmer der Stationsschwester. Erst als der Freund die Tür hinter ihr geschlossen hatte, brach sie schockiert zusammen. Bellmann versuchte, sie zu trösten und zu beruhigen.

Langsam drang das Erlebte in ihr Bewusstsein ein. Sie barg ihr Gesicht in den Händen und versuchte ganz ruhig zu atmen, doch es dauerte lange, bis sie sich so weit gefasst hatte, dass sie fragen konnte: »Warum? Warum hast du das gemacht?«

»Es war der eindrücklichste Weg, es dir zu sagen. Oder hättest du mir geglaubt, wenn ich es dir nur erzählt hätte?«

»Nein«, sagte sie mit heiserer Stimme. »Nein, ich hätte dir nicht geglaubt.« Hätte man sie in diesem Augenblick gefragt, was sie fühle, sie hätte es nicht beschreiben können. Ihre Empfindungen wirbelten in einem solchen Tempo durcheinander, dass sie keinen zusammenhängenden Gedanken fassen konnte. Dann sah sie die Sorge in den Augen des Freundes. »Du warst brutal, aber du hast richtig gehandelt.«

»Siehst du, das dachte ich mir.«

»Seit wann ...?«

»Seit Wochen. Mit wechselnden Personen.«

»Und heute? Warum heute?«

»Ich wusste, dass die Zeit in dieser Nacht reichen würde, um dich zu holen.« Er legte seinen Arm um ihre Schulter, aber alles, was Sabine sah und hörte, waren diese umschlungenen Körper und das Keuchen der Leidenschaft da hinten in dem dunklen Zimmer.

Sie löste sich aus dem Arm, der sie hielt. »Wusste er, dass du ...?«

»Nein. Ich weiß es selbst erst seit fünf Tagen, aber im Haus ist die Sache anscheinend seit langem bekannt. Ein paar Schwestern sind sehr eitel, die müssen einfach plaudern, wenn sie Erfolg bei ihm hatten.«

Sabine atmete tief ein. »Danke, dass du mich auf so drastische Weise gewarnt hast. Ich glaube, ich möchte jetzt gehen.« Sie wusste, wenn sie die nächsten Stunden überstehen wollte, musste sie jetzt allein sein. Und langsam, ganz langsam verwandelte sich die bittere Enttäuschung in einen gesunden Zorn.

»Ich begleite dich. Ich muss nur noch die Nachtschwester zurückbitten.« Er drückte auf einen Knopf auf einer Tafel an der Wand.

Kurz darauf betrat eine ältere Schwester den Bereitschaftsraum. »Alles erledigt?«

»Danke, ja.« Bellmann zog seinen Mantel an, reichte Sabine ihr Cape und führte sie durch die Station, die Treppe hinunter, durch die Notaufnahme und durch den Park. Vor der Tür zum Ärztehaus sah Sabine ihn an. »Ich möchte jetzt bitte allein sein.«

»Ich verstehe. Aber ruf mich an, wenn du mich brauchst. Meine Handynummer hast du ja, ich bin Tag und Nacht für dich da, das weißt du.«

»Ja, danke.« Sabine ging ins Haus, stieg die Treppen hinauf und öffnete ihre Wohnungstür. Diesmal machte sie kein Licht mit dem exklusiven Schalter. Sie schleppte sich ins Wohnzimmer, dann ließ sie sich schluchzend auf die Couch sinken. Sie wusste, dass in diesen Minuten nicht nur ihre Lebensplanung erloschen war, sondern dass auch ihre Arbeit in dieser Klinik augenblicklich beendet war. Hinter ihrem Rücken würde geredet und mit dem Finger auf sie gezeigt werden, und schadenfrohes Grinsen würde ihre Arbeit begleiten. Sie weinte und spülte mit den Tränen ihre Träume und ihre Zukunft fort.

Jochen Bellmann zögerte im Park. Konnte er Sabine nach diesem Schock wirklich allein lassen? Wäre es nicht besser gewesen, bei ihr zu bleiben, sie zu trösten, ihr in seinen Armen Schutz und Geborgenheit zu bieten? Er schüttelte den Kopf. ›Nein‹, dachte er, ›sie ist jetzt erschüttert, schockiert und fassungslos, aber sie ist auch stark, sie wird damit fertig. Ich werde morgen nach ihr sehen. Wenn sie frei hat, gehe ich zu ihr, wenn sie Dienst hat, treffe ich sie auf der Station. Vielleicht ist sie wütend auf mich, weil ich sie praktisch in diese Ernüchterung hineingestoßen habe. Aber ich musste es tun. Bentrop ist ein schrecklicher Casanova, und ich konnte nicht zulassen, dass eine ehrliche und selbstlose Frau wie Sabine in solch eine Falle stolpert. Sie ist in intimen menschlichen Angelegenheiten einfach zu naiv. Sie ist eine wunderbare Ärztin, und ich würde mein Leben in ihre Hände geben, aber als Mensch ist sie zu arglos und zu leichtgläubig.‹

Langsam ging er zurück zur Notaufnahme. Er erinnerte sich, wie hinter Sabines Rücken über ihre Liebe und die bevorstehende Hochzeit getuschelt worden war. Lange Zeit wusste er nicht, weshalb man über sie redete, bis er per Zufall hörte, wie sich zwei junge Ärzte über Bentrop unterhielten: Sie achteten ihn als Mediziner, und sie bewunderten sein chirurgisches Können, aber sie bezeichneten ihn auch als Playboy und unersättlichen Schürzenjäger.

Als er heimlich nachforschte, war seine Bestürzung groß, und er wusste, dass er Sabine vor einem großen Fehler bewahren musste. Selbst auf die Gefahr hin, dass sie ihm das nie verzeihen würde, musste er sie mit der Wahrheit konfrontieren – und zwar auf diese grausame Weise. Hätte er sie mit Worten zu überzeugen versucht, hätte sie ihn ausgelacht und ihm kein Wort geglaubt, das hatte sie ihm eben selbst bestätigt. ›Sie tut mir Leid, aber ein heilsamer Schock ist besser als eine unglückliche Ehe‹, überlegte er und ging zum Eingang des Krankenhauses zurück.

Im Osten kündigte sich erstes Morgengrauen an. In der Notaufnahme herrschte noch immer Hochbetrieb. Der Unfall auf dem Rangierbahnhof hatte mehr Verletzte gefordert, als man zunächst angenommen hatte. Ein Kesselwagen mit Benzin war entgleist und in eine Baracke gerast, in der die Rangierarbeiter gerade eine Mitternachtspause eingelegt hatten.

Jochen Bellmann ging zu seiner Station. Auch hier würden in dieser Nacht alle Betten belegt werden. Aber noch war es ruhig. Er ging in sein Sprechzimmer, weil die Bettenbelegung neu eingeteilt werden musste. Immer wieder jedoch schweiften seine Gedanken hinüber zur anderen Seite des Parks. Was würde Sabine gerade machen? ›Weinen‹, dachte er, ›sie wird weinen.‹ Er sah sie vor sich, das hellblonde Haar zerdrückt und ungekämmt und den Kopf in einem Kissen vergraben. ›Sie ist so zart und so überaus sensibel‹, dachte er. Gleichzeitig wusste er aber auch, dass diese zierliche Frau eine unglaubliche Stärke und Ausdauer besaß. Ohne diese hätte sie die zehn Jahre im Klinikum Großbresenbek nicht durchgehalten.

Aber wie würde es nun weitergehen? Konnte er ihr helfen? Durfte er sich noch stärker einmischen? Damals, als sie in die Klinik gekommen war, um als Assistenzärztin zu arbeiten, hatte er ihr geholfen, weil er sich im allerersten Augenblick in das hübsche Mädchen verliebt hatte. Aber diese Liebe war von ihr nicht erwidert worden. Sie war dankbar, freundlich und lernbegierig gewesen, nicht mehr und nicht weniger. Nach dieser Einsicht hatte er seine Gefühle zuerst verheimlicht und schließlich begraben – aber er blieb stets ihr Freund. Und so hatte er sie als Freund beim gemeinsamen Nachtdienst am Patientensimulator gelehrt, Kranke umzubetten, er hatte ihr Handgriffe gezeigt, die die Schwestern perfekt beherrschten, von denen die junge Ärztin aber keine Ahnung hatte. In seinen Armbeugen hatte sie üben dürfen, Spritzen richtig zu setzen und die Venen auf Anhieb zu treffen ...

Und dann war der neue stellvertretende Chef gekommen, dieser Casanova Bentrop; mit dem er nicht Schritt halten konnte. Dieser Adonis von fast zwei Metern und einem draufgängerischen Charme hatte die Herzen aller Frauen im Sturm erobert. Da hatte er, der kleine Oberarzt, rundlich, unsportlich und mit schütterem Haar, nicht mithalten können. Aber sein Helfersyndrom war geblieben. Auch wenn die intimen Gefühle für Sabine scheinbar gestorben waren, sein Herz und sein Verstand gehörten ihr.

Ungeduldig erhob sich Jochen Bellmann von seinem Stuhl, ging ein paar Schritte, um sich gleich darauf wieder hinzusetzen. Sabine entsprach in allen Punkten dem, was er sich je von einer Frau erhofft hatte – sie war treu, sensibel und selbstlos, gleichzeitig besaß sie trotz ihrer inneren Stärke eine Aura der Verletzlichkeit, die seinen Beschützerinstinkt wachrief. Wie würde es nun weitergehen? Er merkte in diesem Moment, dass seine intimen Gefühle für sie damals wohl doch nicht gänzlich erloschen waren, denn er fühlte, wie sie in seinem Innern neu aufflammten. Sollte er es noch einmal wagen, sie für sich zu gewinnen? Konnte man eine verletzte Seele in solch einer Situation überhaupt durch neue Liebe retten? Wie würde sie reagieren, wenn er jetzt versuchte, erneut um sie zu werben? War sie überhaupt stark genug, sich dem Getuschel im Haus zu stellen, stand sie über diesen Dingen oder zerbrach sie daran – vielleicht in diesem Augenblick?

Bellmann spürte, wie ihm plötzlich der Schweiß ausbrach. War das Angst davor, Sabine nun ganz zu verlieren? Sollte er nicht doch zu ihr laufen, sie einfach in die Arme nehmen? Denn, sollte sie sich entscheiden, die Klinik zu verlassen, konnte er ihr auf keinen Fall folgen.

Seine Existenz und seine Zukunft waren mit der Arbeit hier so eng verbunden, dass eine Trennung ihn zerrissen hätte. Großbresenbek und die Patienten, das war ganz einfach sein Leben.

Und dann hörte er, wie draußen auf dem nächtlichen Flur das Leben Einzug hielt. Krankes, verletztes Leben, und hier war unmittelbare Hilfe gefragt. Seine Station wurde mit Männern belegt, die ganz andere Leiden erdulden mussten als er selbst, denn eine Trennung von Sabine würde Leid bedeuten, das wusste er genau.

II

Sabine weinte nicht lange. Zorn und Stolz besiegten die Tränen schneller, als sie selbst erwartet hatte. Sie knipste die Stehlampe an und ging in ihre winzige Küche, um sich den Kaffee zu holen, den sie vorhin nicht ausgetrunken hatte.

Sie starrte in die Tasse mit der kalten, schwarzen Flüssigkeit und dachte: ›Aus! Vorbei! Alles zu Ende! So schnell geht das also.‹ Dann sah sie sich in dem gemütlichen Zimmer um. Auch das würde bald der Vergangenheit angehören. ›Schade, aber es ist eben alles aus, ich werde rigoros alles aufgeben: die Wohnung, die Arbeit, die Freunde, die idiotische Hochzeit, die ich geplant, und die Familienidylle, von der ich geträumt habe.‹ Mit zwei kräftigen Schlucken leerte sie die Tasse und stellte sie ab. ›Keine Zeit mehr zum Träumen‹, überlegte sie wütend, ›ich muss und ich werde mich der Realität stellen. In der Klinik kann ich nicht bleiben. Ich würde zum Gespött der Mitarbeiter. Wer weiß, wie lange die schon hinter meinem Rücken gelacht und getuschelt haben. Sie wissen es alle, hat Jochen gesagt. Manche werden Schadenfreude spüren lassen, andere werden mich bemitleiden, und beides will ich nicht. Also muss ich gehen.‹ Sie fuhr sich mit den Fingern durch die blonden Locken und dachte an die Pläne, die sie früher einmal gehabt hatte.

›Früher? Mein Gott, wann war das? Es muss eine Ewigkeit her sein, dass ich von einer Praxis auf dem Land geträumt habe, von einem gemütlichen Strohdachhaus und von Menschen, die mit all ihren Sorgen zu mir kommen. Die mir ihr Leben anvertrauen und mich einbeziehen in ihre Familien und in eine wunderbare Gemeinschaft.‹ Aber Sabine wusste auch, dass derartige Träume blankes Wunschdenken waren. Diese heile Welt gab es schon lange nicht mehr, auch in der Abgeschiedenheit eines Dorfs nicht. ›Arbeitslosigkeit, Abwanderung, Existenzangst und Sorgen beherrschen die Dörfer heute‹, überlegte sie und dachte an verlassene Höfe, an brachliegende Felder und verwilderte Bauerngärten. ›Trotzdem‹, machte sie sich Mut, ›ich werde es versuchen. Ich werde die Ärmel hochkrempeln, in die Hände spucken und mich nicht unterkriegen lassen. Und ich werde sofort damit beginnen.‹ Sie zog die Gardine zurück und ließ die kühle Märzmorgensonne ins Zimmer. Dann holte sie ihren Laptop hervor, fuhr das Textverarbeitungsprogramm hoch und schrieb ihre Kündigung – kurz, stolz und selbstbewusst. Danach rechnete sie aus, wie viel Urlaub ihr noch zustand. ›Ich werde heute noch kündigen, sofort Urlaub nehmen und dann nicht mehr wiederkommen. Schade, ich war gern hier, die Patienten sind mir oft sehr ans Herz gewachsen, manche schreiben mir heute noch oder schicken mir Urlaubskarten, und sogar die kleinen oder größeren Intrigen eifersüchtiger Schwestern habe ich ertragen. Ich habe mich durchgesetzt, und man hat mich anerkannt Am Anfang war's eine schwere Zeit, aber da gab es Jochen Bellmann, und dann wurde es von Jahr zu Jahr besser, und zum Schluss war ich wirklich gut. Aus! Vorbei!‹

Sie ging in ihr Badezimmer, ließ Wasser in die Wanne laufen und legte die Arztkleidung ab. ›Fünf Uhr‹, überlegte sie, ›da kann ich ein heißes Bad nehmen und noch ein paar Stunden schlafen, und morgen habe ich frei. Dann werde ich mich um die Zukunft kümmern.‹ Sie glitt tief in das heiße Wasser und atmete den lieblichen Jasminduft des Badeöls ein, das sie schon ewig benutzte. Den Raum füllte dichter Badedampf und beschlug den Spiegel über dem Waschbecken. Die inneren Verspannungen lösten sich und wichen wohltuender Müdigkeit.

Und dann war an Schlaf doch nicht zu denken. Die unsichere Zukunft und viele Erinnerungen zogen durch ihre Gedanken. Und immer wieder sah sie das Paar auf dem Bett vor sich, die bestrumpften Beine der Lernschwester, die sich um den weißen Kittel des Mannes schlangen.

›Meines Mannes‹, dachte sie wütend, ›meines beinahe Mannes! Können diese Mädchen nicht die Finger von einem fast verheirateten Mann lassen? Musste dieser Casanova sich anderweitig bedienen? War ich ihm nicht gut genug? Hab' ich ihn zu lange warten lassen? Aber ich habe nun einmal meine Prinzipien, und ich habe nicht vor, davon auch nur einen Schritt abzuweichen. Erst die Ehe, dann das eheliche Vergnügen. Vielleicht bin ich zu altmodisch in dieser Beziehung, aber meine Achtung vor mir selbst ist mir wichtiger als die Lusterwartungen eines Mannes.‹ Sie strich über ihre Bettdecke und war überrascht von der sehr genauen Erinnerung an die vielen Gespräche, die sie und Axel geführt hatten, an Träume und an Liebesbeteuerungen, die sie sich gegenseitig gemacht, und die Zärtlichkeiten, die sie ausgetauscht hatten, die aber alle vor der Schlafzimmertür enden mussten. ›War das ein Fehler? Diese geschlossene Tür? Dieser Schurke, dieser Wüstling.‹

Sie stand wieder auf und ging ins Bad, um das Gesicht zu kühlen. Als der Spiegel ihr Portrait zurückgab, sah sie Augen voll wilder Wut und ein selbstbewusstes Lächeln. Eine Aussprache würde es nicht geben. Nein, was sie gesehen hatte, nachts auf Station vier, war an Klarheit nicht zu überbieten.

Zurück in ihrem Bett, zog sie Bilanz: ›Existenz, Liebe, Zufriedenheit und Wohnung – alles weg. Was bleibt? Ich bleibe‹, dachte sie trotzig. ›Ich bleibe und mein Stolz, meine Kraft, meine Energie, mein Selbstbewusstsein, mein Können, und finanziell bin ich zum Glück unabhängig.‹

Sabine dachte an ihre verstorbenen Eltern, die ihr ein Vermögen hinterlassen hatten. Unerwartet und viel zu früh waren sie während einer Expedition bei einem Flugzeugabsturz über dem peruanischen Urwald ums Leben gekommen. Ihr Vater, Hobbyarchäologe und besessen von der Erforschung der frühen Inkadynastien, hatte jede Minute freier Zeit in die Forschung gesteckt. Als er fünfzig wurde und die

Silberhochzeit überstanden war, wie er liebevoll betonte, hatte er das familieneigene Stahlwerk in Essen verkauft, einen Teil des Vermögens seiner Tochter überschrieben und dann mit seiner Frau zusammen die abenteuerlichsten und gefährlichsten Reisen unternommen.

Sabine war gerade zwanzig Jahre alt, als das Unglück geschah. Zu dem Leid über den Verlust der geliebten Eltern kam die Angst vor der Zukunft. Geldsorgen hatte sie nicht, denn sie war Alleinerbin, aber das Alleinsein, das Fertigwerden mit dem Leben, das sie bisher in der Geborgenheit der elterlichen Liebe geführt hatte, machte ihr Angst. Aber diese Angst machte sie auch stark. Und bis heute hatte sie diese Stärke nie verlassen. ›Ich brauche nicht die Schulter eines Mannes, um mich daran auszuruhen, ich brauche nicht das Gehalt eines Klinikdirektors, um gut leben zu können. Ich werde mich vollständig neu orientieren, ich werde nur noch tun, wozu ich Lust habe, und mir eine Arbeit suchen, die mich erfüllt. Ich bin gern Ärztin, und jetzt werde ich die Praxis suchen, von der ich schon so lange träume. Keine Spezialpraxis für dies oder das, sondern eine Praxis für alle Leiden und für alle Menschen. Eine Praxis auf dem Land, die für alle offen ist: für die Großen und die Kleinen, für die Alten und die Jungen, für die Gutbetuchten und für die Armen – für alle eben.‹ Und mit dem Gedanken an ein gemütliches Heim mitten im blühenden Heidekraut schlief sie endlich ein.

Sabine hatte gerade ihr Frühstück beendet, als Jochen Bellmann an der Wohnungstür klingelte.

»Hallo, komm herein.«

»Guten Morgen, Sabine, du siehst gut aus. Ich habe mir Sorgen gemacht, wie geht es dir?«

Sabine lächelte. »Ich habe beschlossen, einem unwürdigen Wurm keine Träne nachzuweinen, es lohnt sich nicht. Möchtest du Kaffee, er ist fertig.«

»Danke, gern.«

»Komm, setz dich doch.«

»Wie kann ich dir helfen? Du weißt, ich liebe es, anderen zu helfen.«

Sie lächelte. »Ich weiß, und das ist nett, aber ich denke, ich komme allein zurecht. Meine Rettungsaktion habe ich heute Nacht gründlich geplant.«

»Willst du sie mir verraten?«

»Natürlich. Gern. Ich verlasse Großbresenbek noch heute. In meinem Kündigungsschreiben steht: ›Aus persönlichen Gründen, die ich vertraulich zu behandeln gedenke, sehe ich mich gezwungen, meine Arbeit im Unfallklinikum Großbresenbek mit sofortiger Wirkung zu beenden. Sollte das Direktorium meine Kündigung nicht anerkennen, sehe ich mich gezwungen, die Gründe offen zu legen.‹ Außerdem habe ich mitgeteilt, dass diese Wohnung in zwei Tagen besenrein zur Verfügung steht.«

Jochen sah sie besorgt an. »Du bist sehr konsequent. Weißt du, was du aufgibst?«

»Ja, ich gebe alles auf. Aber ich behalte die Hochachtung vor mir selbst. Die ist mir wichtiger als eine Existenz in diesem Klinikum.«

»Und die Menschen? Du hast hier viele Freunde.«

»Wirkliche Freunde verliert man nicht. Sie werden meinen Entschluss akzeptieren und mich auch weiterhin begleiten.«

Jochen seufzte. »Du wirst mir fehlen. Wir waren so ein gutes Team, wir zwei. Wir sind durch dick und dünn gegangen, jetzt lässt du mich einfach zurück.«

»Ich weiß. Und ich weiß auch, dass du mir nicht folgen kannst, denn deine Existenz ist mit diesem Haus verbunden, deine Familie hat es vor hundert Jahren gestiftet und erbaut. Ich dagegen bin frei. Ich will und werde mir eine Praxis aufbauen, die genau meinen Träumen entspricht.«

»Du meinst die finanzielle Freiheit?«

»Natürlich, ohne Geld wäre alles sehr viel schwerer. Aber ich habe hier zehn Jahre gearbeitet und nach der Ausbildung gutes Geld verdient. Ich hatte kaum Gelegenheit, es bei diesen Tag-und-Nacht-Diensten auszugeben. Ich habe fast alles gespart, jetzt kann ich davon profitieren.«

Sie sah ihr Gegenüber an und hoffte, dass sie glaubwürdig klang, denn von ihrem Privatvermögen wusste hier niemand etwas.

Jochen nickte. »Ich weiß, du hast sehr sparsam gelebt, aber wird es für eine eigene Praxis reichen?«

»Wenn man bescheiden anfängt, sicherlich.«

»Und an was für eine Praxis hast du gedacht? Vielleicht kann ich dir bei der Suche helfen?«

»Das wäre sehr nett, denn auf einen Fachmann wie dich möchte ich bei der Suche eigentlich nicht verzichten«, lächelte sie, denn sie wollte ihm die Trennung nicht unnötig schwer machen. Und dann erzählte sie ihm von ihrem Traum mit der strohgedeckten Kate mitten in der Heide. »Vor allem möchte ich eine Arbeit ohne Stress, eine Arbeit, bei der ich mich in Ruhe um meine Patienten kümmern kann und selbst zur Ruhe komme. Nachtdienst ist kein Problem, aber der Bereitschaftsdienst hat mich ausgelaugt, es wird Zeit, dass ich auch einmal an meine eigene Gesundheit denke.«

»Hast du Probleme? Ich hatte manchmal den Eindruck, dass ...«

»Schon gut, Jochen, ich brauche nur hin und wieder etwas Ruhe.«

Jochen Bellmann stand auf und ging zum Fenster, um sie nicht ansehen zu müssen. »Du wirst mir fehlen, Sabine, und nicht nur als Kollegin, das weißt du hoffentlich.«

Sabine stellte sich neben ihn und legte ihm die Hand auf die Schulter. »Ich habe unsere Freundschaft sehr genossen, ohne dich hätte ich das alles nicht geschafft. Und ich hoffe sehr, dass sich an unserer Beziehung nichts ändert.«

»Alles wird sich ändern.« Es schmerzte Jochen, dass sich Sabine mit jedem Wort weiter von ihm entfernte. Diese winzige Hoffnung, dass sich aus der Freundschaft mehr entwickeln könnte, machte sie mit ihren Plänen und Träumen konsequent kaputt.

Sie stand so dicht neben ihm, dass er Angst hatte, sie versehentlich zu berühren. Und dabei wünschte er sich nichts mehr als eben diese Berührung. Er ging ein paar Schritte zurück ins Zimmer, um den drängenden Wunsch, seinen Arm um sie zu legen, zu unterbinden. Sein Gesicht verriet nichts von seinen Gefühlen, aber in seinem Körper machte sich eine fast schmerzhafte Sehnsucht breit. Ihre adrette, kühle und immer korrekte Art reizte ihn mehr als jedes Entgegenkommen. Das war schon immer so gewesen und würde auch immer so bleiben. Vielleicht war diese radikale, von ihren Plänen bestimmte Trennung wirklich das Beste. Vielleicht würde sich auf dieser Basis die Freundschaft erhalten lassen? »Und wie soll es nun weitergehen, Sabine?«

»Ich werde im Internet Stellenanzeigen studieren. Wenn ich etwas Interessantes gefunden habe, werde ich hinfahren, Einzelheiten prüfen und mich bewerben. Ich möchte aufs Land, das war schon immer mein Wunsch.«

»Davon hast du bisher nie etwas gesagt.«

»Ich habe mich hier wohl gefühlt. Die Hektik hat mich fasziniert, die schnellen Entscheidungen, die über Leben und Tod bestimmen, die Zusammenarbeit aller und das Gefühl unbändiger Freude und Dankbarkeit, wenn man schwerste Verletzungen trotz großer Angst behandeln und heilen konnte.«

Sabine dachte einen Augenblick nach. »Ich habe meine Träume einfach vergessen, wenn uns die Arbeit durcheinander wirbelte und man das erlösende Gefühl hatte, alles wird gut. Wir waren in dieser Klinik ein wunderbares, eingespieltes Team, in dem sich einer auf den anderen verlassen konnte. Aber nun hat es einen Vertrauensbruch gegeben, und da der Bruch mich betrifft, gehe ich. Mit Intrigen kann ich genauso wenig leben wie mit Mitleid, also habe ich heute Nacht den Schlussstrich gezogen.«

Sabine sah den Freund an, der so lange ein vertrauter Kollege war. »Ich möchte mich jetzt an den Computer setzen, weil ich neugierig bin, ob mein Laptop im Internet meine Träume verwirklichen kann. Sei nicht böse, wenn ich dich jetzt bitte zu gehen. Aber wenn später die konkrete Entscheidung ansteht, würde ich dich gern um Rat fragen.«

»Du weißt, wo du mich findest.«

»Ja, und danke für alles, Jochen. Ich verlasse heute Nachmittag das Gelände und ziehe in ein Hotel. Meine Wohnung wird geräumt, sobald ich eine Spedition mit einem guten Speicher für die Möbel gefunden habe.«

»Das dürfte in einer Stadt wie Bremen nicht schwer sein. Soll ich dich irgendwo hinbringen?«

»Danke, nein. Du weißt, ich habe meinen kleinen Smart in der Tiefgarage stehen. Die muss ja auch geräumt werden. Und außer Kleidung und Computer nehme ich nichts mit.«

Jochen reichte ihr die Hand. »Lass mich wissen, wo du bleibst.« Dann strich er mit einem Finger über ihre Wange. »Ich wünsche dir, dass deine Träume wahr werden.« Er wandte sich um und verließ die kleine Wohnung. Seine Enttäuschung war nicht mehr zu verbergen, er musste gehen.

Sabine sah ihm nachdenklich nach. Sie wusste, dass er für sie mehr empfand als nur Freundschaft. Sie hatte schon immer gespürt, dass er ihr intime Gefühle entgegenbrachte und auf deren Erwiderung hoffte. Aber sie konnte sich nicht entschließen, darauf einzugehen. Er war ein lieber Mensch, aber er war überhaupt nicht ihr Typ. Sie war eine Frau, die großen Wert auf Äußerlichkeiten legte. Nicht, dass sie oberflächlich war, aber die Harmonie musste stimmen, auch die äußere. Und ein Mann, der kleiner war als sie, der dick und unsportlich und beinahe kahlköpfig war, entsprach eben nicht ihrem Bild von einem Mann, den sie gern an ihrer Seite gesehen hätte.

Dann sah sie wieder ihren Verlobten vor sich, diesen Doktor Axel Bentrop, der so ganz ihren Wünschen entsprach. ›Himmel, war ich dumm‹, schalt sie sich nun. ›Ich bin ihm fast in die Arme geflogen, als er mit dem kleinen Finger winkte. Und was habe ich nun von meinem Idealtypen? Einen Reinfall habe ich erlitten, über den die ganze Klink lacht. Man soll eben doch nicht nur nach Äußerlichkeiten gehen, sondern die inneren Werte eines Menschen erkennen und schätzen. Trotzdem ...‹, sie schüttelte unwillig über sich selbst den Kopf, ›ich kann nun mal nicht anders, ich brauche die geistige und optische Harmonie. Ich wollte Jochen nicht wehtun, aber ich musste ihn auf Distanz halten. Vielleicht kommt die räumliche Trennung genau zur richtigen Zeit.‹

Sabine schaltete den Computer aus und begann zu packen. Ein Koffer muss reichen. Dazu Reisetasche und Laptop, und das Auto ist voll. Sie lächelte und nickte sich im Spiegel zu. ›Wenn's was wird mit dem Landleben, dann brauche ich einen Geländewagen mit Allradantrieb.‹ Und in Gedanken bedankte sie sich bei ihrem Smart, der sie drei Jahre lang zuverlässig von Bremen aus in die verschiedensten Gegenden Europas gebracht hatte. Auf dem Weg zur Straße gab sie ihren Brief in der Klinik ab. Sie hatte die Anschrift der Direktion auf den Umschlag geschrieben und den Vermerk ›Persönlich‹ dick unterstrichen.

Sabine suchte sich ein kleines Hotel am südlichen Stadtrand. Wollte sie in die Heide, war der Weg nicht weit, und zur Innenstadt gab es gute Verkehrsverbindungen. Sie hätte sich jedes Luxushotel im Zentrum leisten können, aber das entsprach nicht ihrem Stil. Sie war trotz des elterlichen Wohlstands bescheiden erzogen worden und war von dieser Bescheidenheit nie abgewichen. ›Hotelservice und Ambiente müssen stimmen, dann werde ich mich auch wohl fühlen‹, bestimmte sie sich selbst gegenüber. Dabei dachte sie einen kurzen Augenblick an die herrschaftliche Villa der Eltern in Essen, die ein Makler für sie verwaltete und möbliert an große Firmen vermietete, die für ihre Direktoren eine passende Wohnung brauchten.

Im »Posthof« angekommen, ließ sie sich allerdings das größte Zimmer mit dem schönsten Blick auf die Weser geben. »Ich brauche viel Ruhe und einen Internetanschluss für meinen Computer«, erklärte sie an der Rezeption und bezog dann ein gemütliches, im Landhausstil eingerichtetes Zimmer. Warme Farben in Braun und Beige vertrieben das kühle Wetter vor dem Fenster, ein Schafwollteppich bedeckte die Holzdielen, und ein winziger Strauß mit ersten Schneeglöckchen stand auf dem Tisch.

Dann erkundigte sie sich an der Rezeption nach einem verlässlichen Spediteur und verabredete mit ihm ein Treffen für den nächsten Morgen.

III

Sabines Eile, die Stadt und ihr bisheriges Arbeitsfeld zu verlassen, grenzte fast an eine Flucht. Flucht vor wem und weshalb? Sabine dachte darüber nach, als sie am nächsten Morgen aufstand und aus dem Fenster sah. Es wurde gerade erst hell. Die Wiesen rechts und links von der Weser glänzten in ihrem Kleid aus gefrorenem Tau, und vom Wasser stieg ein feiner Dunst auf. Sie öffnete das Fenster und atmete den Duft von Frische, von feuchter Erde und von nassem Gras tief ein. ›Ja‹, dachte sie, ›das ist es, ich fliehe nicht, mich drängt es fort, ich kann es plötzlich kaum erwarten, der Vergangenheit den Rücken zu kehren und in die Zukunft zu laufen. Ich möchte die Welt da draußen umarmen und alles andere hinter mir lassen. Nicht vergessen, nein, dazu waren die Jahre zu wertvoll, aber etwas Neues suchen, erwarten, annehmen, das ist es, was ich will, und zwar sofort.‹

Sie schloss das Fenster, duschte und zog sich an. Unten im Frühstücksraum, der, einem Wintergarten gleich, von der frühen Sonne durchflutet und angenehm warm war, bediente sie sich als erster Gast von dem hübsch dekorierten Büfett.

»Nehmen Sie Kaffee oder Tee?« Eine junge Frau stand lächelnd neben ihr und bot beides an.

»Ich hätte gern Kaffee, ohne den Muntermacher bin ich morgens nur ein halber Mensch.«

»Das kenne ich«, lachte die Frau. »In fünf Minuten ist er frisch auf Ihrem Tisch.«

Sabine bedankte sich, nahm zwei Mohnbrötchen, Butter, etwas Aufschnitt und ein Schälchen mit Marmelade. ›Das lass ich mir gefallen‹, sinnierte sie. ›Ein sonniger Morgen, ein genussvolles Frühstück und jede Menge Zeit. Kein Telefon, das schrillt, kein Alarm, der Stress verheißt, kein Fordern und Hetzen und Bangen und Trösten. So sollte jeder Tag beginnen.‹ Aber sie wusste auch, dass dies nur ein Traum war. Selbst als Landärztin musste sie mit Notrufen und Nachtdiensten, mit Ängsten und Sorgen rechnen. Sabine schüttelte den Kopf. ›Was sein muss, wird erledigt, aber ohne Stress und Hektik.‹ Sie sah nach draußen, es war eine frische, saubere, farbenfrohe Gegend, auf die ihr Blick fiel, und was sie sah, machte ihr das Herz leicht und schärfte ihre Sinne. ›Klare Umrisse und eine überschaubare Welt, das ist es, was ich brauche, und das werde ich finden.‹ Sie beendete ihr Frühstück, bedankte sich bei der Bedienung und ging hinauf in ihr Zimmer.

Sie hatte kaum die Tür geschlossen, als ihr Handy klingelte. Etwas unwirsch meldete sie sich. »Ja, bitte?«

»Bin ich zu früh?«, fragte Jochen Bellmann und bat um Entschuldigung.

»Nein, nein, tut mir Leid, aber ich hatte nicht mit einem Anruf gerechnet. Ich habe gerade gefrühstückt und dabei festgestellt, wie angenehm es ist, nicht von einem Telefon geweckt zu werden.«

»Das kannst du noch einmal, sagen. Hier herrscht seit Stunden Hochbetrieb, aber das kennst du ja.«

»Gibt es etwas Neues, hat man meine Kündigung akzeptiert?«

»Na ja, es gab ein ziemliches Hin und Her. Dann hat man mich als deinen engsten Kollegen gerufen und nach einem Gespräch eingesehen, dass deine Kündigung berechtigt ist. Du bekommst dein restliches Gehalt einschließlich Urlaubsgeld auf dein Konto überwiesen, und dann wollte man deine Anschrift wissen, um die Kündigung zu bestätigen. Deshalb rufe ich in erster Linie an. Aber es gibt noch einen anderen Grund.«

»Und der wäre?«

»Ich habe gestern Abend im Internet geblättert und ein paar interessante Annoncen gefunden. Such' mal mit Google in den Seiten ›Ärzte: Angebote und Nachfragen‹, da findest du zwei Landarztpraxen, die vielleicht deinen Vorstellungen entsprechen.«

»Danke, Jochen, du bist ein Schatz.«

»Wenn du willst, könnten wir am Wochenende zusammen hinfahren, falls dir ein Angebot zusagt.«

»Danke, Jochen, aber ich möchte nicht erst am Wochenende auf die Suche gehen. Ich kann es kaum erwarten.«

»Was kannst du nicht erwarten?«

»Mit der Zukunft anzufangen.« Sie lachte. »Vielleicht bin ich verrückt und sollte erst mal Urlaub machen, aber ich bin so begierig auf etwas Neues, ich kann hier nicht tatenlos herumsitzen und warten.«

»Ich verstehe dich. Aber du solltest nichts überstürzen. Vier Augen sehen mehr als zwei, und vier Ohren ...«

»Ich weiß, ich weiß, du hast ja Recht. Aber ich verspreche dir, ich höre auf deinen Rat, wenn es so weit ist.«

»Das beruhigt mich aber nur ein bisschen, einen Vorgeschmack deiner schnellen Entscheidungen habe ich gestern bekommen.«

»Versprochen ist versprochen, ich hoffe, du weißt auch, dass ich Versprechen einhalte.«

»Das tröstet mich. Nun gib mir deine Anschrift, damit die Direktion dir schreiben kann.«

Sabine gab ihm die Adresse des Hotels und verabschiedete sich. Als Nächstes rief sie die Spedition an, die das Hotel ihr empfohlen hatte, und vereinbarte einen Termin, um Einzelheiten zu besprechen und einen Blick in das Lager zu werfen, in dem ihre Möbel auf unbestimmte Zeit stehen würden. Sie schaltete ihren Laptop an und wählte Google an. ›Jochen hat Recht‹, dachte sie, ›es sieht gar nicht schlecht aus. Anscheinend will niemand auf dem Land arbeiten. Die alten Ärzte gehen in Rente oder sterben, und die jungen zieht es in die Städte.‹ Nachdenklich starrte sie auf den Bildschirm. Verwandelten sich da ihre Träume etwa in Albträume?

›Ist das Leben auf dem Land komplizierter, als ich erwarte?‹, überlegte sie und blätterte weiter in den Seiten. Und dabei stellte sie fest, dass es eigentlich nur ein Angebot gab, das ihr zusagte: Eine Samtgemeinde – ›komisches Wort‹, dachte sie, ›eigentlich muss es doch Gesamtgemeinde heißen, wenn sich mehrere Dörfer zusammenschließen‹ –, also eine Samtgemeinde in der Lüneburger Heide suchte einen Arzt oder eine Ärztin als Nachfolger(in) für den vor zwei Jahren in den Ruhestand getretenen Arzt. ›Eigenartig‹, überlegte sie. ›Seit zwei Jahren ist die Stelle vakant, gibt es da Probleme? Und wer hat in der Zeit die Kranken versorgt?‹ Aber die Annonce reizte sie. In der Gemeinde, zu der noch drei weitere Dörfer gehörten, gab es ein leer stehendes Arzthaus mit Wohn- und Praxisbereich, eine Garage, einen Garten und einen kleinen Stall für eventuelle Haustiere. ›Auch das noch‹, lachte sie. ›Dass das Haus, wie es heißt, renoviert werden muss, ist kein Problem, im Gegenteil, dann kann ich es so herrichten, wie es mir gefällt, und muss nicht zwischen alten Wänden leben und arbeiten. Wer weiß, wann da zuletzt etwas modernisiert worden ist. Ja, morgen fahre ich hin und schau mir alles an. Ganz inkognito, erst mal nur so zum Gucken. Und auf dem Weg zum Spediteur werde ich mir eine Straßenkarte von der Lüneburger Heide besorgen.‹

Den Abend verbrachte Sabine mit dem Studium der Landkarte Da die Samtgemeinde Auendorf am Rand des Naturschutzgebiets lag, musste sie davon ausgehen, dass nur wenige Straßen mit dem Auto befahren werden durften, dass man Umwege in Kauf nehmen und oft auf recht schlechten Wegen unterwegs sein würde. ›Ja‹, überlegte sie, ›dann brauche ich ein anderes Auto. Ich werde, wenn alles klappt, einen Geländewagen mieten und ausprobieren, wie ich damit zurechtkomme. Aber erst, wenn alles gut geht mit dem Fahren, mit der Praxis und mit den Verträgen, dann werde ich so einen Wagen kaufen. Vorher nicht. Morgen muss mein kleiner Smart Asphaltstraßen, Kopfsteinpflaster und Sandwege bewältigen.‹

Der kalte Ostwind fegte über die freie Kuppe des Hambergs, und die wenigen Wacholderbüsche an seinem Hang suchten Schutz im engen Nebeneinander. Es war ein klarer, sonniger Märztag, und Jürgen Albers genoss die weite Sicht über die hügelige Heide. Er beobachtete wie an jedem Tag an dieser Stelle ein Mufflonrudel, das seine ersten Lämmer mit sich führte. ›Sie nutzen die Frühlingssonne‹, überlegte er, ›aber abends werden sie sich in den schützenden Wald zurückziehen, sonst wird es zu kalt für die Jungen.‹ Er zählte die Tiere und freute sich über die kräftigen Böcke mit den kreisrunden Hörnern, die den Winter gut überstanden hatten und auch in Zukunft für Nachwuchs sorgen würden.

Als er vor fünf Jahren die ersten Paare wieder in der Heide angesiedelt hatte, waren viele seiner Kollegen skeptisch gewesen und hatten befürchtet, die Tiere, in Wildgehegen gezogen, würden die Auswilderung nicht überleben. Aber er war zuversichtlich gewesen, denn er hatte Beweise aus früheren Zeiten, wo große Rudel die Heide bevölkert hatten, bevor sie gejagt und, bis auf ganz wenige Tiere, die man dann einfing, um sie in schützenden Gehegen zu erhalten, ausgerottet worden waren.

Er nahm das Fernglas herunter und strich den Hunden zu seinen Füßen beruhigend über das Fell. Die beiden Pointer standen auf, sahen ihren Herrn erwartungsvoll an und folgten ihm, als er langsam den Hamberg verließ. Einer rechts neben ihm, der andere links neben ihm. Er liebte diese britischen Vorstehhunde, die er während seiner Ausbildung in England kennen und schätzen gelernt hatte. Und als er endlich seine erste Försterei bekam, reiste er sofort auf die Insel, um zwei

Welpen zu kaufen. Die beiden, die ihm jetzt folgten, kamen aus seiner eigenen Zucht, auf die er sehr stolz war.

Unten im Tal war es wärmer. Der Wind zerrte hier nicht mehr an Sträuchern und Heidekraut, und der Förster knöpfte seine Lodenjacke auf. Er ging zum Wald hinüber, wo er seinen Wagen abgestellt hatte.

Jürgen Albers war Oberförster in dem großen und zum Landschaftsschutzgebiet erklärten Heideland. Er liebte seine Arbeit, den Frieden der Natur und die Tiere, die er hegte und pflegte. Er war ein ruhiger, harmoniebedürftiger Mann, und nach dem Abitur, als die Zukunft Entscheidungen forderte, hatte er sich entschlossen, Förster zu werden. Er hatte an der Höheren Bundeslehranstalt für Forstwirtschaft studiert, nach dem bestandenen Diplom eine zweijährige Betriebspraxis im Harz und in England absolviert und die Staatsprüfung für den Försterberuf abgelegt. Damals war er fünfundzwanzig gewesen. Nach fünf Jahren Dienst in der Rhön war er zum Forstmeister und danach zum Oberförster befördert worden. Und dann hatte er das Angebot aus Hannover bekommen, die Oberförsterei mit dem »Heidehaus« bei Moordorf zu übernehmen. Das war jetzt zwölf Jahre her. ›Zwölf wunderbare Jahre‹, dachte er dankbar und öffnete die Hecktür, damit die Hunde in den Land Rover springen konnten. Als er die Tür schließen wollte, merkte er, dass die Hunde unruhig wurden und leise knurrten. Er sah sich um und beobachtete den Waldrand. Und dann sah er sie.

Sie kam mitten aus dem Gebüsch, einen Schuh in der Hand, das Haar zerzaust und im Gesicht einen Kratzer. Sprachlos starrte er die fremde Frau an. Hier gab es weit und breit keinen Ort, keine Straße, wo kam die her?

»Mein Gott, ich dachte schon, ich müsste die Nacht im Wald verbringen.« Sie reichte ihm die Hand. »Ich bin Sabine Büttner, und ich habe mich total verfahren.«

Er nickte ihr nur zu und übersah die Hand. »Albers«, antwortete er zugeknöpft, denn Leute, die die Ruhe seines Waldes störten, hasste er. »Wie kommen Sie überhaupt in diese Gegend, hier ist weit und breit Fahrverbot.«

»Das ist ja das Problem. Ich habe mich nach einer Straßenkarte gerichtet und sorgfältig darauf geachtet, nur öffentliche Wege zu benutzen. Und auf einmal, mitten im Wald, war die Straße zu Ende, und ein Schild verbot die Weiterfahrt. Ich wollte auf dem schmalen Grasstreifen wenden, und dabei ist mein Wagen in einen Graben gerutscht. Es tut mir schrecklich Leid. Sie sind der Förster hier, nicht wahr?«

Er nickte. ›Dumme Person, das sieht man doch‹, dachte er, ›schließlich habe ich eine Uniform an. Und dann rutscht sie auch noch in einen Graben.‹ »Sie sollten erst mal fahren lernen, bevor Sie sich in so eine Wildnis begeben«, brummte er, und dann etwas lauter: »Wo genau ist das passiert?«

»Das wüsste ich selbst gern.« Sabine war nun auch verärgert. Statt seine Hilfe anzubieten, putzte er sie runter. Sie holte ihre Karte aus der Tasche und strich sich das Haar zurück. »Bis hierhin bin ich auf einer Asphaltstraße gefahren, dann ging sie in einen Sandweg über, und mitten im Wald war Schluss.«

»Und warum sind Sie nicht zur Straße zurückgelaufen statt mitten durch den Wald?« Er legte seine Büchse und das Fernglas auf den Rücksitz des Wagens, und danach erst sah er sich die Karte an, die sie ihm hinhielt.

»Ich bin auf der Straße nicht einem einzigen Menschen oder Auto begegnet. Da dachte ich, quer durch den Wald käme ich schneller zu einem Dorf.«

»So ein Unsinn. Steigen Sie ein, ich weiß, wo Ihr Wagen steht.«

»Warum sind Sie so unfreundlich?«

»Weil ich für solchen Unsinn kein Verständnis habe. Schauen Sie sich Ihre Karte mal genauer an, dann sehen Sie, dass sich dieses Waldgebiet kilometerweit erstreckt. Wie kann man denn da nach einem Dorf suchen?«

Sabine zuckte mit den Schultern. »Ich bin zum ersten Mal in dieser Gegend, und viel Übung im Landkartenlesen habe ich auch nicht. Ich bin, wenn Sie so wollen, eine Großstadtpflanze und kenne mich nur mit Busfahrplänen aus.« Sie ging um den Wagen herum und wollte schnell einsteigen. Es konnte ja sein, dass dieser Grobian ohne sie abfuhr. Mühsam kletterte sie mit dem engen Kostümrock auf den Sitz. ›Unhöflich ist er auch noch‹, dachte sie und zog die Tür ins Schloss.

»Und warum haben Sie Ihren Schuh in der Hand?«

»Die Verschlusslasche ist abgerissen, ich habe ihn dauernd verloren.«

Jürgen Albers beruhigte die Hunde, die wieder leise knurrten. Dann ließ er den Motor an und fuhr am Waldrand entlang bis zu einer kaum sichtbaren Spur, die von der Heide in den Wald führte.

»Was machen Sie eigentlich hier? Touristenattraktionen gibt's nicht.«

»Ich wollte Land und Leute kennen lernen«, erwiderte Sabine ebenso kurz angebunden. Warum sollte sie ihm auf die Nase binden, dass sie sich nach einer Landarztpraxis umsah und dass ihr die Gegend unglaublich gut gefiel? Womöglich verhinderte er ihre Pläne, je nachdem, wie viel er hier zu sagen hatte.

Wenig später hatten sie Sabines Wagen erreicht.

»Wie kann man denn mit so einem Stadtwägelchen in die Heide fahren?« Jürgen Albers war verblüfft, als er den Smart sah, der nur noch mit dem Verdeck aus dem trockenen Graben ragte.

»Ich bin durch halb Europa damit gefahren, aber so ein Gelände ist er nicht gewohnt.«

»Man sieht's. Steigen Sie ein und lösen Sie alle Bremsen.«

»Ich kann die Türen nicht öffnen, sie stecken in den Grabenrändern fest.«

»Und wie sind Sie rausgekommen?«

»Durchs Fenster.«

»Na bitte.«

Sabine war frustriert. Wollte der etwa zuschauen, wie sie sich durch das Fenster quälte? Vorhin hatte sie den Rock ausgezogen, um sich besser bewegen zu können. Sie konnte doch nicht im Beisein dieses fremden Mannes hier im Höschen herumklettern.

Unschlüssig sah sie auf das kleine Fenster.

»Na, was ist? In einer halben Stunde wird es dunkel.«

»Drehen Sie sich bitte um, ich muss meinen Rock ausziehen.«

»Ich weiß, wie Frauen ohne Rock aussehen«, erwiderte er brummig, drehte sich aber um. ›Dabei habe ich noch nie eine Frau ohne Rock gesehen‹, dachte er verblüfft, ›jedenfalls nicht in natura und nicht direkt neben mir.‹

Sabine zog den Rock aus und schob ihn mit dem Schuh zusammen durch das Fenster. Dann kletterte sie hinterher, löste die Handbremse und kontrollierte den Fußschalter. »Es ist alles gelöst«, rief sie ihm zu.

Der Förster hatte ein Abschleppseil aus seinem Wagen geholt, befestigte es vorn an der Abschlepphalterung des Smart, prüfte den Boden und ging ein Stück am Grabenrand entlang.

»Hier vorn wird der Graben flacher, ich ziehe Sie bis hierher und dann aus dem Graben raus. Lenken Sie geradeaus, bis ich seitwärts blinke, dann lenken Sie den Wagen nach links. Verstanden?«

»Ich bin nicht schwerhörig.«

»Aber eine Großstadtpflanze, wie Sie vorhin sagten.«

Sabine sparte sich die Antwort und konzentrierte sich auf den Wagen. Der Rover fuhr langsam, bis das Seil spannte. Dann zog er an, und der Smart kratzte durch den Graben. Wurzeln,

Steine, Sand und heruntergebrochene Äste schrammten an den Seiten entlang. ›Du meine Güte‹, dachte Sabine entsetzt. ›Der Wagen ist Schrott, wenn ich hier jemals herauskomme.‹ Dann wurde der Boden flacher, der Rover blinkte links, Sabine steuerte in die gleiche Richtung, und dann war sie draußen.

Befreit atmete sie auf. »Danke.«

»Fahren Sie hinter mir her, ich bringe Sie nach Auendorf, und dann haben Sie freie Fahrt in Ihre Großstadt.«

»Könnte ich mir erst noch meinen Rock anziehen? Ich möchte nicht auf der Dorfstraße damit anfangen.«

»Bitte.« Und nach einem Augenblick: » Hinter der Kirche biege ich ab, da brauchen Sie dann nicht mehr zu folgen. Die Hauptstraße geht geradeaus weiter. Ich wünsche Ihnen eine problemlose Heimfahrt.«

»Danke. Aber ich fahre nicht weiter, ich habe in Auendorf ein Zimmer für die kommende Nacht gemietet. Dürfte ich Sie als Dankeschön zu einem Abendessen oder zu einem Glas Wein einladen?«

»Keine Zeit«, murrte er, »ist spät genug geworden.«

Er stieg in seinen Wagen, wartete einen Augenblick, dann fuhr er los. Sabine streifte in aller Eile den Rock über, stieg ebenfalls ein und folgte ihm. Als sie den Wald verließen, war es dunkel. Eine halbe Stunde später erreichten sie Auendorf, der Förster bog nach der Kirche ab, und Sabine fuhr auf den Parkplatz vor dem »Auenkrug«, dem einzigen Gasthaus in der Gegend. ›Schade‹, dachte sie, ›so ein attraktiver Mann und so unhöflich, wer hat den bloß so verletzt?‹

Sie ahnte nicht, dass dieser attraktive, unhöfliche Mann gleich hinter der Kirche ausstieg und ihrem Wagen nachblickte. ›Dummes Ding‹, dachte der Oberförster, ›aber irgendwie bezaubernd. Schade, dass ich bei Frauen so schlecht aus meiner Haut herauskann. Die hätte mir gefallen, wenn Sie nur nicht so dumm gewesen wäre.‹

Der Zweiundvierzigjährige hatte keinerlei Erfahrung mit Frauen. Seine von den Eltern einst anerzogene Zurückhaltung duldete keine Gefühlsausbrüche vor anderen Menschen. Seine Schulkameraden und später die Studenten hatten ihn geneckt, ihn »gehemmt« und »introvertiert« genannt, und er hatte sich noch weiter zurückgezogen. Er suchte keine Gesellschaft, er zog das Alleinsein vor. Dabei fühlte er sich nicht einsam und ihm fehlte nichts, denn er hatte die Natur, die Tiere im Wald und im Haus, die seinen Lebensrhythmus bestimmten. Dabei war er ein mutiger Mann, einer, der keine Angst kannte, der beherzt zugreifen konnte, wenn Not am Mann war, und der vielen, die ihm begegneten, ein Vorbild wurde. Seinen Mitarbeitern, den Kollegen und den Waldarbeitern gegenüber war er ein aufgeschlossener und kompetenter Chef, der gerecht war und der von allen respektiert wurde.

Nachdenklich fuhr er heim in sein »Heidehaus«. Er freute sich auf den Kamin, in dem ein Feuer prasseln und wohlige Wärme verbreiten würde, und auf ein Glas Rotwein nach dem Abendessen, das fertig im Kühlschrank stand und nur noch aufgewärmt werden musste. Er freute sich auf Shaica, die Hündin, die zu Hause bleiben und sechs kleine Welpen versorgen musste. Und er freute sich auf das geruhsame Alleinsein mit einem guten Buch. ›Bezaubernd oder nicht‹, überlegte er und dachte kurz an die Fremde im Wald, ›nichts könnte diese Harmonie in meinem Leben ersetzen.‹ Aber ein Stachel war geblieben, und der störte ihn immer wieder, wenn er nicht damit rechnete, wenn er gar nicht daran dachte. Dann sah er sie wieder vor sich, wie sie aus dem Wald kam und wie sie sich im Höschen durch das Autofenster zwängte, schließlich hatte sein Rover einen Rückspiegel.

IV

Sabine verbrachte eine unruhige Nacht. Die Begegnung mit dem Gemeinderat am nächsten Vormittag ging ihr nicht aus dem Kopf. ›Hundert Fragen habe ich‹, dachte sie, und nach einer Weile stand sie auf und machte sich Notizen. Wichtigster Punkt in ihrem Katalog war die Frage nach der Selbstständigkeit. Sie wollte freie Hand haben und nicht eine mehr oder weniger angestellte Ärztin sein. ›Wenn ich hier eine Praxis eröffne, ist das allein meine Privatangelegenheit.‹ Dann die Frage nach dem Haus. Gehörte es der Gemeinde, oder stand es zum Verkauf? Sie hatte es gestern gesehen, und es gefiel ihr. Es war ein Haus zum Wohlfühlen. Sie dachte an den Tag zurück:

Nachdem sie am späten Vormittag in Auendorf angekommen war und im Gasthaus das Zimmer bezogen hatte, ließ sie sich von der Wirtin den Ort erklären. Sie erfuhr, wie alt und einmalig die Fachwerkkirche war, wo der Pastor, der Bürgermeister und der Großbauer wohnten, wo die Mühle, das Rathaus und eben auch das leere Arzthaus zu finden waren.

Gemächlich war sie durch Auendorf geschlendert, und dann stand sie vor dem alten Haus am Ortsrand. Es gefiel ihr sofort, obwohl sie sah, dass es sich in einem trostlosen Zustand befand. Aber das alte Haus versprach Wärme und Geborgenheit. Und beides brauchte sie. Das Strohdach mit dem spitzen Giebel über der Haustür musste als Erstes erneuert werden. Die Mauern und der dicke Schornstein, aus alten Backsteinen in den verschiedensten Rottönen gemauert, sahen massiv und robust aus. Die vier kleinen Fenster, die sich rechts und links von der Haustür aneinander reihten, und alle Giebelfenster mussten ausgetauscht werden, aber sie deuteten auf große Räume im Inneren hin. Das Dachgeschoss war anscheinend ausgebaut, denn in den beiden Seitengiebeln gab es, ebenso wie im Mittelgiebel, je ein Fenster.

Am meisten gefiel ihr die Symmetrie des Hauses, die durch klare Formen geprägt wurde.

Obwohl die Dorfstraße leer und die nächsten Häuser etwas entfernt waren, wagte Sabine nicht, den verwilderten Vorgarten zu betreten, um durch die Fenster ins Innere zu schauen. Sie wollte vermeiden, dass sich ihr Interesse an dem Haus herumsprach, bevor sie mit dem Gemeinderat die Einzelheiten geklärt hatte. Zur Straße hin wurde das Grundstück durch eine Mauer lose aufeinander geschichteter Feldsteine begrenzt, zwischen denen sich Unkraut breit gemacht hatte. Die kleine Gartentür hing schief in ihren Angeln, und die Farbe war kaum noch zu erkennen.

Sabine betrachtete noch einmal die Haustür, und im Geist sah sie daneben an der Mauer ein blank geputztes Messingschild mit der Aufschrift:

Dr. med. Sabine Büttner, Ärztin für Allgemeinmedizin

Da wusste sie, dass sie ihr Zuhause gefunden hatte.

Langsam schlenderte sie weiter, ging in einem großen Bogen um benachbarte Grundstücke herum und kam dann von hinten noch einmal zu dem Haus. Die Rückseite glich der Vorderseite vollkommen. Auch hier führte eine Tür unter einem Mittelgiebel ins Freie. Ein Schuppen, den man als Garage nutzen konnte, ein zweiter, der wohl den im Internet angegebenen Stall darstellte, und ein verwilderter Garten mit Obstbäumen, Beerensträuchern und wucherndem Unkraut vervollständigten das Anwesen. ›Der Zustand ist absolut desolat‹, dachte Sabine, ›aber man kann Haus und Garten mit Geld und Fantasie wunderbar herrichten.‹

Hinter dem Grundstück begann unmittelbar die Heide. Sie zog sich nach Norden hin einen Hügel hinauf, und dieser kleine Hügel versprach Schutz vor kalten, stürmischen Nordwinden.

Sabine sah gedankenverloren in die Nacht vor dem Fenster und dachte noch einen Augenblick an ihren Spaziergang. Dann setzte sie einen dicken Punkt hinter ihre Liste mit den Fragen und ging wieder ins Bett. Und nun kamen die Erinnerungen an die Irrfahrt des späten Nachmittags. ›Selten habe ich mich so blamiert‹, dachte sie, dann schlief sie ein. Aber erholsam war der Schlaf nicht, denn ein Albtraum plagte sie, und der kam immer wieder: Ein Ungeheuer in Uniform drohte, sie übers Knie zu legen und zu verhauen, und zwei Hunde, die eher Wölfen glichen, knurrten sie mit gefletschten Zähnen und blitzenden Augen groß wie Taschenlampen an.

›Das kann ja heiter werden‹, dachte sie, als sie in der Morgendämmerung schließlich aufstand und unter die Dusche ging, um den Albtraum abzuwaschen und wach zu werden.

Das erste Sondierungsgespräch im Rathaus verlief erstaunlich positiv. Der Bürgermeister, der Samtgemeindedirektor, der Pastor, ein Mühlenbesitzer und sogar der Landrat waren gekommen und begrüßten sie erfreut und hoffnungsvoll. »Wir warten schon so lange auf einen neuen Arzt«, erklärte der Bürgermeister und drückte ihr sehr heftig die Hand. Bevor sie dem nächsten die Hand reichte, drehte sie blitzschnell ihren Ring mit dem blauen Saphir um, der Stein hatte ihr beim ersten Händedruck mächtig ins Fleisch geschnitten. Händedrücken hatte hier wirklich etwas mit Druck zu tun und nicht mit leichtem Schütteln, wie sie es aus der Stadt kannte.

Die Herren erzählten ihr zunächst von dem alten, sehr beliebten Doktor, der sich vor zwei Jahren in den wohlverdienten Ruhestand begeben hatte, von der Suche nach einem neuen Arzt, die immer wieder negativ verlief, weil junge Leute die Abgeschiedenheit nicht akzeptierten, und man wies sie auch ehrlicherweise auf die große Gemeinde hin, die sich über vier Dörfer erstreckte.

»Auendorf ist der zentrale Ort, der Mittelpunkt sozusagen. Hier laufen alle Fäden zusammen«, versicherte der

Bürgermeister stolz, während der Landrat einen Plan auf dem Tisch ausbreitete und mit dem Finger auf der Karte erklärte:

»Zur Samtgemeinde Auendorf gehört das Dorf hier, dann gibt es, vier Kilometer entfernt, Immenburg mit Deutschlands größter Anlage für Militaryreiter, dann gehören, sechs Kilometer südlich von hier, Moordorf mit der Forstmeisterei und drei Kilometer weiter Lindenberg mit dem Paracelsus-Sanatorium dazu.«

Die Herren redeten und lobten und präsentierten, würdigten und priesen ihre Samtgemeinde fast eine Stunde lang, und Sabine dachte erschrocken: ›Wenn ich sie nicht bald unterbreche, kann ich nicht eine einzige Frage stellen.‹ Und so nahm sie selbstbewusst den Verlauf dieser Konferenz in die eigenen Hände und sagte plötzlich: »Meine Herren, ich danke Ihnen, dass Sie mich mit Ihrer schönen Heimat so wunderbar vertraut gemacht haben. Aber jetzt möchte ich gern ein paar Fragen stellen.«

Verblüfft schwiegen die fünf Herren, dann lachte der Landrat, dann lachten alle, und dann sagte der Pastor: »Verzeihen Sie, aber wir lieben unsere Gemeinde, da heißt es: Wem das Herz voll ist, dem läuft der Mund über.«

Nun lachte auch Sabine und zog ihren Zettel mit den Fragen aus der Tasche. »Darf ich anfangen?«

»Aber bitte sehr.«

»Natürlich.«

»Nur heraus damit.«

»Zunächst möchte ich wissen: Suchen Sie einen Arzt, der vom Gemeinderat angestellt ist, oder kann der Arzt frei arbeiten?«

»Wir suchen natürlich einen eigenständigen Arzt, der mit dem Gemeinderat kaum etwas zu tun hat. Nur wenn es um eine allgemeinmedizinische Arbeit geht, haben wir ein Mitspracherecht.«

Verblüfft sah Sabine die Herren an. »Was verstehen Sie darunter?«

»Schuluntersuchungen zum Beispiel oder Maßnahmen, die das Gesundheitsamt in Soltau vorschreibt.«

»Ich verstehe. Danke, das deckt sich mit meinen Vorstellungen. Eine andere Frage: Wer hat in den vergangenen zwei Jahren Ihre Kranken versorgt?«

»In Notfällen ist ein Sanatoriumsarzt eingesprungen. Und dann gibt es einen alten Schäfer, der verfügt über Naturheilkräfte, wie die Leute sagen, zu dem sind sie auch gegangen. Und eine Hebamme haben wir in Moordorf.«

»Danke, ich wollte nur wissen, ob es eine unmittelbare Konkurrenz für mich gibt.« Sabine blickte ihre Gegenüber der Reihe nach an. Sie würde schon erkennen, wenn man, um einen Arzt zu bekommen, mogeln würde.

»Nein, nein, eben nicht.«

»Wie sieht es mit der Bevölkerung aus, Auendorf macht einen sehr ruhigen, um nicht zu sagen einen verlassenen Eindruck, wer lebt in den Dörfern?«

»Ja, da haben wir ein Problem. Die Wirtschaftsflaute erwischt auch die Heidedörfer. Die Landwirtschaft ist unrentabel geworden. Die Bauern verlassen ihre Höfe und verdingen sich als Saisonarbeiter oder suchen Arbeit in der Stadt. Zurück bleiben die Frauen mit ihren Kindern und alte Leute. Die versuchen dann, mit den Resten von Vieh und mit etwas Garten- oder Feldarbeit die notwendigen Lebensmittel zu erarbeiten. Die Männer kommen an den Wochenenden, kehren dann den großen Macker heraus, und oft kommt es zu Streitereien. Alkohol spielt hier auch eine große Rolle. Sie sehen, wir sind ganz ehrlich, leicht wird es hier nicht sein. Und arm sind wir auch.«

»Aber wir haben in jedem Dorf eine Schafherde, um die Heide zu verbeißen, und wir bieten Kutschfahrten an, das bringt Touristen, und die bringen Geld mit. Nicht viel, aber es reicht für das Nötigste«, unterstrich der Landrat.

Sabine nickte. »Wir werden sehen. Wo sind die jungen Leute? Der Nachwuchs, sozusagen?«

»Die sind längst nach Hannover oder Bremen oder Hamburg abgewandert. Erst wenn sie arbeitslos sind und keine Unterstützung mehr bekommen, tauchen sie hier wieder auf, lassen sich durchfüttern und verschwinden wieder.«

Nachdenklich sah Sabine die Männer an. So schwierig hatte sie sich das Leben auf dem Land nicht vorgestellt. Andererseits reizte sie diese Misere. Sie konnte nicht nur als Ärztin helfen, sie konnte sich mit Leib und Seele einbringen. Sie konnte mit sozialem Engagement vielleicht Auswege finden. »Ich denke, ich könnte, nach einer gewissen Zeit des Eingewöhnens, mit der Situation fertig werden.«

Irgendjemand in der Runde klatschte verhalten. Sabine fuhr fort. »Jetzt aber zu den praktischen Fragen. Wem gehört das alte Arzthaus am Rande von Auendorf?«

»Der Gemeinde«, erklärte der Bürgermeister verlegen. »Aber es ist eine große Belastung für uns, wir haben keine Mittel, um das Haus zu unterhalten oder gar zu renovieren.«

»Könnte ich Haus und Grundstück kaufen? Und zwar zu einem Preis, der seinem desolaten Zustand entspricht?«

»Das müsste die Gemeinde beraten.«

»Ich verstehe, dann bitte ich bis heute Abend um eine Antwort, ich fahre morgen zurück nach Bremen.«

»Das wird möglich sein.«

»Danke. Ich werde meinen Entschluss von Ihrer Antwort abhängig machen. Sollte sie positiv ausfallen, komme ich Anfang nächster Woche wieder, und wir können über die Verträge sprechen. Aber Sie werden verstehen, dass ich meine Entscheidung nicht allein treffen möchte. Ich werde einen Arzt für die medizinischen Bereiche, einen Anwalt für die Verträge und einen Architekten für das Haus mitbringen. Selbstverständlich überreiche ich Ihnen dann auch meine Approbation.«

Die Herren waren verblüfft. So eine selbstbewusste, intelligente und dabei so schöne junge Frau hatten sie in ihrer Amtszeit noch nicht erlebt. Sprachlos nickten sie einander zu.

Am Abend kamen Bürgermeister und Pastor in den »Auenkrug« und brachten ihr die Zustimmung der Gemeinde, das alte Ärztehaus samt Grundstück käuflich erwerben zu können.

Sabine war zufrieden. Nicht glücklich, dafür waren die sozialen Verhältnisse zu problematisch, aber zufrieden. Sie würde erreichen, was sie wollte: eine gut besuchte Praxis mit einer anerkannten, später vielleicht mit einer beliebten Ärztin. Aber das musste die Zeit entscheiden. Vor der Arbeit fürchtete sie sich nicht, wohl aber vor der psychosozialen Situation in den abgelegenen Dörfern. ›Alles Sinnieren nützt nichts‹, überlegte sie, ›erst einmal muss ich anfangen, und dann sehen wir weiter.‹

Auf der Rückfahrt dachte sie noch einmal an ihr Gespräch mit dem Gemeinderat. ›Da hab ich ja mächtig angegeben, als ich erklärte, mit einem Team von Experten zurückzukommen. Meine Güte, wo nehme ich die nur her? Jochen kommt bestimmt mit, das weiß ich, aber wo kriege ich einen Anwalt oder einen Architekten her, die bereit sind, einen Tag oder mehr zu opfern, um mit mir in die Heide zu fahren? Andererseits, wenn alles klappt, hätte ich auch die entsprechenden Aufträge für sie.‹

In ihrem gemütlichen Hotelzimmer in Bremen angekommen, telefonierte Sabine als Erstes mit Jochen Bellmann.

Er meldete sich sofort, und als er ihre Stimme erkannte, unterbrach er sie gleich mit den Worten: »Du fehlst uns!«

Verblüfft fragte Sabine: »Wem? Wer ist uns?«

»Na, ich, deine Kollegen, deine Freunde, deine Patienten, und ich glaube, in der Chefetage ist man auch nicht glücklich, dass man deiner frühen Kündigung so schnell zugestimmt hat.«

»Ihr werdet darüber hinwegkommen.«

»Glaube ich kaum«, brummte der Arzt. »Jetzt erzähle erst mal, wie es dir geht. Ich hab ein paar Mal versucht, dich anzurufen, aber dein Handy war immer abgestellt. Warst du unterwegs?«

»Ja, ich war in der Heide.«

»Na, und?«

»Ich glaube, ich habe gefunden, was ich suche.«

»Erzähle.«

Sabine berichtete von ihrer Fahrt, von dem Dorf, dem alten Haus und den Gesprächen. Nur den Oberförster verschwieg sie. Der war bedeutungslos auf der Suche nach ihrer Zukunft.

»Ja, und nun möchte ich mit einem Expertenteam hinfahren und alles unter Dach und Fach bringen.«

»Expertenteam? Was verstehst du darunter?«

»Na, dich als Mediziner.«

»Team hört sich aber nach mehr an?«

»Ja, und damit habe ich Probleme. Kennst du einen guten Anwalt, der die Verträge formuliert und alle rechtlichen Wege überprüft? Und dann brauche ich einen Architekten für den Umbau und die Renovierung des Hauses, das ich kaufen möchte.«

»Mein Bruder Michael ist Anwalt und auf Immobilien spezialisiert. Der sollte eigentlich auch Architekten kennen. Immobilien haben meist etwas mit Umbauten zu tun. Ich werde ihn fragen.«

»Danke, ich wusste, dass du mir hilfst. Ich möchte nächste Woche Nägel mit Köpfen machen, wir müssten dann alle nach Auendorf fahren, meinst du, das ließe sich einrichten?«

»Ich könnte ein paar Urlaubstage nehmen, und meinen Bruder werde ich schon überreden. Und wenn einem Architekten ein guter Auftrag winkt, sollte der mit Freuden zusagen. Denkst du eigentlich auch mal an die Kosten?«

»Natürlich, aber ich schaffe das.«

»Dann werde ich mal ein bisschen rumtelefonieren. Ich melde mich morgen wieder. Und stell' dein Handy an.«

»Wird gemacht. Danke, Jochen.«

Sabine atmete auf. Sie wusste, dass sie sich auf ihren Freund verlassen konnte. Und sie behielt Recht. Als sie am Montag nach Auendorf fuhr, begleiteten Jochen und Michael Bellmann sie und, zu ihrer Freude, Angelika Brockhoff. »Eine Frau weiß viel besser, was eine Frau denkt und braucht und wünscht«, sagte sie lachend, als Jochen ihr ›das Team‹, wie er es ausdrückte, morgens vorgestellt hatte. Sie fuhren in seinem Volvo und wurden im Rathaus vom Bürgermeister, vom Landrat und vom Müller erwartet. Bevor es aber zu ernsthaften Verhandlungen kam, bestanden sie darauf, das Haus und das Grundstück allein zu besichtigen. Sie wollten, wenn das Urteil positiv ausfiel, vermeiden, dass der Kaufpreis sofort in die Höhe schnellte, falls sie zu großes Interesse zeigten.

Sabines Herz schlug schneller, als sie sich dem Haus näherten. Krampfhaft hielt sie den alten, rostigen Schlüssel in der Hand. Sie hatte ihr Herz, was aber noch niemand wusste, bereits an diesen Schlüssel und das dazugehörende Strohdachhaus verloren.

Von innen war es noch schöner, als sie erwartet hatte. Helle, hohe Räume, in die die Sonne ihre Strahlen durch die kleinen Fenster schickte. Sie vergoldeten mitleidig die Schäden, denn die gab es reichlich: Der Fußboden musste erneuert, alte Wände entfernt und neue eingezogen werden. Die Treppe nach oben war beinahe lebensgefährlich. Vom Obergeschoss aus konnte man direkt in den Himmel sehen. Die Sanitäranlagen waren absolut unbrauchbar, und die Küche stammte anscheinend aus dem achtzehnten Jahrhundert. Dennoch waren alle der Ansicht, dass man das Haus reparieren und modernisieren konnte.

Jochen Bellmann hatte allerdings Bedenken wegen der Kosten. Als sie den Garten besichtigten und für einen Augenblick allein waren, meinte er kopfschüttelnd: »Du wirst ein Vermögen los, Sabine. Allein die Praxis mit all ihren Geräten wird mehr als dein gespartes Geld verschlingen, dann der Kaufpreis für Haus und Grundstück und nun noch der Umbau, du wirst dir Schulden aufladen, die du ein ganzes Leben lang abzahlst.«

Sabine sah ihn liebevoll an, sie wusste, dass sich der Freund ernstlich Sorgen um ihre Zukunft machte. »Ganz so schlimm wird es nicht, Jochen. Ich werde das Haus meiner Eltern in Essen verkaufen.«

»Du besitzt ein Haus in Essen?«

»Ja. Nach dem Tod meiner Eltern habe ich es vermietet. Mit den Mieteinnahmen habe ich mein Studium finanziert, und als ich anfing, selbst Geld zu verdienen, kamen sie auf ein Sparkonto. Du siehst, ich gehe kein allzu großes Risiko ein.«

»Das beruhigt mich, trotzdem, sei vorsichtig.« Er zeigte es nicht, aber er war zutiefst enttäuscht, dass sie ihm nie von diesen Mitteln erzählt hatte. Vertraute sie ihm nicht? Oder hielt sie ihn etwa für einen Mitgiftjäger?

Der Anwalt und die Architektin kamen zurück und lachten. »Allein das Grundstück ist Gold wert, Frau Büttner. Und dann der Stall, da können Sie gut und gern eine Ziege, ein paar Kaninchen und ein paar Hühner unterbringen.«

Sabine lachte mit. »So ungefähr habe ich mir mein Landleben vorgestellt. Fragt sich nur, woher nehme ich die Zeit für Land- und Viehwirtschaft? Für eine Hausfrau wäre das ein 24-Stunden-Job. Nein, damit fange ich gar nicht erst an. Ich sehe meine Aufgaben in der Praxis, und die wird mich zur Genüge fordern, denn immerhin gehören drei weitere Dörfer dazu.« Sie nickte den dreien zu. »Kommen Sie, wir müssen, wenn Sie einverstanden sind, mit dem Gemeinderat verhandeln, ich möchte alles vertraglich gesichert wissen, bevor wir zurückfahren.«

Vierzehn Tage später waren die Verträge unterzeichnet. Sabine hatte ihre Zulassung als Ärztin der Samtgemeinde Auendorf, sie besaß ein marodes Haus, ein verwildertes Grundstück und eine Architektin, die sich mit Begeisterung an den Umbau machte, nachdem sie mit Sabine alle Einzelheiten besprochen und in Soltau einen empfohlenen Bauunternehmer gefunden hatte.

V

Tausend Gedanken gingen Jürgen Albers durch den Kopf. Er konnte nicht schlafen. Verärgert stand er schließlich auf. Draußen kreischten Krähen, und ein paar Wildtauben gurrten vom Waldrand herüber. Müde öffnete er das Fenster. Die Luft war frisch, und nach dem Regen, der gestern den ganzen Tag lang heruntergeprasselt war, roch die feuchte Erde nach Moos und Kiefernnadeln. Die Hunde unten in der Diele schüttelten sich, tappten die Treppe herauf und winselten leise vor seiner Tür. Jürgen ging hinaus, streichelte sie kurz und lief über den Flur zur Dusche. Wenn er wiederkam, das wusste er, hatten sie sich auf seinem Bettvorleger zusammengerollt und taten so, als schliefen sie tief und fest. Es war jeden Morgen das gleiche Ritual. Heute war er froh darüber, denn Jogas und Basco verscheuchten den Ärger. Während das warme Wasser über seinen Körper floss, dachte er an den Grund für die schlaflose Nacht.

Wie an jedem Samstagabend war er in den »Auenkrug« gefahren, um mit seinen Waldarbeitern ein Bier zu trinken. Er hatte die Erfahrung gemacht, dass bei einem Umtrunk alles besprochen werden konnte, was die Männer beschäftigte oder wenn sonst irgendwo der Schuh drückte. Während im Wald immer nur gefachsimpelt und die Arbeit besprochen wurde, verloren die Männer im Wirtshaus eher ihre Zurückhaltung und wurden gesprächig. Und als Vorgesetzter legte er großen Wert auf persönliche Kontakte.

Aber gestern war der Krug so voller Leute, dass man kaum sein eigenes Wort verstand. Die Männer aus dem Dorf, die nur am Wochenende nach Hause kamen, ein paar Gemeinderäte, der Wirt und zwei Großbauern aus Lindenberg hatten nur ein Thema. Am 15. Mai würde ein neuer Arzt seine Praxis im alten Arzthaus eröffnen. Nicht ein Arzt, wie immer wieder verächtlich betont wurde, sondern eine Ärztin.

»Eine unmögliche Zumutung.«
»Ein katastrophaler Zustand.«
»Eine hirnlose Idee«.
So tönte es von allen Seiten.

Ab und zu mischte sich ein Gemeinderatsmitglied ein und versicherte: »Aber wir brauchen einen Arzt, wir suchen schließlich seit zwei Jahren. Keiner sonst wollte hier eine Praxis aufmachen.«

»Aber doch nicht 'n Weib. Seid ihr von allen guten Geistern verlassen?«

Der Wirt mischte sich ein. »Der Bürgermeister wollte das alte Haus loswerden. Die Gemeinde hat kein Geld für den Unterhalt, und so, wie es da stand, war es nicht gerade eine Attraktion, wenn sich wirklich mal Touristen hierher verirrten.«

Jürgen Albers, verblüfft und verwirrt von der sonst so ruhigen Stimmung im Krug, erinnerte sich an die Bauarbeiten am alten Haus, die ihm in den letzten Wochen aufgefallen waren, wenn er daran vorbeikam. Aber sie interessierten ihn nicht sonderlich, und mit einem Achselzucken war er immer daran vorbeigefahren. Jetzt hatte der Gemeinderat anscheinend sein Geheimnis gelüftet und war mit der Tatsache, dass eine Ärztin in Auendorf praktizieren würde, an die Öffentlichkeit getreten. Jürgen zuckte mit den Schultern. Ihm konnte das egal sein. Er brauchte keinen Arzt, ihn heilte die Natur und allenfalls ein Tee von Henriette in ihrer Heidekate. Er setzte sich zu seinen Arbeitern an den Tisch, bestellte sein Bier und fragte den Wirt, als er den Krug vor ihn hinstellte. »Warum regen sich die Männer so auf? Die sind doch sowieso nie hier. Und den Frauen und Kindern wird's vielleicht sogar lieber sein, wenn eine Frau sie behandelt.«

»Na ja, am meisten ärgern sie sich, dass sie nicht gefragt wurden und dass der Bürgermeister erst gestern mit der Wahrheit rausgerückt ist. Mich hat's ja auch überrascht, dabei hätte ich eigentlich eine Ahnung haben müssen, weil diese Frau damals hier bei uns wohnte, als das alles eingefädelt wurde. Lisbeth hat gleich zu mir gesagt, die ist ‚ne Gebildete, die kommt nicht nur her, um sich die Gegend anzusehen. Die hat dauernd mit dem Gemeinderat geredet.«

Jürgen wurde hellhörig. »Wann war denn das?«

»Anfang März. War noch mächtig kalt, und die Frau war dauernd unterwegs, mal zu Fuß, mal mit ihrem Miniauto.«

»Ein schwarzer Smart?«

»Genau.«

Jürgen bezahlte sein Bier und stand auf, ohne mit seinen Arbeitern geredet zu haben. »Chef, wohin willste denn so schnell?«

»Ist mir zu laut hier, wir sprechen uns nächste Woche.«

Dann war er draußen, dann war er zu Hause, dann war er im Bett, und jetzt wusste er, warum er eine schlaflose Nacht hinter sich hatte. ›Diese Großstadtpflanze will sich hier einnisten‹, dachte er aufgebracht, ›und ich kann sie dann ständig irgendwo aus dem Morast ziehen ...‹

Verärgert drehte er den Wasserhahn ab, wickelte sich ein Handtuch um die Hüften und ging zurück in sein Schlafzimmer. Aber als er die Hunde vor seinem Bett sah, musste er dennoch lachen und schickte sie mit den Worten »ich komme gleich nach« hinunter in die Diele.

Er sah die junge Frau wieder in ihrem Höschen mitten auf dem Waldweg stehen und dann, wie sie sich durch ihr Wagenfenster zwängte. ›Gelenkig ist sie ja‹, dachte er. ›Ich mit meiner Größe von einsneunzig und mit meinen achtzig Kilo hätte das niemals geschafft.‹

Er ging zu seinem Schrank, suchte seine Wäsche heraus und zog sich saloppe Freizeitkleidung an. Es war Sonntag und der einzige Tag, an dem er auf die Uniform verzichten konnte, wenn nicht besondere Ereignisse auf dem Terminplan standen. Dankbar dachte er an Frau Grete, die ihm den Haushalt besorgte und immer dafür sorgte, dass sein Essen pünktlich auf dem Tisch stand oder zum Aufwärmen fertig im Kühlschrank war, die sein Haus sauber hielt und sich um die Wäsche kümmerte. Dabei wusste sie genau, dass er, wenn er in der Försterei ankam, seine Ruhe haben wollte. Sie beeilte sich und fuhr meist mit dem Fahrrad davon, wenn er gerade in die Einfahrt einbog.

Jürgen ging nach unten und fütterte die beiden Hunde. Dann ging er hinaus und brachte seinem Pferd Hafer und Wasser. Als Letztes fütterte er die Hündin mit den Welpen. »Vielleicht nachmittags, wenn es wärmer wird, könnt ihr in den Zwinger«, tröstete er Shaica, die ihren Kopf an seinem Knie rieb.

Er sah sich im Stall um. Der Verschlag, in dem er oft verletzte Tiere pflegte, war leer. In diesem Winter hatte er nur ein junges Reh mit einer Wunde am Bein gefunden. Das hatte er der Kälte wegen und zum Entsetzen von Frau Grete in seiner Küche untergebracht, bis das Bein verheilt war. Er sah kurz hinauf zu dem Boden, auf dem das Heu für die Winterfütterung gelagert wurde. ›Die letzten Reste werden in den nächsten Tagen verteilt‹, überlegte er, ›es ist inzwischen warm genug, das Wild findet draußen Futter. Aber der Boden muss für den kommenden Winter gefegt und gereinigt werden. Das kann gleich morgen einer der Männer machen.‹

Draußen blieb er stehen und atmete tief ein. Wie Zuckerwatte hing feiner Nebel in den Baumkronen. Der Wald duftete und verströmte einen herben Geruch nach nassem Laub und Moos. Am Rand, da wo die Sonne den Boden erreichte, begannen erste Farntriebe, die Erde aufzubrechen. Er freute sich, wie an jedem Morgen, dass er hierher gezogen war. Das »Heidehaus« war sein Refugium: das gemütliche Haus, ein kleiner Garten mit Kräuterecke und Gemüsebeeten, die Frau

Grete versorgte, eine Bank mit einem Tisch gleich neben der Haustür und direkt der Morgensonne gegenüber und dann rundherum nur Wald und Heide – hier war er zu Hause.

Er ging hinein. Im Büro klingelte das Telefon. Die Polizei meldete einen toten Rehbock auf der Landstraße zwischen Hemslingen und Tewel.

»Hat er eine sichtbare Wunde?«

»Ja, ist halb aufgerissen.«

»Ist er ausgeblutet?«

»Ja, nach dem vielen Blut auf dem Asphalt ist er das wohl.«

»Dann bringen Sie ihn bitte zum Metzger nach Neuenkirchen, der weiß damit umzugehen. Und lassen Sie sich eine Keule mitgeben.«

»Wird gemacht, und danke, Herr Forstmeister.«

»Nichts für ungut.« Jürgen machte sich Notizen. Er würde später den Verlust und den Verbleib eintragen. Heute war Sonntag, da war sowieso Schreibarbeit angesagt. ›Beinahe die Hälfte meiner Zeit verbringe ich im Büro‹, dachte er, ›dabei zieht es mich von morgens bis abends nach draußen. Aber das hab' ich vorher gewusst. Ein Viertel Wald- und Holzwirtschaft, ein Viertel Landschaftspflege, ein Viertel Büroarbeit und Verwaltungskram und nur ein Viertel Zeit fürs Wild.‹ Er verließ das Büro, um sich in der Wohnküche sein Frühstück zu machen. ›Aber heute Nachmittag sattle ich die Lady. Die muss genauso bewegt werden wie ich, und dann geht's ab in die Heide.‹

Es war ein schöner Nachmittag. Er ließ Shaica mit den Jungen in den Außenzwinger, putzte und sattelte Lady, die es kaum erwarten konnte, und erlaubte Jogas und Basco, ihn zu begleiten. Die Pointer gehorchten ihm aufs Wort, sie würden unterwegs kein Wild stören.

Lady buckelte vor Übermut und mochte es gar nicht, die ersten fünfhundert Meter im Schritt zu gehen. Aber Jürgen hatte seine Prinzipien: fünfhundert Meter Schritt, fünfhundert Meter Trab und dann erst Galopp. Und genauso würde es auf dem Rückweg sein, nur in umgekehrter Reihenfolge. Das Pferd musste langsam an das Tempo gewöhnt werden, und auf dem Rückweg sollte es nicht verschwitzt im Stall ankommen.

Dann aber gab er Lady die Zügel frei, und im Renngalopp stürmte die Stute über die Heidehügel. Vögel flogen kreischend aus den Birken am Wegrand, ein Wildkaninchen stob davon, und die Hunde hatten Mühe, ihm zu folgen. Aber wenigstens einmal in der Woche brauchte Jürgen Albers so einen Ritt. Er verscheuchte dumme Gedanken und brachte sein Blut in Wallung, und die Lady musste auch einmal ihre Kraft loswerden, denn wenn er in der Woche mit dem Pferd im unwegsamen Waldgelände unterwegs war, dort, wo er mit dem Rover nicht hinfahren konnte, musste er Lady im Schritt reiten, um das Wild und die Pferdebeine zu schonen.

Als sie den Ginsterberg, mit seinen zweiundsiebzig Metern die höchste Erhebung der Gegend, erreichten, drosselte er das Tempo. Und dann stellte er fest, dass er vollkommen unbewusst den Weg nach Auendorf eingeschlagen hatte. Unbewusst? Er grinste. War wohl eher ein unterschwelliges Bewusstsein, das da die Zügelführung übernommen hatte.

Er warf einen letzten Blick von der Hügelkuppe über die Heide. Ein paar Spaziergänger waren unterwegs, weit entfernt sah er eine Reitergruppe, die sich auf den ausgeschilderten Reitwegen befand, und nach Auendorf hin war eine Kutsche mit singenden jungen Leuten unterwegs. ›Die ersten Touristen kommen‹, dachte er zufrieden, ›die Fuhrwerker können wieder ein bisschen Geld verdienen.‹ Andererseits hatte er auch viel Ärger mit den Tagesgästen, die die Vorschriften in Wald und Heide nur allzu oft missachteten. Aber daran wollte er heute nicht denken. Vorsichtig lenkte er die Stute den Abhang hinunter und dann in Richtung Auendorf. ›Mal sehen, was sich im alten Arzthaus tut‹, überlegte er und ritt gemächlich durch den Wald. Mit dem Pferd konnte er Abkürzungen nehmen, die mit dem Auto nicht befahrbar waren, und er kam fast hinter dem Arztgarten heraus. ›Es müssen ja nicht alle sehen, dass mich das Haus interessiert‹, dachte er in Erinnerung an die heftigen Debatten vom Vorabend.

Er band das Pferd an eine Birke und befahl den Hunden, sich zu legen. Dann sah er sich um. ›Das Dach ist schon fertig, eine teure Sache, so ein Reetdach‹, überlegte er, ›und die Versicherung wird ein Vermögen kosten. Der Garten ist allerdings noch die reinste Wildnis, da sollte eine Schafherde durchlaufen, dann ist das gröbste Unkraut wenigstens weg.‹ Vorsichtig öffnete er das kleine Tor, das von der Heide direkt auf das Grundstück mit den alten Obstbäumen und den Beerensträuchern führte. Im Haus schien niemand zu sein. Langsam ging er über den ausgetretenen Kiesweg zur Hintertür. Das Land rechts und links war uneben und mit Unkraut überwachsen. Nicht mal ein unverbesserlicher Optimist hätte diese Fläche als Wiese bezeichnet.

Je näher er dem Haus kam, umso dichter wurde das Gestrüpp, in dem verholzte Beerenbüsche, dornige Schlingpflanzen, wild wuchernde Kräuter und erste Frühlingsblumen um das Überleben kämpften. Es roch durchdringend nach modrigen Pflanzen und feuchter Erde. ›Dornröschens Schloss‹, murmelte er, als er sich dem Haus von hinten näherte. ›Die Fenster sind auch schon erneuert‹, stellte er fest. ›Schön, dass sie Butzenscheiben gewählt hat, die passen gut zum Haus.‹

Neugierig versuchte er, durch die gewölbten Scheiben zu schauen, aber viel konnte er nicht erkennen. Verschiedene Wände waren in Arbeit, und die Treppe nach oben sah neu aus. Er ging zurück.

Obwohl er sich dagegen sträubte, entwickelte er ein Gefühl von Sympathie für die fremde Frau.

›Mut hat sie‹, dachte er, ›sonst würde sie sich nicht auf dieses Abenteuer einlassen. Allein die Renovierung dürfte mehr kosten als das gesamte Grundstück mit Haus. Und dann die Idee, hier zu praktizieren. Die kennt die alten Heidjer nicht, die hat ja keine Ahnung von der Sturheit der meisten Menschen. Die gehen doch nicht zu einer fremden Großstadtärztin. Die doch nicht! Ich lebe jetzt seit Jahren hier, aber persönliche Kontakte habe ich nur zu meinen Waldarbeitern und ein paar Männern wie dem Müller, dem Pfarrer, den Großbauern und den Bürgermeistern, die etwas weiter sehen als bis zu ihrem Tellerrand. Erstaunlich, dass die mit der Frau handelseinig geworden sind. Aber sie haben seit Jahren gesucht, und die Gemeinde hat kein Geld, kein Wunder, wenn sie die erste Beste nehmen. Man hätte sie warnen müssen‹, er zuckte mit den Schultern, ›mich geht's zum Glück nichts an.‹

Das Geräusch der kleinen Steine unter seinen Stiefeln erschien ihm überlaut. Dann hatte er den Garten wieder verlassen, bestieg sein Pferd und sah sich noch einmal nach dem Haus um. Das tief heruntergezogene Dach versprach Geborgenheit und Wärme. Er nickte, als wollte er sein Einverständnis signalisieren, dann ritt er davon.

VI

Sabine Büttner hatte anstrengende Wochen hinter sich. Den Vertragsabschlüssen mit dem Anwalt und der Samtgemeinde Auendorf folgten die Gespräche mit der Architektin und dem Bauunternehmer, den Angelika Brockhoff in Soltau kannte Ein paar Hausbesichtigungen waren unumgänglich, und Sabine fuhr mehrmals in das Heidedorf, bis alles geregelt war. Dabei stellte sie wiederholt fest, dass der kleine Smart den Straßen und Wegen nicht gewachsen war. Sie bestellte in Bremen einen Geländewagen, und der Händler versprach ihr, den Wagen bis zu ihrem Umzug zu liefern.

Als sie sicher war, dass in Auendorf alles planmäßig erledigt wurde, reiste sie mit dem Zug nach Essen. Sie hatte sich beim Makler angemeldet, und er holte sie am Hauptbahnhof ab. Sie fuhren zunächst in sein Büro, um die Einzelheiten zu besprechen.

»Und Sie wollen sich tatsächlich von Ihrem Elternhaus trennen?«

Sabine nickte. »Ich habe keine engen Beziehungen zu dem Haus. Mein Vater hat die Villa gekauft, als ich bereits in Düsseldorf studierte. Es gibt ein paar Antiquitäten und einige wertvolle Bilder, die ich gern mitnehmen würde alles andere überlasse ich Ihnen.«

»Wollen Sie das Haus möbliert verkaufen, oder sollen die Möbel separat versteigert oder verkauft werden?«

»Doktor Wolff, Sie sind der Experte. Sie wissen besser, was zurzeit am Markt gefragt ist.«

»Als Sie mich anriefen und den Verkauf erwähnten, habe ich mich in interessierten Kreisen umgehört.«

»Ja, und?«

»Die Firma, die ihre Villa bis jetzt für ihre Direktoren gemietet hat, würde sie als Gästehaus zu einem angemessenen

Preis kaufen und voll möbliert übernehmen. Es ist das beste Angebot, das ich einholen konnte.«

»Gibt es irgendwelche Bedenken oder Vorbehalte?«

»Nein. Diese weltweit bekannte Firma kann sich kein Fehlverhalten leisten. Wir könnten unbesorgt an sie verkaufen.«

»Gut. Wenn alles vorbereitet und unterschriftsreif ist, schikke ich meinen Anwalt, der sich um die Rechtsfragen kümmert und in meinem Namen die Papiere unterschreibt.«

Am nächsten Tag fuhr Sabine mit dem Makler und einem Firmenvertreter in die Villa am Baldeneysee und suchte sich die Raritäten aus, die sie mitnehmen würde. Neben den Bildern sollten vor allem das wertvolle Geschirr der Mutter, das Silber und ein paar Teppiche für das neue Haus in die Heide umziehen. Der Makler versprach ihr, die Sachen durch einen Spediteur zu schicken, sobald sie in Auendorf eingezogen sei.

Während der Rückreise dachte Sabine noch einmal an ihre Kindheit und Jugend zurück. Sie hatte damals, als das Unfassbare geschah, keine Zeit zur Trauer gehabt. Sie hatte mitten im Studium gesteckt und sich vollständig konzentrieren müssen, um Prüfungen zu bestehen und damit den, was sie damals nicht ahnen konnte, letzten Wunsch der Eltern nach einer guten Ausbildung und einer zukunftsorientierten Selbstständigkeit der Tochter zu erfüllen.

Ihr Vater war ein starker, aber toleranter Mann gewesen. Niemals hatte er seine Stärke in der Familie ausgespielt. Dennoch war er von Mutter und Tochter respektiert worden. Seine Wünsche zu erfüllen, war für beide eine Selbstverständlichkeit gewesen. Was sie allerdings nicht hatten erfüllen können, war der heimliche Wunsch des Vaters, einen Nachfolger für sein Werk zu finden. Vielleicht hatte er gehofft, da er keinen Sohn hatte, durch einen Schwiegersohn die Firma zu erhalten, hatte sich aber mit keinem Wort enttäuscht gezeigt, als sie den Wunsch geäußert hatte, Ärztin zu werden. So hatte er eines Tages begonnen, sein Hobby, die Erforschung der Inkadynastien, zum Lebensinhalt zu machen, ein Hobby, das die Eltern dann mit dem Leben bezahlt hatten.

Sabine dachte an ihre liebenswerte, lebenslustige Mutter, die sich mit Freuden den Wünschen des Vaters angeschlossen und eigene Bedürfnisse hintenangestellt hatte. Sabine hatte nie eine perfektere Beziehung zwischen zwei Menschen erlebt. Eine allumfassende, verständnisvolle Liebe hatte ihre Eltern verbunden. Eine Verbindung, bei der sie sich als Kind sogar manchmal ausgeschlossen gefühlt hatte. So war es auch mit dem Kauf der Villa in Essen gewesen. Sie hatten vorher in einem gemütlichen Fachwerkhaus im Bergischen Land gelebt. Die Geborgenheit des alten Hauses, in dem sogar Platz für ein paar Hunde und Katzen gewesen war, das Land ringsum, das war ihr Zuhause gewesen. Als dann der Umzug bevorgestanden hatte, war sie in ein Studentenwohnheim nach Düsseldorf gezogen.

›Vielleicht habe ich mich deshalb sofort in das alte Haus in der Heide verliebt‹, überlegte sie zufrieden, während der Zug durch die Nacht nach Norden rauschte.

Es war Mitte Mai, als die Architektin ihr mitteilte, dass die Renovierung abgeschlossen sei. Am nächsten Tag fuhr Sabine mit Angelika Brockhoff nach Auendorf, um ihr Heim zu besichtigen. Und was sie sah, übertraf all ihre Erwartungen.

Breit und behäbig lag das alte Haus in einem neu angelegten Garten. »Der Garten ist meine Überraschung für Sie, Frau Doktor, und mein Dankeschön für den interessanten Auftrag.«

»Meine Güte, wie haben Sie das denn gemacht?«

Die Architektin lachte. »Der Baumeister hat einen Bruder, und der hat eine Gärtnerei. Für ihn und seine Gehilfen war das eine Arbeit von drei Tagen. Sie haben altes Buschwerk und abgestorbene Bäume entfernt und im Vorgarten Rasen angesät. Das Pflanzen der Büsche und Blumen überlassen wir aber Ihnen, jeder hat einen anderen Geschmack, und Ihren kennen wir nicht. Und der Wirtschaftsgarten wurde nur umgepflügt, falls Sie Gemüsebeete anlegen wollen.«

Sabine war begeistert und bedankte sich überschwänglich. Sie ging auf das kleine Gartentor zu, das wieder ordentlich in seinen Angeln hing und frisch gestrichen war. Breit und honiggelb reflektierte das neue Reetdach die Sonnenstrahlen. Die zweiflügelige Haustür in Weiß mit schmalen grünen Leisten sah einladend und für die Heidehäuser typisch aus. »Ich habe mich genau erkundigt, welcher Anstrich hier in der Gegend üblich ist.«

Angelika Brockhoff war glücklich, dass Sabine zufrieden war. Sie hatte sich wirklich mit Liebe und genauen Recherchen an die Arbeit gemacht und in dem Soltauer Bauunternehmer einen guten Berater gehabt. Zufrieden übergab sie der jungen Ärztin den Schlüssel für ihr neues Heim, und mit einer Flasche Sekt, den sie aus dem Auto zauberte, stießen die beiden Frauen auf die Schlüsselübergabe an.

Innen war das Haus in zwei Teile getrennt. Links vom Flur, der bis zur Hintertür führte, befand sich die Praxis, rechts vom Flur die Wohnung. Von der großen Halle, die fast den ganzen Wohnbereich einnahm und nur noch Platz für die Küche und zwei Wirtschaftsräume ließ, führte die Treppe ins Obergeschoss mit Schlafzimmer, Gästezimmer und Bad. Am besten gefiel Sabine die Verbindung von Küche und Wohnhalle, die durch eine breite Falttür voneinander getrennt werden konnten, sonst aber eine gemütliche Einheit bildeten. Durch die Fenster mit den Butzenscheiben, die das Sonnenlicht brachen und tausend bunte Funken auf den Boden warfen, wirkte die Halle mit dem honighellen Holz der Decke und der Dielen behaglich und bequem.

Sabine hatte seit ihrer Jugend keine wirkliche Gemütlichkeit mehr erlebt. Die Eltern hatten nach dem Umzug in die neue Villa im großen Stil gelebt. Riesige, elegante Räume und riesige, elegante Feste, die sie ihren Freunden gegenüber für angemessen hielten, waren an der Tagesordnung. Sobald Sabine die Villa betrat, fühlte sie sich von der Extravaganz erdrückt und kehrte immer seltener am Baldeneysee ein. Hier, in ihrem neuen alten Haus fühlte sie sich vom ersten Augenblick an wohl.

Angelika Brockhoff beobachtete die Ärztin, und was sie sah, machte sie zufrieden. »Wann werden Sie einziehen?«

»In der kommenden Woche mit allem Drum und Dran. Ich muss die Spediteure in Bremen und Essen benachrichtigen, dann sind meine Sachen in zwei, drei Tagen hier.«

»Sie müssen noch mit der Telekom verhandeln. Ich wusste nicht, welche und wie viele Leitungen Sie verlegt haben möchten. Wasser und Strom sind vorhanden. Ich habe genügend elektrische Leitungen legen lassen, damit Sie in jedem Raum Anschlüsse finden.«

Sabine nickte. »Sie haben das alles wunderbar gemacht. Vielen Dank. Morgen werde ich den Küchendesigner anrufen, damit er mir die ausgesuchte Küche liefert, dann muss ich mit dem Praxiseinrichter sprechen, damit die bestellten Geräte geliefert werden, danach werde ich meinen Geländewagen abholen, und dann fahre ich in ein Möbelgeschäft und kaufe mir ein Bett, das sofort geliefert werden kann.« Sie lachte. »Mein altes Messingbett passt nicht mehr in diesen Rahmen. Und morgen Abend ziehe ich mit dem neuen Bett hier ein.«

Auch Angelika lachte. »Nur mit einem Bett?«

»Ja«, sagte Sabine fröhlich, »ich muss doch zu Hause sein, wenn die ersten Patienten, die Spediteure und die Lieferanten eintreffen.«

Der kommende Tag sah dann etwas anders aus, als Sabine geplant hatte. Sie hatte zwar ihren Geländewagen abgeholt, das

Bett bestellt, das Auto mit ihren Sachen aus dem »Posthof« voll gepackt, Rechnungen bezahlt, die Spediteure in Bremen und Essen benachrichtigt und Jochen Bellmann von dem Umzug berichtet, aber den Einzug verhinderte ein aggressiver Ganter.

Sie erreichte Auendorf gegen Abend. Da sie sich an den neuen Wagen gewöhnen und ihn noch einfahren musste, war sie sehr langsam unterwegs. Und auf der Dorfstraße fuhr sie mit dem voll beladenen Fahrzeug fast im Schritttempo. Etwa fünfzig Meter von ihrem Haus entfernt beobachtete sie, wie eine kleine Gänseherde gemächlich quer über die Dorfstraße watschelte. Sie hielt den Wagen an, um den Gänsen den Vortritt zu lassen, denn sie wusste aus alten Redensarten, dass man eine Kuh ruhig überfahren könne – wer wagte das schon? –, dass man einer Gans aber niemals Schaden zufügen dürfe. Während sie geduldig wartete, kam aus einer Hofeinfahrt ein kleiner Junge auf seinem Fahrrad geschossen und fuhr ungebremst in die Gänseherde hinein. Der Junge stürzte vom Rad, die Gänse stoben auseinander, und ein Gänserich stürzte sich auf das Kind. Wild mit den Flügeln schlagend, stieß er mit dem harten Schnabel immer wieder auf den schreienden Jungen ein. Sabine stürzte aus dem Wagen, rannte auf die beiden zu und versuchte, mit Geschrei und wedelnden Händen den Ganter vom Kind wegzutreiben. Als sie die beiden erreichte und der schwere Vogel endlich von dem Kind abließ und davonstob, sah sie, dass der Junge mehrere Wunden am Kopf und im Gesicht hatte und stark blutete. Sabine rannte zum Auto, holte ihren Arztkoffer, griff nach einer Decke und lief zu dem schreienden Kind zurück.

»Ruhig, ganz ruhig, gleich tut's nicht mehr weh.« Sie bettete den Kopf auf die Decke und gab dem Jungen eine Beruhigungsspritze.

Im gleichen Augenblick kam eine Bäuerin aus dem Haus gerannt und schrie: »Was machen Sie da? Halt, lassen Sie das! Das dürfen Sie nicht, das ist mein Kind!«

Sabine spritzte zu Ende, zog die Spritze heraus und verklebte die Einstichstelle. »Beruhigen Sie sich. Ich bin Ärztin. Ist der Junge gegen Tetanus geimpft?«

»Gehen Sie weg, hauen Sie ab.« Die Frau warf sich auf den Jungen und nahm ihn in die Arme. »Klaus, mein Kläuschen, was macht die Frau mit dir, was ist denn bloß passiert?«

Inzwischen kamen andere Frauen aus ihren Häusern, Kinder liefen herbei, und im Handumdrehen hatte sich ein Kreis laut debattierender Menschen um das Kind und die Mutter gebildet. Sabine richtete sich auf. »Bitte helfen Sie, das Kind in mein Haus zu tragen, ich bin Ärztin, ich muss die Wunden versorgen.«

»Nein«, schrie die Frau, »nein, mein Junge kommt in mein Haus. Ruft die alte Henriette. Die soll sich um die Wunden kümmern. Die da«, und damit zeigte sie auf Sabine, »die da hat ihm was gespritzt. Das darf die doch gar nicht.« Die Frau brach in Tränen aus, andere trösteten sie, zwei liefen davon, um Henriette zu holen, andere hoben den weinenden Jungen hoch und trugen ihn in das Bauernhaus. Kinder lachten und schrien: »Der Ganter hat ihn gebissen, der Ganter hat ihn gebissen«, und hüpften in einem Kreis um die Stelle, an der man das Blut des kleinen Jungen auf dem Sand erkennen konnte.

Sabine griff nach ihrem Koffer und der Decke und wollte den Frauen ins Haus folgen. Aber die verwehrten ihr den Eintritt. »Nichts da«, rief eine. »Die Mutter bestimmt's, und die hat nach Henriette gerufen.«

»Aber wer ist Henriette? Ich bin die neue Ärztin, der Junge muss unverzüglich behandelt werden, die Wunden sind schmutzig, vielleicht mit Gänsekot infiziert, das ist sehr gefährlich.« Sie versuchte sich mit Gewalt an den Frauen vorbeizudrängen, kam aber nicht weiter.

»Sie haben ihm was gespritzt, das ist verboten, wenn die Mutter nicht zustimmt.«

»Es war keine Zeit zu verlieren. Der Junge hatte starke Schmerzen.«

Eine andere Frau schrie: »Gehen Sie endlich weg. Wir brauchen Sie nicht.«

Auf der Straße hielt ein Wagen. »Was ist hier los?« Piet Bollmann, der alte Dorfpolizist, stieg aus. »Was ist passiert?« Er kam die Hofeinfahrt herauf und sah die Frauen an.

Bevor eine antworten konnte, erklärte Sabine die Situation. »Ich bin die neue Ärztin. Ich sah, wie ein Ganter einen kleinen Jungen traktiert hat. Das Kind blutet stark, ich will ihm helfen, aber man lässt mich nicht. Man holt eine Henriette, während die Wunden unversorgt sind. Wenn der Junge nicht schnellstens behandelt wird, können sie lebensgefährlich werden.«

»Sie hat ihm was gespritzt, ohne die Mutter zu fragen«, unterbrach sie eine der Frauen.

Piet Bollmann zögerte nicht. »Macht Platz, ich will mir den Jungen ansehen, und die Ärztin kommt mit.«

Unwillig murrend, traten die Frauen zur Seite. Im Haus roch es muffig und nach Essensresten. »Macht mal Licht an und ein Fenster auf, hier erstickt man ja.«

Klaus lag im Wohnzimmer auf dem Sofa, unter seinem verletzten Kopf dicke, selbst gestrickte Wollkissen. »Platz da«, Piet Bollmann bückte sich zu dem Kind. »Wie geht's dir denn, Kläuschen?«

Aber der Junge sah ihn nur verstört an, Tränen liefen ihm über die Wangen.

»Kommen Sie her, Frau Doktor, was kann man machen?«

»Wenn's die Mutter erlaubt«, – Sabine war vorsichtig geworden –, »wenn's die Mutter erlaubt, soll der Junge auf den großen Tisch gelegt werden, ein sauberes Laken drunter und die Lampe darüber angeschaltet, damit ich die Wunden versorgen kann.«

Die Mutter sah den Polizisten an, nickte respektvoll, holte

ein sauberes Tischtuch aus der Anrichte, und Piet Bollmann legte den Jungen auf den Tisch.

Sabine beugte sich über ihn. »Es tut nicht weh, ich wasche nur die Wunden mit etwas Wasser, und dann bekommen sie einen schneeweißen Puder und einen Verband.«

Sie sah den Polizisten an. »Bitte schicken Sie die Frauen nach draußen. Nur die Mutter kann bleiben.« Murrend verließen die Frauen die Wohnstube, blieben aber vor der Tür stehen und debattierten weiter. Sabine reinigte die Wunden am Kopf, desinfizierte sie und versorgte sie mit Puder und einem Verband. Die Wunden im Gesicht bekamen nach der Behandlung ein Pflaster.

»Ich möchte, dass der Junge ins Krankenhaus gebracht wird«, erklärte sie dem Polizisten. »Er muss beobachtet werden. Es könnte sein, dass trotz allem Infektionen auftreten, und auch gegen Tetanus ist er bestimmt nicht geimpft.«

»Bestimmt nicht«, nickte Piet Bollmann und zu der Mutter gewandt: »Pack mal einen Schlafanzug und Waschzeug ein, ich ruf' den Krankenwagen. Und du kannst mitfahren. Er muss nur 'n paar Tage beobachtet werden, dann kommt er zurück.«

Die Frau schluchzte. »Ich kann nich weg, ich muss mich um die anderen Kinder und ums Vieh kümmern.«

»Aber irgendjemand sollte schon mitfahren.« Bollmann sah sich unschlüssig um.«

»Ich fahre mit«, erklärte Sabine spontan, »wenn Sie sich um mein Haus kümmern.«

»Und das kann nicht allein bleiben?«, grinste der alte Piet.

»Ich erwarte heute Abend die Lieferung meines Betts, es müsste wenigstens im Schlafzimmer aufgestellt werden. Und mein Auto muss in die Garage. Wissen Sie, es wäre meine erste Nacht hier ...«

»Verstehe. Wo ist der Schlüssel?«

»Hier, bitte.«

»Ist das alles?«

»Es wäre gut, wenn Sie morgen jemanden finden, der zu dem Jungen ins Krankenhaus kommt, wenn die Mutter nicht kann. Vielleicht eine Tante oder Oma oder Nachbarin. Ich muss morgen in Auendorf sein. Meine Möbel kommen, und meine Praxisgeräte sind auch unterwegs. Da müsste ich beim Einräumen schon dabei sein.«

»Und Sie meinen, ein alter Mann kann das nicht?«

Sabine lächelte. »Ich bin sicher, dass Sie das können, nur ob es mir hinterher gefällt, weiß ich nicht. Ich danke Ihnen jedenfalls für Ihr Angebot.«

»Nichts für ungut, es war nur ein Scherz.«

Und während der Polizist den Krankenwagen bestellte, die Mutter eine Tasche mit Kleidung für ihren Jungen packte und die aufgebrachten Frauen vor dem Haus über diese »kolossalen, unnötigen Umstände, wo Henriette doch schon unterwegs ist«, schimpften, ging Sabine zu ihrem Auto, fuhr den Geländewagen in den neuen Carport und holte ihre seit Wochen stets griffbereite Reisetasche aus dem Wagen. »Ein toller Anfang in Auendorf«, dachte sie und kletterte wenig später zum kleinen Klaus in den Krankenwagen.

VII

Doktor Sabine Büttner hatte einen schlechten Start in Auendorf. Ihr erster Einsatz bei dem sechsjährigen Klaus Lindner war tagelang das Gesprächsthema in der großen Samtgemeinde. Obwohl das Krankenhaus in Soltau bestätigte, wie korrekt und richtig die Ärztin gehandelt hatte und wie wichtig es war, die Gesichtsverletzungen von einem Chirurgen nähen zu lassen, waren die Heidjer der Meinung, sie habe sich unbefugt in dörfliche Angelegenheiten eingemischt, die Wünsche der Mutter ignoriert und die Heilung durch die alte Henriette, die nun schon seit Jahren die Dörfler bestens kurierte, verhindert.

Sabine war traurig über diese Entwicklung. Dennoch richtete sie ihre Praxis ein und brachte, wie sie es sich erträumt hatte, ihr Praxisschild neben der Haustür an.

Dr. med. Sabine Büttner, Ärztin für Allgemeinmedizin

Danach, noch mit dem Schraubenschlüssel in der Hand, rief sie Jochen Bellmann an und lud ihn ein, das neue Haus und die Praxis mit ihr einzuweihen. Plötzlich sehnte sie sich nach einem Menschen, den sie kannte, der sie verstand, der ihr wohlgesinnt war und dem sie vertrauen konnte. Es war so ein schönes Haus, das sie ihm zeigen wollte, sie fühlte sich wohl, sie genoss das Gefühl von Geborgenheit – aber sie war immer allein.

Jochen Bellmann, überrascht von dem Anruf, denn er hatte damals beim Abschied den Eindruck gehabt, dass Sabine einen Schlussstrich ziehen wollte, versprach, sie zu besuchen. »Aber ich kann erst am nächsten Wochenende. Ich fahre übermorgen zu Freunden und habe dann die ganze Woche Bereitschaftsdienst. Du weißt ja, wie das ist.«

Sabine, enttäuscht, weil er eigentlich immer kam, wenn sie rief, zeigte diese Enttäuschung natürlich nicht. »Fein«, sagte sie,

»ich warte dann mit dem Mittagessen auf dich. Bring' schönes Wetter mit, damit ich dir die Gegend zeigen kann.«

Jochen, der noch immer über den Abschied verbittert war, wollte, dass Sabine spürte, dass er nicht mehr wie früher zur Verfügung stand, wenn sie winkte. ›Ich habe auch meinen Stolz‹, sagte er sich und schrieb das Datum in seinen Terminkalender. Und dann fügte er hinzu: Wunderbares, einzigartiges Geschenk besorgen!

Sabine, die wusste, dass sie der Arbeit in Praxis, Haushalt und Garten nicht gewachsen war, wenn erst einmal die Patienten das Wartezimmer füllten, wollte eine Haushälterin einstellen. ›Und eine Praxishilfe brauche ich auch‹, überlegte sie. ›Mit der Suche kann ich nicht anfangen, wenn der Betrieb läuft. Also muss ich jetzt suchen.‹

Sie fuhr zum »Auenkrug«, um mit der Wirtin zu reden. Lisbeth, überrascht von dem Besuch und gleichzeitig geschmeichelt, bot ihr Platz in der um diese Zeit leeren Wirtsstube an. »Ich mach' uns rasch einen Kaffee, dann habe ich Zeit für Sie, Frau Doktor.« Sabine sah sich in der Stube, die sie nur verräuchert und von lärmenden Männerstimmen erfüllt kannte, um. Eigentlich ganz nett, dachte sie. Heidebilder und ein paar Geweihe an den Wänden, auf einem Sockel einige Trophäen von wer weiß welchen Wettkämpfen, in einem Regal die Bierhumpen der Stammgäste und auf den Tischen frische Blumen. ›Die Lisbeth gibt sich Mühe, sie füllt sich ihre Stube jedenfalls mit Gästen, was ich von meiner Praxis nicht behaupten kann.‹

Als die Wirtin mit dem Kaffee kam, lächelte sie ihr entgegen. »Schön haben Sie es hier, das ist mir abends, als hier alles voll war, gar nicht so aufgefallen.«

»Na ja, man tut, was man kann. Obwohl die Männer, wenn sie erst mal hier sind und die ersten Gläser getrunken haben, nicht mehr viel davon sehen. Aber ich will mich ja an meinem Arbeitsplatz auch wohl fühlen. Wie geht's denn bei Ihnen, Frau Doktor?«

»Von ›gehen‹ kann keine Rede sein, mein Wartezimmer ist leer.«

»Das gibt sich. Mit den Heidjern muss man Geduld haben, ich kenne das, ich war ja auch fremd hier, als ich den Wilhelm heiratete.«

»Manchmal fahren draußen Autos vorbei, noble Autos mit fremden Nummernschildern, die fahren ganz langsam, manche halten auch, als wollten sie das Haus besichtigen, und dann fahren sie wieder weiter.«

»Das sind die Patienten aus dem Sanatorium. Die langweilen sich hier in der Heide, und dann fahren sie spazieren und kontrollieren die Veränderungen in unseren Dörfern.«

»Neugierige Leute.« Sabine schüttelte den Kopf. »Wir sind doch keine Sehenswürdigkeiten.«

»Für Gelangweilte schon.«

»Was sind das für Patienten?«

»Genervte Großstadtmenschen, depressive Manager, gelangweilte Reiche. Ist doch heute modern, Depressionen zu haben.«

»Aber Frau Lisbeth, Depressionen sind eine ernste Krankheit.«

»Komisch, Frau Doktor, früher kannte man solche Wehwehchen nicht, da wurde gearbeitet, da kam man nicht auf so krause Ideen.« Sie schenkte Kaffee ein und reichte Sabine einen Teller mit Plätzchen. »Greifen Sie zu, ich hab' sie selbst gebacken.«

»Danke.«

»Wissen Sie, Frau Doktor, wenn ich an früher denke ...«

Sabine unterbrach sie. »Die Zeiten haben sich geändert, Frau Lisbeth. Viele Krankheiten spielen sich heute im Kopf ab und nicht im Körper. Vor allem Menschen mit großer Verantwortung haben Probleme mit dem Leben.«

»Aber anscheinend sind es immer die Reichen, die damit nicht klarkommen. In dem Sanatorium wird garantiert kein einziger Arbeiter oder Bauer behandelt, da sind nur die feinen Herren und Damen drin, das sieht man an den Karossen, die sie fahren.«

»Vielleicht kommen die Bauern und die Arbeiter nicht bis hierhin, weil sie eben keine feinen Karossen haben, und zu Fuß ist es doch ziemlich weit von Lindenberg bis hierhin.«

»Ja, neun Kilometer, da könnten Sie natürlich Recht haben, obwohl ich glaube, dass die feinen Herrschaften lieber unter sich genesen wollen. Aber der Oberförster hat sich Ihr Haus auch schon angesehen. Neugierig sind sie alle.«

»Der Oberförster? Das hab ich gar nicht gemerkt.«

»Ja, da wohnten Sie noch nicht hier, da waren noch die Handwerker bei der Arbeit. Und er war auch nicht drin, er hat nur durch die Fenster geguckt.«

»Hier im Dorf bleibt wohl nichts geheim?«

»Nee, überhaupt nichts, Sie müssten mal abends hier sein, was da so alles erzählt wird. Ich weiß auch, dass der Jürgen Albers Sie aus dem Graben gezogen hat.«

»Meine Güte, das war doch mitten im Wald und fast dunkel, wer sollte das denn beobachtet haben?«

»Wer weiß? Ich denke mal, der interessiert sich für Sie.«

»Unsinn, wir kennen uns doch gar nicht. Wir haben keine drei Worte miteinander geredet.«

»Das glaube ich sogar.« Lisbeth kicherte. »Reden tut der nämlich nicht gern. Mit dem ist noch keiner hier warm geworden. Ich denke mal, der redet nur mit den Tieren und mit seinen Hunden.«

Sabine musste lachen. »Das könnte der Fall sein. Wenn man immer im Wald unterwegs ist, hat man eben keine

Gesprächspartner.« Dann wurde sie wieder ernst. »Aber ich bin eigentlich hergekommen, weil ich einen Rat von Ihnen brauche.«

»Ja?« Lisbeth war sichtlich begeistert davon, dass sie einer Ärztin einen Rat erteilen durfte.

»Ich brauche eine Haushälterin und eine Praxishilfe. Wo finde ich die?«

Lisbeth überlegte. »Also eine Haushälterin wüsste ich, aber die würde zu Hause wohnen wollen, weil sie noch einen Jungen zu versorgen hat.«

»Ja? Und ist sie zuverlässig?«

»Ja, und sie braucht dringend Geld. Der Mann ist Saisonarbeiter. Mal beim Spargelstechen, beim Obstbauern, mal in einer Baumschule, was gerade so anfällt. Er kommt nur sonntags nach Auendorf, da kann sie dann nicht von zu Hause weg.«

»Das wäre mir Recht. Und wie heißt sie?«

»Das ist die Lotti Habermann vom Oberhof, aber der ist schon lange kein Hof mehr. Ein bisschen Kleinvieh und ein Gemüsegarten, das ist alles, was davon übrig geblieben ist. Der Mann ist Alkoholiker, wenn Sie wissen, was ich meine. Da ist der Hof durch die Gurgel geflossen.«

»Aber sie ist zuverlässig und ehrlich?«

»Klar, ihre Schwester Grete arbeitet seit zehn Jahren beim Forstmeister in Moordorf, da hat's noch nie Klagen gegeben.«

»Würden Sie mir die Adresse geben und den Weg beschreiben?«

»Ist besser, ich spreche vorher mit ihr. So unverhoffte Besuche, da sind die Landfrauen pingelig.«

»Na gut. Sagen Sie ihr, acht Stunden am Tag und fünf Tage in der Woche sind in Ordnung. Über den Lohn spreche ich dann selbst mit ihr.«

»Und was soll sie machen?«

»Den Haushalt, die Wäsche, den Garten, und abends müssen die Praxisräume gereinigt werden.«

»Soll sie auch kochen?«

»Das wäre schön.«

»Gut, ich sag's ihr. Wenn sie einverstanden ist, kann sie morgen bei Ihnen reinschauen und sich vorstellen.«

»Und wo kriege ich eine Praxishilfe her?«

»Hm, das ist schon schwerer. Ich weiß nur, dass die Pflegetochter vom Bürgermeister eine gelernte Krankenschwester ist. Die Helga arbeitet in Soltau, aber die würde gern hier was finden, damit sie nicht immer hin- und herfahren muss.«

»Wann und wo treffe ich diese Helga denn an?«

»Sie wohnt beim Bürgermeister. Aber wann sie abends zu Hause ist, weiß ich nicht. Meist kommt sie erst sehr spät.«

»Ich werde mich erkundigen. Erst mal jedenfalls vielen Dank. Sie haben mir sehr geholfen.«

»Mach' ich doch gern.«

Sabine stand auf. »Vielen Dank für den Kaffee und das Gebäck. Ich muss nach Hause, vielleicht gibt es ja doch mal einen wartenden Patienten.«

»Ich drück' die Daumen.« Lisbeth ging mit nach draußen. »Ist das Ihr neues Auto?«

»Ja, ich brauche einen Geländewagen, mit dem Smart komme ich hier kaum weiter. Außerdem muss ich auch Platz haben, falls ich mal einen Patienten transportieren muss.«

»Richtig mit ,ner Krankentrage?«

»Ja, wenn ich ein paar Sitze umklappe, reicht der Platz.«

»Das ist gut. Der Krankenwagen braucht oft Ewigkeiten, bis er zu uns rauskommt. Ich freu mich, dass Sie da sind, Frau Doktor, und kommen Sie ruhig öfter mal vorbei.«

»Danke, mach' ich gern, wenn's die Zeit erlaubt.«

Sabine stieg ein, winkte kurz und fuhr davon.

›Zeit‹, dachte sie, ›wenn ich weniger davon hätte, wäre mir wohler.‹ Sie hatte sich den Anfang schwierig vorgestellt, aber sie hatte nur mit ein, zwei Anlauftagen gerechnet, doch in der Praxis rührte sich überhaupt nichts, nicht einmal telefonisch hatte man ihren Rat gebraucht. Sie fuhr nach Hause: weit und breit kein Mensch zu sehen. Sie stellte das Auto in den Schuppen und ging ins Haus. Der Anrufbeantworter blinkte. Sie drückte den Wiedergabeknopf.

»Hier spricht Hartmut Neuberg, ich hätte gern einen Termin. Kann ich um 15 Uhr vorbeikommen?« Es folgte die Telefonnummer.

Sabine lächelte. ›Na endlich‹, dachte sie, rief den Herrn Neuberg an und vereinbarte den Termin um 15 Uhr. Sie ging in die Küche, wärmte sich eine Dosensuppe auf und setzte sich mit dem Teller auf die Bank hinter dem Haus. Sie mochte den Platz auf der kleinen Terrasse, im Frühjahr und im Herbst war es warm und sonnig, und im Sommer sorgte ein alter Apfelbaum für Schatten. Vor allem aber fühlte sie sich hier unbeobachtet. Sie sah einem Schäfer zu, der in einiger Entfernung seine Herde langsam über die Heide trieb. Zwei Hunde umsprangen ihn bellend, und er tätschelte ihre seidigen Köpfe. Die Schafe, noch im wolligen Winterfell, weideten gemächlich und wedelten mit den dicken Schwänzen. Lämmer tobten um ihre Mütter herum. Ab und zu trieb einer der Hunde ein entferntes Schaf in die Herde zurück. Der Schäfer dirigierte seine Hunde mit kurzen, scharfen Pfiffen, sie gehorchten sofort. Als die Herde etwas näher kam, sah der Mann die Frau auf der Bank und winkte ihr kurz zu. Sabine winkte zurück. Bald darauf waren Hirt und Herde hinter dem nächsten Hügel verschwunden.

Sabine stand auf, wusch den Teller und den Topf ab und stellte beides auf die Ablage. Sie ging hinüber in die Praxis. Alles war neu, blitzblank und hygienisch einwandfrei. Langsam strich sie über das seidige Holz am Empfangspult. Ihr wäre es lieber gewesen, die rauen, abgelaufenen Böden einer viel frequentierten Praxis zu betreten, Geräte zu berühren, die benutzt aussahen, und den Geruch von Medikamenten einzuatmen, statt sich in der keimfreien Luft zu bewegen. Sie zuckte mit den Schultern. ›Es wird alles noch kommen. Ich muss einfach Geduld haben.‹ Sie sah auf die Uhr. ›Gleich drei‹, überlegte sie. ›Ich muss mich umziehen. Meinen ersten Patienten sollte ich nicht in Jeans und T-Shirt begrüßen.‹ Sie zog Rock und Bluse und den weißen Arztkittel an. Ein Blick in den Spiegel, sie war zufrieden.

Sabine hörte das Cabriolet kommen, bevor sie es sah. Sie öffnete die Haustür und wartete. Obwohl sie den Mann hinter der spiegelnden Windschutzscheibe nicht sehen konnte, hob sie grüßend die Hand. ›Später, wenn das Wartezimmer überquillt, werde ich meine Patienten nicht so gelassen begrüßen können, aber – er ist nun mal der Erste – heißen wir ihn willkommen.‹

Und dann war sie doch überrascht von seinem Anblick. Er sah einfach großartig aus mit seinen breiten Schultern und den blonden, vom Fahrtwind verwehten Haaren, die ihm in lockeren Wellen bis auf die Schultern fielen. Er lächelte. Sein Mund war sinnlich und humorvoll gekräuselt, die Nase lang und gerade, die Augen hinter einer Sonnenbrille verborgen. ›Schade‹, dachte Sabine für einen Augenblick, ›dass ich die Augen nicht sehen kann. Sie verraten immer am meisten von den Menschen, und ich beurteile Menschen gern nach ihren Augen.‹

Sie beobachtete, wie er näher kam, lässig, selbstsicher, athletisch. Er war noch einen Meter entfernt, als sie den Eindruck bekam, dass er ein Spieler war. Ein Mann, der mit Gefühlen, Gedanken, Erwartungen anderer spielte. Mit einem verhaltenen Lächeln streckte sie ihm die Hand entgegen. »Sie sind Herr Neuberg?«

»Ja.« Ihre Hände berührten sich. Er zog seine Hand langsam zurück, und sein Blick verweilte einen Augenblick länger auf ihr, als nötig war. »Und Sie sind hier die Landärztin?« Es klang, als wolle er sagen: Wer oder was um alles in der Welt hat Sie hierher verbannt?

»Kommen Sie herein.« Sabine ging vor ihm her, und er bewunderte ihre wohlgeformte Gestalt, die langen Beine, die hochgesteckte Lockenpracht, die, bis auf wenige verspielte Strähnchen, den zierlichen Hals freigab und die zielstrebige Art, mit der sie ihn in das Sprechzimmer führte. Er sah sofort, dass er der erste Patient dieser Ärztin war.

»Bitte, nehmen Sie Platz.« Sabine wies auf den Stuhl vor ihrem Schreibtisch. »Was kann ich für Sie tun?«

Er sah sich um. »Sind Sie ganz allein hier?«

»Wie meinen Sie das?«

»Nun, ich vermisse eine strenge Empfangsdame, eine, die mich sofort nach meiner Versichertenkarte und nach der Praxisgebühr fragt.«

»Ich bin auf der Suche nach ihr. Wie Sie sehen, habe ich die Praxis soeben eröffnet.«

»Ich bin also der erste Patient?«

»Das könnte man sagen.«

»Aber das muss gefeiert werden. Dürfte ich ...«

»Sie dürfen mir sagen, was Sie herführt.«

»Ja, also, ich bin jedes Jahr als Tourist in Immenburg. Die Müllerin vermietet ein paar Zimmer, und ich erhole mich dort vom Stress in der Raffinerie. Wissen Sie, wenn ich das ganze Jahr dem Lärm, den Gerüchen, der Hektik ausgesetzt bin, brauche ich die Ruhe, die ich dort finde.«

»Das kann ich verstehen. Was für eine Raffinerie ist das?«

»Zuckerrübenverarbeitung. Aber in diesem Jahr habe ich Probleme. Die Ruhe macht mich nervös. Ich kann nicht schlafen, weil es so still ist, können Sie das verstehen?«

»Gibt es noch andere Probleme?«

»Ja, aber es fällt mir schwer, darüber zu reden.«

»Ich bin Ärztin.«

»Ja, ja, ich weiß.« Er streifte seine Ärmel hoch. »Ich habe einen schrecklichen Juckreiz. Am Hals fing es an, jetzt sind es vor allem die Arme. Richtige Quaddeln bilden sich da.«

Sabine stand auf. »Zeigen Sie mal.« Sie betrachtete die Arme, dann den Hals, nachdem er einen Seidenschal entfernt hatte. »Ziehen Sie bitte das Hemd aus.«

»Es ist ein verrückter Kreislauf. Ich kann nicht schlafen, weil es so juckt, und weil ich nicht schlafen kann, juckt es immer mehr.«

»Haben Sie einmal einen Allergietest gemacht? Sind Sie gegen irgendetwas allergisch?«

»Nicht, dass ich wüsste. Ich hatte auch bisher keinen Grund, einen Allergietest machen zu lassen.«

»Welche Medikamente nehmen Sie ein? Viele haben Nebenwirkungen, viele sind mit Juckreiz verbunden.«

»Keine Medikamente, höchstens mal ein Aspirin.«

»Sind Sie mit Tieren zusammengekommen? Oder mit Pflanzen?«

»Nicht, dass ich wüsste. Das heißt, einmal habe ich eine Katze in meinem Bett vorgefunden. Die habe ich natürlich verscheucht.«

Sabine nahm eine Lupe zur Hand und stellte die Lampe an. Sie untersuchte die Arme, den Hals und den Rücken, und als sie ihn nicht mehr ansehen musste, hatte sie Mühe, sich ein Lachen zu verkneifen. »Sie sind mit Tieren in Berührung gekommen.«

»Aber das wüsste ich doch.«

»Sagen wir mal so: Flöhe haben Ihre Bekanntschaft gesucht.«

»Was?« Entsetzt sprang er vom Stuhl auf. »Das ist nicht wahr. Das gibt's doch nicht. Aber wieso denn?«

»Sehen Sie selbst. Sehen Sie die roten Punkte in der Mitte der Quaddeln? Das sind einwandfrei die Bisse von Flöhen.«

»Oh Gott, was mache ich denn jetzt?«

»Hatten Sie das Problem schon zu Hause oder erst in Immenburg?«

»Seit Immenburg. Aber ich bin dort seit Jahren zu Besuch. So etwas hat's da noch nie gegeben. Die Wirtin ist so sauber.«

»Irgendein Tier kann sie eingeschleppt haben. Wahrscheinlich ist die Katze daran schuld.«

»Was mache ich denn nun? Ich setze dort keinen Fuß mehr über die Schwelle!«

Sabine überlegte eine Weile und musste sich noch immer das Lachen verkneifen. Aber helfen wollte sie ihm auch. Da kam dieser eitle Typ in seinem feinen Cabriolet daher, und dann hatte er Flöhe.

»Ich mache Ihnen einen Vorschlag: Sie baden hier, ich gebe zum Wasser ein Desinfektionsmittel, und Sie schrubben sich kräftig ab und cremen die betroffenen Stellen mit einer Spezialsalbe ein. Ihre gesamte Kleidung stecken Sie in einen Müllsack und bringen ihn zum Entsorgen auf eine Deponie. Das machen Sie auch mit ihren Sachen in der Mühle. Danach kommen Sie wieder her, baden noch einmal in einer frischen Lösung, und dann fahren Sie nach Hause, lassen Ihr Auto desinfizieren und besorgen sich frische Sachen. Und von der Müllerin verabschieden Sie sich höflich, aber deutlich.«

Hartmut Neuberg starrte Sabine mit offenem Mund an. »Ich werd' verrückt. Ich kann doch nicht nackt nach Uelzen fahren.«

»Ich gebe Ihnen einen Arztkittel, den Autositz bedecken wir mit einem Laken, und das Verdeck schließen Sie. Dann sieht Sie keiner. Und bis Sie in Uelzen ankommen, ist es dunkel.«

»Himmel, so ein Mist. Na, die Wirtin kann was erleben.«

»Lassen Sie das, die kann garantiert nichts dafür. Da hat sich ein Flohträger eingeschlichen, von dem sie selbst vielleicht gar keine Ahnung hat. Sehen Sie sich meine Praxis an. Sie ist nagelneu, aber wer garantiert mir, dass Sie nicht so ein Vieh hier hinterlassen? Wenn Sie weg sind, muss ich alles desinfizieren – und ich bin ganz gewiss nicht schuld an dem Dilemma.«

»Auch das noch.« Hartmut sah sich entsetzt um. »Die schöne, neue Praxis. Was machen wir denn bloß?«

»Was ich gesagt habe. Ich lasse jetzt nebenan das Wasser in die Wanne. Wenn ich rufe, kommen Sie herein, ziehen sich aus, stecken Ihre Sachen in den Beutel, den ich Ihnen hinlege, und steigen ins Wasser. Und – ordentlich abschrubben, auch wenn's weh tut oder brennt. Und wenn Sie fertig sind, liegt hier ein Arztkittel auf dem Stuhl.«

»Aber, ich ...«

»Sie brauchen sich nicht zu genieren, ich bin seit zehn Jahren Unfallärztin, Männer sind mir in keiner Weise fremd.«

Es war sechs Uhr abends, als Hartmut Neuberg endlich in Richtung Uelzen abgefahren war. Sabine rief eine Desinfektionsfirma in Soltau an und bat um einen Spezialtrupp zum Reinigen der Praxis. Während sie wartete, setzte sie sich auf die Gartenbank, und dann konnte sie nicht verhindern, dass ihr Tränen der Enttäuschung über die Wangen liefen.

VIII

Sehr viel öfter als früher fuhr Forstmeister Albers in letzter Zeit durch Auendorf. Er selbst fand immer eine Entschuldigung für seine Umwege, die Frauen im Dorf aber, die den gut aussehenden und leider so verschlossenen Förster beobachteten, amüsierten sich über seine häufigen Dienstfahrten. Jede Bewegung auf der Dorfstraße, jedes Auto, jeder Tourist wurden beäugt und betratscht. Es passierte eben zu selten, dass sich etwas Aufregendes in Auendorf ereignete.

Heute Nachmittag hatten sie ihn sogar zwei Mal gesehen, denn Jürgen Albers hatte das Cabriolet vor dem Arzthaus entdeckt. Und das störte ihn. Dieses Auto mit dem Uelzener Kennzeichen war ihm seit Jahren bekannt. Er wusste, dass der Besitzer ein jährlich wiederkehrender Gast in der Immenburger Mühle war. Und er wusste aber auch, dass dieser Fremde ein beneidenswert gut aussehender Mann war. Und nun parkte sein Auto seit Stunden vor dem Arzthaus. ›Ist er hier als Patient? Aber welche Behandlung dauert stundenlang?‹, überlegte Jürgen Albers. ›Oder ist er ein privater Besucher? Ein höflicher Mann dehnt doch keine Teestunde vom frühen Nachmittag bis in die Abendstunden aus. Er muss doch wissen, dass er eine alleinstehende Frau ins Gerede bringt. Ich bin besorgt‹, stellte er fest. ›Schließlich ist die junge Frau ganz allein im Haus. Vielleicht wird sie belästigt? Vielleicht wird sie diesen Dandy nicht wieder los?‹

Unwillig schüttelte er den Kopf. ›Hör' auf mit diesen Gedanken. Du hast sie einmal aus dem Dreck gezogen, das muss reichen. Du bist nicht für sie verantwortlich, also hör' auf, deine Nerven zu strapazieren.‹

Als er eine Stunde später zum dritten Mal in die Straße einbiegen wollte, war das Auto verschwunden. ›Na also‹, dachte Jürgen und fuhr geradeaus weiter. ›Muss ich mich also nicht mehr drum kümmern.‹ Er fuhr zurück nach Moordorf. ›Wenn ich Lady heute noch bewegen will, muss ich mich beeilen. In einer Stunde ist es dunkel. Diese Frau hat mich ganz schön aufgehalten.‹

Er lenkte den Wagen in die Einfahrt zum »Heidehaus«. Dankbar sah er sich um. Das war sein Heim. Ihm gefiel die Abgeschiedenheit. Die verwitterten, mit Efeu überwucherten Mauern, das mit grau verblichenen Schindeln gedeckte Hausdach, die kleinen Fenster, deren Rahmen dringend einen neuen Anstrich brauchten, und die zweiflügelige Eingangstür mit den beiden Hauslaternen rechts und links, er konnte sich kein gemütlicheres Heim vorstellen. Hier war ihm jeder Baum, jeder Stein, jede Hecke vertraut. Er kannte die Stimmen der Vögel, die Gerüche des Waldes, die Richtung des Windes, die Geräusche der Einsamkeit. Sie waren da, und sie waren ein Teil seines Lebens geworden. Er spürte sie jeden Tag aufs Neue und mit immer gleich bleibender Freude. Mit allen Sinnen nahm er jede Einzelheit seiner Umgebung wahr. Die Freiheit seiner Arbeit und die Ungezwungenheit der Natur machten ihm das Leben lebenswert.

›Hör' auf zu träumen‹, ermahnte er sich und stieg aus. Dann öffnete er die hintere Ladetür und ließ die Hunde heraus. Glücklich über ihre Freiheit, stoben Jogas und Basco davon, scheuchten die von Frau Grete sorgsam in ihrem fuchssicheren Gehege gepflegten Hühner auf und verbellten Lady, die mit hochgestelltem Schweif über die Koppel galoppierte.

Jürgen holte eine Mappe mit Notizen vom Sitz, nahm Gewehr und Fernglas von der Rückbank und brachte alles ins Haus. Dann kleidete er sich eilig um.

Als er die Haustür hinter sich zuzog, kam Lady ans Koppeltor gepresscht. Sie kannte die Gewohnheiten ihres Herrn ganz genau. Als Jürgen mit Sattel und Zaumzeug aus dem Stall kam, versuchte sie ungeduldig, mit den Vorderhufen das Tor zu öffnen. Jürgen strich ihr beruhigend über den Hals. »Ist gut, mein Mädchen, gleich geht's los.« Er legte ihr den Sattel auf, zog den Bauchgurt fest und streifte ihr die Zügel über den Hals. Danach kraulte er das samtweiche Maul, mit dem die Stute seinen Hals liebkoste. »Du sabberst mir die Jacke voll«, schimpfte er lachend, »wenn das so weitergeht, habe ich eine feste Pferdespuckekruste auf meiner Schulter.« Auch das gehörte zum Ritual der Begrüßung. Dann erst streifte er ihr das Gebiss ins Maul, schnallte die Lederriemen fest und führte die Stute von der Koppel. Er stieg auf, pfiff die Hunde heran, die ihn begleiten sollten, und ritt davon.

Seltsam nur, dass auch dieser Weg nach Auendorf führte. Dennoch glitt sein Blick prüfend über die Heide. Um einige Wacholderbüsche hatten sich kleine Birken angesiedelt. Jetzt, mit dem hellgrünen Laub, fielen sie dem Oberförster auf. ›Ich muss sie entfernen lassen‹, dachte er. ›Sie suchen den Schutz der dichten Büsche, aber Wacholder braucht viel Licht, die jungen Bäumchen müssen weg.‹

Als er das Dorf vor sich hatte, wählte er den Weg am Hügel entlang. So konnte er ungesehen von den Bauern zwischen Heide und Arzthaus entlangreiten und einen Blick in den Garten werfen. Aber was er sah, gefiel ihm gar nicht. Da saß diese Ärztin im weißen Kittel auf der Bank hinter ihrem Haus und weinte. Ganz genau erkennen konnte er wegen der Entfernung und der zunehmenden Dämmerung die Tränen zwar nicht, aber sie wischte sich ein paar Mal über die Augen, putzte sich die Nase und starrte dann wieder blicklos in die Dämmerung. Das konnte nur ein Weinen sein. Hatte dieser Dandy sie geärgert? War er also doch zudringlich geworden, dieser blasierte Typ?

Langsam stieg er ab, band Lady an einen Kiefernstamm und öffnete die Gartenpforte. »Kann ich helfen?«

Da erst bemerkte sie ihn. »Nein, danke.«

»Aber es wäre ja nicht das erste Mal«, rief er belustigt und kam näher.

»Das erste Mal war schon schlimm genug.«

»Höre ich da Undankbarkeit im Unterton?«

»Nein, nein, nur peinliche Erinnerung.«

»Aber so schlimm war es doch gar nicht.«

»Ich werde gern mit meinen Problemen allein fertig«, erwiderte sie verschlossen.

Jürgen Albers hatte die Bank erreicht. Sabine stand auf. Überraschte stellte er fest, dass sie fast so groß war wie er selbst. Im Wald damals war ihm das gar nicht aufgefallen, aber da waren sie sich ja auch nicht auf Händedrucknähe begegnet. Da hatten sie zwar zusammen im Auto gesessen, aber er hatte sich auf den Weg konzentrieren müssen und keine Augen für die Größe seiner Begleiterin gehabt.

Sabine wischte sich noch einmal mit den Fingern über die Augen, dann reichte sie ihm die Hand. »Willkommen in meinem Garten. Sie kennen ihn ja schon.«

Verblüfft sah er sie an. »Wie meinen Sie das?«

»Na, im Dorf erzählt man sich, Sie haben Haus und Garten besichtigt, bevor ich hier einzog.« Sie setzte sich wieder, ohne ihm einen Platz anzubieten.

»Himmel noch mal, wer hat das denn gesehen?«

»Man muss sich wohl daran gewöhnen, dass hier nichts verborgen bleibt.«

»Da haben Sie Recht. Darf ich mich setzen?«

»Bitte«, sagte sie kühl, »und was verschafft mir die Ehre?«

»Ich war besorgt.«

»Wie bitte?« Verblüfft sah sie ihren späten Gast an, der in der ganzen Gegend als wortkarg und introvertiert galt.

»Sie haben geweint.«

»Das soll vorkommen. Aber ich habe nicht vor, meine Gefühle vor Ihnen auszubreiten.«

»Sie haben ein Helfersyndrom in mir geweckt. Seit dem Grabenunfall fühle ich mich verantwortlich.«

»Um Himmels willen, hören Sie mit dem Unsinn auf! Ich bin mit dem Wagen in den Graben gerutscht, das kann doch mal passieren.«

»Und nun darf ich mich nicht verantwortlich fühlen?«

»Nein, danke, ich kann sehr gut auf mich selbst aufpassen und möchte Ihre kostbare Zeit nicht noch einmal in Anspruch nehmen.«

»Sehr gastfreundlich sind Sie nicht.«

»Was erwarten Sie? Ich wollte allein sein und die Stille dieser Abendstunde genießen. Und nun kommen Sie und stellen dumme Fragen.«

»Tränen verkörpern nicht unbedingt Genuss. Warum haben Sie geweint?«

»Sie gehören also auch zu diesen dörflichen Herumschnüfflern. Sie sind nur noch konsequenter, Sie wollen nicht nur Äußerlichkeiten erschnüffeln, Sie wollen gleich die Seele vereinnahmen.«

Er setzte sich kerzengerade auf, und sein Gesicht war blass geworden. »Wie können Sie das glauben? Selbstverständlich interessiert mich Ihr Seelenleben nicht im Geringsten.« Er sah ihr fest in die Augen: »Verflucht noch mal, Fräulein Doktor, sind Sie immer so misstrauisch? Ich dachte, ich könnte ...« Er brach jäh ab, und die Farbe kehrte mit Macht in sein Gesicht zurück. »Tut mir Leid«, murmelte er und stand auf, »ich wollte Sie nicht anschreien. Es ist wohl besser, ich gehe jetzt.«

Sabine stand ebenfalls auf. »In meiner Küche steht eine Flasche Rotwein, aber ich habe noch keinen Korkenzieher gekauft, könnten Sie mir helfen, die Flasche zu öffnen?«

Verblüfft schaute er sie an. »Natürlich, ich habe ein Jagdmesser dabei. Bedeutet das ...?«

»Versöhnung, ja. Ich war auch zu schroff, tut mir Leid.«

Sabine lächelte ihn an und entspannte sich, denn sie erkannte, dass dieser Mann nicht hinterhältig und neugierig war, sondern tatsächlich von Anteilnahme getrieben wurde. Sie ging ins Haus und kam kurz danach mit einem Windlicht, mit der Flasche und zwei Gläsern zurück.

Sie stießen an und setzten sich wieder. Die Dämmerung war der Dunkelheit gewichen, und in dem flackernden Licht war es schwer, den anderen gut zu erkennen. Nach einer Weile des Schweigens fragte Jürgen Albers leise: »Darf ich mir trotzdem Sorgen um Sie machen?«

»Warum? Sehe ich so aus, als müsse man sich Sorgen um mich machen?«

»Sie sind fremd hier, Sie leben allein in dem großen Haus, Sie sollten vorsichtig sein. Auch hier treiben sich manchmal zwielichtige Gestalten herum.«

»Ich bin vorsichtig, aber zu meinem Beruf gehört auch ein offenes Haus für alle.«

»Und was wollte dieser Dandy mit dem Cabrio einen ganzen Nachmittag lang von Ihnen?«

»Er war ein Patient.«

»Behandeln Sie jeden Patienten stundenlang?«

»Das geht Sie nichts an.«

»Ich weiß, aber fremde Wagen fallen hier auf. Da macht man sich seine Gedanken.«

»An den Anblick werden Sie sich gewöhnen müssen, es soll vorkommen, dass Patienten ihren Arzt mit dem Auto aufsuchen.«

»Das wird mir nicht gefallen.«

»Was erlauben Sie sich? Was gehen Sie meine Patienten an?«

»Hier im Dorf fährt keiner mit dem Auto zum Arzt. Hier kommt man zu Fuß oder mit dem Fahrrad.«

»Oder mit dem Pferd?«

»Ich bin nicht als Patient hergekommen.«

»Sondern?«

»Sagen wir mal, als ein Mann, der sich Sorgen macht. Was ist los, warum die Tränen? Was ist passiert?«

»Nichts ist passiert, gar nichts. Ich wünschte, es passierte endlich etwas.«

Beruhigend legte er seine kräftige Hand auf die ihre. »Wie meinen Sie das? Sind Sie etwa abenteuerlustig? Oder warten Sie auf Mord und Totschlag? So etwas kommt hier kaum vor.«

»Ich warte auf Patienten. Ich habe meine Praxis eröffnet, und kein Mensch lässt sich blicken.«

»Wieso? Sie hatten doch heute einen, und den Jungen von Frau Lindner haben Sie doch auch verarztet.«

»Zwei Patienten in zwei Wochen. Eine tolle Ausbeute, und beide haben mir nur Pech gebracht.«

»Pech? Das verstehe ich nicht.«

»Der Erste hat das ganze Dorf gegen mich aufgebracht, weil ich ihn ohne die Erlaubnis der Mutter behandelt habe, und der Zweite hat meine nagelneue Praxis verseucht, morgen muss der Desinfektionstrupp kommen.«

»Was?« Erschrocken zog er seine Hand zurück.

»Ja, halten Sie nur Abstand, es könnte sein, dass Sie sonst verflöht nach Hause reiten.«

»Verflöht?« Jürgen lachte schallend. »Sie meinen verlaust.«

»Nein, ich meine Flöhe.«

»Aber man sagt nicht ›verflöht‹.«

»Aber Sie wissen, was ich meine.«

»Natürlich.« Er rückte auf der Bank ein Stück näher an sie heran und erklärte lachend: »Flöhe sind auf dem Land eine normale Begleiterscheinung.«

»Aber nicht in einer sterilisierten Arztpraxis.«

»Das stimmt. Und deshalb die Tränen?«

»Sollte ich etwa nicht enttäuscht sein?«

»Doch, das dürfen Sie, aber es wird sich alles einrenken.«

»Und wie? Man hatte mich vor der Abneigung der Bauern vor einem neuen Arzt gewarnt.«

»Sie müssen Überzeugungsarbeit leisten, bevor Sie als Arzt arbeiten.«

»Überzeugungsarbeit. Schönes Wort. Und wie überzeuge ich Menschen, die nicht zu mir kommen?«

»Indem Sie hingehen.«

Sprachlos sah sie ihn an. »Wie meinen Sie das?«

»Ich war auch total fremd, als ich herkam. Ich kannte keinen Menschen, und keiner kam zu mir. Ist ja auch verständlich. Aber ich brauchte Forstarbeiter, eine Sekretärin und eine Haushälterin. Also bin ich von Haus zu Haus gegangen und habe Leute gesucht. Ist mir verdammt schwer gefallen, denn ich lege keinen Wert auf persönliche Kontakte und bin lieber für mich allein. Aber mir blieb nichts anderes übrig. Heute habe ich verlässliche Arbeiter, die mich auch ohne viele Worte und Kontakte verstehen. Aber zuerst war das verdammt schwer.«

»Ich soll mir also meine Patienten suchen?«

»Ja, gehen Sie in die Häuser, machen Sie Besuche, lernen Sie die Leute kennen, dann kommen die auch zu Ihnen.«

»Ich kann doch ohne Grund keinen Hausbesuch machen.«

»Gründe gibt es immer, für den Arzt wie für den Kneipenwirt, für den Förster wie für den Müller und den Pfarrer.«

Sie lachte. »Der Kneipenwirt kann sich vor Gästen kaum retten.«

»Aber erst, wenn er sie von seiner Ehrlichkeit überzeugt hat.«

»Und der Müller hat so viele Kunden, dass er mit seinen Lieferungen kaum nachkommt.«

»Aber erst einmal musste er sie von der Qualität seiner Waren überzeugen.«

»Und der Pfarrer?«

»Sehen Sie sich die leeren Kirchen an. Da beklagen sich die Pfarrer über leere Gotteshäuser, sitzen zu Hause in ihren Studierstuben und wundern sich, dass sie keiner besucht. Die Herren sollten ihre Stuben verlassen und zu den Leuten in die Häuser gehen, dann würden sie sehen, wo Not am Mann ist, und dann würden auch die Kirchen wieder voll. Man darf eben nicht nur warten, sondern muss den Anfang machen mit den Kontakten.«

»Sie vergleichen mich mit der Kirche?«

»Es gibt hundert Vergleiche, bei denen es darauf ankommt, auf Menschen zuzugehen.«

Sabine sah ihn sprachlos an. Der Mann konnte ja reden, und zwar überzeugend reden. Vom Zaun her hörte sie ein leises Winseln. »Haben Sie Hunde dabei?«

»Ja, die beiden brauchten noch etwas Bewegung. Jetzt wird ihnen die Zeit lang. Hätten Sie vielleicht eine Schüssel Wasser für die beiden?«

»Natürlich.«

Jürgen brachte das Wasser zu Basco und Jogas, die neben Lady am Zaun warteten. »So ist's brav, ihr drei. Wird heute ein bisschen später.« Dann kehrte er in den Garten zurück. Sabine hatte den Arztkittel ausgezogen und sich eine warme Wollstola umgehängt.

»Was Sie da von der Kirche sagten, interessiert mich, weil ich glaube, dass Sie Recht haben.«

»Mich ärgern diese Zustände schon lange. Da sitzen die Herren in ihren Stuben und ihren Sakristeien, trauern um die Kirchenaustritte und die sinkenden Einnahmen und warten auf neue Mitglieder. Sie warten zum Beispiel darauf, dass Mütter kommen, um ihre Babys zur Taufe anzumelden, aber sie kommen nicht auf die Idee, die Mütter in ihren Wohnungen oder am Krankenhausbett zu besuchen, um ihnen zu erzählen, dass die Kirche sich freuen würde, ihr Kind in die Gemeinschaft aufzunehmen.«

»So habe ich das noch nie gesehen.«

»So ist es aber. Die Gemeinden sind so klein geworden, da ist kein Pfarrer mehr mit Arbeit überlastet. Man muss hingehen und nicht nur warten.«

»Morgen mache ich meine ersten Hausbesuche.«

»Vielleicht stoßen Sie nicht auf gesundheitliche Probleme, sondern auf soziale. Im Verborgenen gibt es in diesen Familien viel Not.«

»Ich sehe meine leere Praxis jetzt mit anderen Augen.«

»Freut mich. Und jetzt muss ich los. Ich habe noch einen weiten Weg, und im Dunkeln geht's nicht so schnell.«

»Reiten Sie durchs Dorf?«

»Nein, quer über die Heide. Lady kennt den Weg nach Hause auch im Dunkeln. Ich muss nur langsam reiten, damit wir nicht in Kaninchenlöchern stolpern.«

»Dann wünsche ich Ihnen einen guten Heimweg, und danke, dass Sie mir geholfen haben.«

»Nichts für ungut. Tränen kann ich nicht ausstehen.«

Und da war sie wieder, die schroffe, abwehrende Haltung, die freundschaftliche Kontakte fast unmöglich machte.

Sabine begleitete ihn bis zum Gartentor, streichelte die Hunde, die sich vertrauensvoll an sie schmiegten, und sah zu, wie er die Stute losband und aufstieg. Ohne ein weiteres Wort ritt er davon. Sabine lauschte dem immer leiser werdenden Hufschlag, aber der Heideboden dämpfte die Tritte, und sehr schnell waren Ross und Reiter in der Stille der Nacht verschwunden.

Sie ging zurück ins Haus. Die Angst vor dem Versagen war verschwunden. Langsam gewann der Optimismus wieder die Oberhand. ›Nach vorn schauen‹, sagte sie sich, ›das hat noch immer geholfen. Ab morgen mache ich Hausbesuche, stelle mich ganz einfach vor und lade die Leute ein, zu mir zu kommen, egal, ob sie Schmerzen im Körper oder in der Seele haben.‹

Langsam ging sie durch die Stube, strich mit den Händen über lieb gewordene Möbel aus dem Elternhaus, über Bücher, die sie seit ihrer Jugend begleiteten, nahm Fotos in die Hand und ein paar Andenken an frühere Reisen, und die ganze Zeit hatte sie das Gefühl, endlich zu Hause angekommen zu sein.

Sie ließ sich in der Sofaecke nieder, zog die Füße unter sich und schlang die Arme um ein dickes Kissen. Das Haar fiel ihr ins Gesicht und sperrte die Nacht genauso aus wie die Einsamkeit.

Eine wohltuende Ruhe überkam sie, als sie so in der Stille saß. Sie war gar nicht allein, es gab Menschen, die sich um sie Sorgen machten. Sie lächelte und dachte an den Mann, der so plötzlich aufgetaucht war, ihr Mut gemacht hatte und dann ebenso plötzlich wieder verschwunden war. ›Ein seltsamer Mensch, schroff, abweisend und dann so tiefsinnig und verständnisvoll‹, überlegte sie. Suchte er selbst Wege aus der Einsamkeit, hatte ein hartes Schicksal ihn so unzugänglich werden lassen, oder war er mit Absicht so unfreundlich und abweisend, weil er es vorzog, allein zu leben? Sie dachte an seinen Umgang mit den Tieren: ›Zu ihnen wenigstens ist er zärtlich und liebevoll.‹ Und dann fielen ihr die Augen zu, und sie schlief auf dem alten Sofa ein, zusammengerollt wie ein Kind im Schoß der Mutter.

IX

Aus den Hausbesuchen wurde nichts. Als Sabine am Morgen aus dem Fenster sah, stellte sie mit Erstaunen fest, dass vor ihrem Haus drei Autos parkten. Lotti Habermann, die seit einer Woche ihren Haushalt versorgte, hatte die Haustür weit geöffnet und stand erwartungsvoll in der Wohnhalle.

»Ich hab' sie alle ins Wartezimmer gebracht. Helga kümmert sich um sie.«

Sabine, die ihren Jogginglauf über die nahe gelegenen Heidehügel und die notwendige Dusche danach bereits hinter sich hatte und jetzt zu frühstücken gedachte, sah die Haushälterin verblüfft an. »Aber wer sind die, die Sie ins Wartezimmer gebracht haben?«

»Na, Patienten, Frau Doktor, Ihre Patienten. Gut aussehende Herren. Und da die Sprechstunde um acht beginnt und ich hörte, dass Sie oben fertig sind, hab' ich die Tür aufgemacht. Hier ist Ihr Kittel, ich helfe Ihnen rein.« Sie hielt den Arztkittel mit ausgebreiteten Armen, und Sabine schlüpfte hinein. »Dann wird's wohl nichts mit dem Frühstück?«

»Im Augenblick nicht, Lotti, Patienten haben immer Vorrang.«

»Aber wenigstens eine Tasse Kaffee!«

»Na gut.«

Lotti brachte den Kaffee, die Zuckerdose und die Sahne, und Sabine mischte alles und nahm den ersten heißen Schluck.

»Ah, tut das gut.«

»Wusste ich doch. Also, die Kanne stell' ich auf die Wärmeplatte, dann können Sie immer zwischendurch mal einen Schluck nehmen.«

»Danke, Lotti.«

Sabine ging über den Flur und in das Empfangsbüro. Helga Brenner, ebenfalls in Weiß, sah ihr strahlend entgegen. »Es geht los, Frau Doktor, drei Herren sitzen im Wartezimmer.

Die Personalien habe ich schon in den Computer eingegeben. Die Praxisgebühr konnte ich aber nicht kassieren, es sind alles Privatpatienten.«

»Und wo kommen diese Privatpatienten her?«

»Ach, von überall. Aus Bremen, aus Hamburg und einer ist sogar aus Berlin.«

»Das verstehe ich nicht.«

»Na, jetzt sind sie alle hier im Sanatorium. Hat sich wohl rumgesprochen, dass es hier ‚ne neue Ärztin gibt.«

»Aber die haben doch eigene Ärzte.«

»Wer weiß?« Helga kicherte. »Sind vielleicht nicht zufrieden mit denen.«

Sabine verkniff sich ein Lächeln. »Seltsam, sehr seltsam.« Dann ging sie ins Wartezimmer.

»Guten Morgen, meine Herren, ich bin Doktor Büttner, wer ist der Erste?« Einer der Patienten stand auf und nickte. »Ich war zuerst hier.«

Sabine spürte, dass die drei sich nicht mochten. Da gab es ein Rivalitätsgehabe, das ihr nicht gefiel.

Sie ging in ihr Sprechzimmer voraus. »Was kann ich für Sie tun?«

»Mein Name ist Wallner, Herbert Wallner, ich bin Patient im Paracelsus-Sanatorium, ich möchte ...«

Es folgte eine lange Liste von Leiden und Enttäuschungen. Sabine hörte zu, und was sie wirklich hörte, waren Unzufriedenheit mit dem eigenen Leben, mit den Menschen, mit dem Aufenthalt im Sanatorium, mit dessen Ärzten und deren Behandlungsmethoden. Als Frau schüttelte sie verständnislos den Kopf, aber als Ärztin war sie verpflichtet, dem Leiden nachzugehen. Vielleicht war sie wirklich so etwas wie ein Rettungsanker in einer völlig verwirrten Situation. Vielleicht brauchte dieser Herbert Wallner einen fremden Helfer? Sie fragte ihn nach Medikamenten, die er einnahm, stellte fest, dass sein Blutdruck in Ordnung war, und beendete das Gespräch nach einer guten halben Stunde.

Sie verordnete ihm viel Bewegung an der frischen Luft und versprach, während ihrer Sprechstunde immer Zeit für ihn zu haben, wenn er ihren Rat bräuchte. Auf keinen Fall wollte sie riskieren, auch in ihrer Freizeit beansprucht zu werden, denn es sah ganz danach aus, als suche der Mann einfach Abwechslung vom Sanatoriumsalltag. Als sie ihn schließlich verabschiedete, sagte sie: »Und wenn Sie das nächste Mal kommen, wandern Sie hierher. Das Auto lassen Sie im Sanatorium, denn die Bewegung wird Ihnen sehr gut tun.«

Verblüfft sah Wallner die junge Frau an. Noch nie hatte ihm jemand gesagt, er solle seine Füße benutzen statt des Autos. Und Sabine dachte: ›Er wird es sich zweimal überlegen, ob er dann kommt.‹

Zu den beiden Wartenden hatte sich eine Dame gesellt. Sabine bat einen nach dem anderen in ihr Sprechzimmer und stellte fest, dass die Herren aus Frustration, Langeweile und Verdrossenheit Hilfe bei ihr suchten. Alle drei waren depressiv und zum Teil seit Wochen im Sanatorium. Und allen verordnete sie den Fußmarsch.

Eine Ausnahme bildete die Dame. Sie war ein Mobbing-Opfer und bereit zu kämpfen. Dass sie ihren Kampf bis in Sabines Praxis ausbreitete, war der Ärztin nicht besonders angenehm. Auch sie war eine Patientin des Paracelsus-Sanatoriums und bereits sehr wütend, weil sie so lange warten musste. »Können diese Männer ihren Seelenmüll nicht woanders auskippen?«, fragte sie zornig, bevor sie sich überhaupt vorstellte. »Ich bin Ilse Meyer, mit Ypsilon, bitte.«

Sabine reichte ihr die Hand. »Kommen Sie herein und nehmen Sie Platz. Was kann ich für Sie tun?«

»Halten Sie sich diese Typen vom Leib. Diese Manager und Chefs und Direktoren mit ihren Supergehältern und ihrer

Langeweile kommen doch nur, um ein neues Gesicht zu sehen und dann im Heim damit zu prahlen. Ich sag's Ihnen, morgen platzt Ihre Praxis aus allen Nähten.«

Sabine lächelte beschwichtigend. »Eigentlich wollte ich nur wissen, womit ich Ihnen helfen kann.«

»Ich will meinen Frust loswerden und meine Wut.«

»Ich fürchte, da sind Sie bei mir nicht richtig, Frau Meyer.«

»Klar bin ich hier richtig. Von Frau zu Frau kann man über alles reden, und das will ich. Nur das.«

Und dann legte sie los. Seit fünfunddreißig Jahren sei sie in der Firma. »... und nun sind neue Chefs gekommen und haben ihre eigenen Angestellten mitgebracht. Und plötzlich taugt meine Arbeit nicht mehr. Aber, ich sag's Ihnen, mich werden die nicht los. Ich kenne meine Rechte. Ich weiß, wo's langgeht. Aber wo bin ich gelandet? Im Sanatorium. Der Firmenarzt hat mich mir nichts, dir nichts krankgeschrieben, wissen Sie? Überarbeitung, Überforderung, Über..., ach, ich weiß nicht mehr, was er mir noch alles untergeschoben hat. Und nun sitze ich seit Wochen hier, und irgendwann heißt es dann, die Meyer ist untragbar, die kann ihre Pflichten nicht mehr wahrnehmen, also raus mit ihr.«

Wütend lief sie im Sprechzimmer auf und ab. »Aber das lass ich mir nicht gefallen. Deshalb bin ich hier. Ich brauche ‚nen Arzt, der mir bescheinigt, dass ich absolut gesund und arbeitsfähig bin. Im Sanatorium stecken die doch alle unter einem Hut.«

Sabine war entsetzt. Sie war Allgemeinmedizinerin, sie wollte körperlich kranke Menschen heilen, Verletzten helfen, Wunden versorgen, Fürsorge verschenken und Mut machen. Und nun füllten diese Menschen mit ihren seelischen Problemen und persönlichen Unzufriedenheiten ihr Wartezimmer. Wenn sich das herumsprach, kam bestimmt keine Bäuerin mehr und suchte bei ihr Hilfe. Dennoch, sie war

Ärztin, und ihre Berufsauffassung gebot ihr, Hilfe zu leisten, wo immer diese Hilfe benötigt wurde.

Sie stand auf und führte Ilse Meyer zu einem Stuhl. »Setzen Sie sich bitte. Ich kann nicht mit Ihnen sprechen, wenn Sie ständig hin und her laufen.« Dann fragte sie ihre Patientin nach der Dauer des Aufenthalts im Sanatorium, nach Behandlungsmethoden, nach Medikamenten, nach früheren Krankheiten, nach Problemen in ihrem Leben und nach Zukunftsplänen, um sich ein Bild zu machen.

Als Ilse Meyer die Praxis etwas beruhigter verließ, war es Mittag. Erschöpft setzte sich Sabine hinter ihren Computer und gab die Stichworte ein, die sie sich gemacht hatte. Dann entließ sie Helga Brenner in die Mittagspause, verschloss die Haustür und ging in ihre Wohnung. Der Kaffee war schal und bitter geworden.

»Na, Frau Doktor«, empfing sie eine strahlende Lotti Habermann, »hab' ich's nicht gesagt, jetzt geht's los. Und lauter feine Leute, die da gekommen sind.«

»Ja, ja, Lotti, und nicht einer brauchte wirklich meine Hilfe.«

»Aber es ist doch ein Anfang.«

»Wenn dieser Anfang sich rumspricht, bleiben die Bauern weg.«

»Es wird sich alles arrangieren, Frau Doktor.« Lotti ging in die Küche. »Ich habe das Mittagessen fertig«, rief sie über die Schulter zurück und hantierte geräuschvoll mit den Töpfen. Sabine legte den Arztkittel ab und wusch sich die Hände. Dann setzte sie sich an den liebevoll gedeckten Tisch und genoss den Duft, der aus der Küche herüberwehte.

Begeistert von ihrem eigenen Können, trug Lotti die Platte herein. Sie wusste, dass die Ärztin viel Wert auf gesunde Kost legte, und hatte überbackenes Gemüse mit Forellenfilets und vielen Kräutern aus ihrem eigenen Garten zubereitet. Mit der Ernte im Arztgarten musste sie noch eine Weile warten.

Schließlich hatte sie mit Aussaat und Anpflanzung erst beginnen können, als die Ärztin eingezogen war und sie die Arbeit im Haus übernahm. Aber ihr eigener Garten lieferte alles, was sie brauchte, und Fisch bekam sie jederzeit beim Höffner-Bauern, der froh war, ein paar Kunden im eigenen Dorf zu haben. In seinen Fischteichen zog er Karpfen, Forellen, Zander, Hechte und Aale, und die konnte man dann geräuchert, frisch oder portionsweise in fertigen Geleeterrinen kaufen. Ja, Lotti kannte sich aus mit den heimischen Genüssen und ganz besonders mit Wildgerichten. Ihre Schwester Grete, die beim Oberförster den Haushalt besorgte, wusste, wann mit frischem Wildbret zu rechnen war, und Lotti profitierte davon. Und dann die Pilze, die Beeren – sie musste unbedingt mit Grete reden, da ergab sich so manche Gemeinsamkeit zwischen Förster- und Arzthaus, die nicht nur auf dem Esstisch an Bedeutung gewinnen konnte. Lotti schmunzelte, als sie den Nachtisch servierte. Sie war aufs Beste informiert über das Interesse, das der Förster der Ärztin entgegenbrachte. Und wenn es nach ihr ginge, würde sie dieses beginnende Interesse mit Hasenpfeffer, Wildschweinschinken oder mit Brombeeromelettes fördern.

Sabine aß mit großem Behagen. Glücklicherweise war sie ein Mensch, der abschalten konnte. Diese Patienten vom Vormittag würden ihr nicht den Tag verderben. Sie ließ ihre Gedanken wandern: Ein paar Minuten für die Vergangenheit, ein paar für die Gegenwart und ein paar Minuten für die Zukunft. Dabei fiel ihr ein, dass sie Jochen Bellmann für das Wochenende eingeladen hatte. Sie lächelte bei dem Gedanken an den Freund, der sich so gekonnt geziert hatte, auf ihre Einladung sofort und spontan zu reagieren. ›Na ja‹, dachte sie, ›er hat auch seinen Stolz, und irgendwie muss er nun zeigen, dass ihm der Abschied nicht gefallen hat. Männer sind so leicht zu durchschauen‹, seufzte sie, ›wenn sie wüssten, wie gut wir Frauen sie kennen, würden sie nicht so viel Firlefanz um ein kleines Treffen machen. Er denkt, er erfüllt mir einen großen Wunsch – natürlich bin ich auch froh, mal wieder ein bekanntes Gesicht zu sehen und mit einem Freund zu reden –, aber mein Leben hängt nicht davon ab und meine berufliche Existenz auch nicht. Ich beiße mich schon durch.‹

Sie sah auf die Uhr. ›Ein halbes Stündchen Liegestuhl im Garten mit Sonnenschein und Heideduft kann ich mir leisten, bevor um drei Uhr die Praxis wieder öffnet.‹

Der Nachmittag unterschied sich nicht vom Vormittag und die nächsten Tage nicht von den vorangegangenen. Am Freitagnachmittag, als sie von einem kurzen Spaziergang um den nahe gelegenen Heidehügel zurückkam, empfing sie Helga Brenner mit den Worten: »Bürgermeister Hollenbach hat angerufen. Er kommt nachher vorbei, er möchte Sie sprechen.«

»Hat Ihr Stiefvater gesagt, um was es geht?«

Die Sprechstundenhilfe schüttelte den Kopf. »Nein, aber er klang verärgert.«

»Na schön, wir werden sehen.«

Als die letzten Patienten aus dem Sanatorium die Praxis verlassen hatten und Helga mit Lottis Hilfe die Praxisräume putzte, duschte Sabine und zog sich um. Es war heiß geworden in Auendorf, und selbst der späte Nachmittag brachte keine Abkühlung. Sie zog ein wollweißes, ärmelloses Leinenkleid an, band den dazugehörenden grünen Ledergürtel um, suchte die Kette mit den Jadesteinen heraus und zog die grünen Slipper an. ›Einmal am Tag ohne Arztkittel und dicke Gummisohlen‹, nickte sie sich im Spiegel zu. Dann ging sie nach unten, nahm den Laptop mit hinaus auf den Terrassentisch und begann mit den letzten Eintragungen. Sie hatte sich angewöhnt, jeden Abend die Patientenliste zu kontrollieren und zu vervollständigen. Kleine Notizen, die sie sich während der Sprechstunden machte, halfen ihr dabei. Aber das Endergebnis war an jedem Abend das Gleiche. Die Sanatoriumspatienten bevölkerten ihre Praxis, und die Bauern ließen sich nicht sehen.

Drinnen klingelte es. Als Sabine hörte, dass Lotti die Haustür öffnete, blieb sie sitzen. ›Mal sehen, was Hollenbach will‹, dachte sie und arbeitete weiter.

Der beleibte Sechzigjährige kam mit einem jovialen Lächeln im Gesicht auf sie zu. »Immer noch fleißig, die Frau Doktor?«, fragte er und reichte ihr seine verschwitzte Hand.

Sabine nickte, drückte widerwillig die Hand und erklärte sachlich: »Ich verarbeite meine Eindrücke, so lange sie noch frisch sind.«

»Sie haben viel zu tun, das spricht sich im Dorf herum.«

»Ja, die Praxis ist gut besucht. Und was kann ich nun für Sie tun?«

»Ich habe Ärger.«

»Sie haben Ärger? Was hat das mit mir zu tun?«

»Die Leitung des Sanatoriums in Lindenberg hat sich offiziell bei mir beschwert, und der Gemeinderat ist sogar sehr verärgert.«

»Und was geht mich das an?«

»Die Patienten entziehen sich dem Einfluss der Klinikärzte und laufen zu Ihnen, statt die Verordnungen der dortigen Ärzte zu befolgen.«

»Ich habe die Patienten nicht eingeladen herzukommen. Aber wenn sie hier sind, kann ich mich nicht weigern, sie zu behandeln. Meine Pflicht als Ärztin schreibt mir vor, mich um alle zu kümmern, die bei mir Hilfe suchen. Ich kann die Leute nicht einfach wegschicken.«

»Die Samtgemeinde Auendorf ist auf die Einnahmen aus dem Sanatorium angewiesen. Wir haben vor zehn Jahren dem Bau zugestimmt, weil wir wussten, dass damit Geld in die Gemeindekasse fließt. Jetzt droht man uns mit einer Verlegung nach Bispingen, wenn Ihr Konkurrenzverhalten nicht sofort eingestellt wird.«

»Mein Konkurrenzverhalten? Ich höre wohl nicht richtig.«

»Sie hören sehr wohl richtig. Wir haben Sie hergebeten, weil wir einen Arzt für die Heidjer brauchen und nicht für gut betuchte Sanatoriumsgäste, die dort die beste Bereuung haben. Ich kann natürlich verstehen, dass Sie wohlhabende Patienten den armen Bauern vorziehen, aber so war unsere Abmachung nicht gedacht.«

»Da haben Sie vollkommen Recht, Herr Bürgermeister. Aber ich habe die Sanatoriumsgäste nicht hergebeten. Vielleicht sollten die Ärzte dort sich einmal fragen, warum ihnen die Patienten weglaufen. Vielleicht sollten sie ihre Methoden überprüfen. Vorhin sagten Sie sehr richtig, die Patienten laufen zu mir – sehen Sie, ich habe als Erstes angeordnet, dass diese Leute zu Fuß herkommen müssen, weil ich mir überlegt habe, dass ein gesunder Fußmarsch sehr zum Wohlbefinden beitragen könnte. Und weil ich dachte, sie kämen dann nicht. Leider habe ich mich in dieser Beziehung getäuscht. Sie kommen tatsächlich zu Fuß erschöpft, aber glücklich. Schließlich ist es ein sehr schöner Weg, den sie gehen. Und sie kommen gemeinsam. Es haben sich regelrechte Wandergruppen und Freundschaften gebildet, während sie zuerst alle einsam in ihren dicken Autos vor der Tür hielten. Was ist an so einer Therapie verwerflich?«

»Natürlich nichts. Und dennoch: Sie entziehen dem Sanatorium die Patienten, und das bringt großen Ärger.«

»Dann sollte das Sanatorium ähnliche Therapien entwickeln. Ich werde versuchen, die Behandlungen zu beenden, aber dann sollten Sie versuchen, die Bauern von meinem Können zu überzeugen, denn ohne Patienten werde ich hier nicht bleiben.«

»Ich kann die Bauern nicht zwingen, zu Ihnen und nicht zur alten Henriette in ihrer Heidekate zu gehen. Das müssen Sie schon selbst machen.«

»Sie machen sich das leicht, Herr Bürgermeister. Sie nehmen mir etwas weg und geben nichts dafür zurück. Das ist nicht korrekt.«

»Korrekt ist die Sorge darum, ob wir Geld in der Gemeindekasse haben oder nicht. Die Schule braucht ein neues Dach, das Dorf ein paar Wegweiser, das Rathaus einen neuen Anstrich und der Friedhof endlich einen Zaun, damit die Hühner nicht darauf herumgackern. Das sind die Dinge, die im Gemeinderat zählen, und sonst gar nichts.«

»Bei meinem Bewerbungsgespräch haben Sie mir nicht gesagt, dass ich hier zu den ›Sonst-gar-nichts‹ zähle. Aber ich hab's jetzt verstanden. Sie können Ihrem Goldesel sagen, dass ich auf seine Patienten verzichten kann.« Verärgert stand Sabine auf. »Danke, dass Sie mich aufgeklärt haben, Herr Bürgermeister.«

Auch Hollenbach stand auf. »Nichts für ungut, Frau Doktor, aber ich brauch' neben dem Geld in der Kasse auch meinen Frieden im Gemeinderat, das müssen Sie verstehen.«

X

Jochen Bellmann putzte seine Sonnenbrille, zog die Bügelfalten glatt und stellte den Sitz eine Stufe zurück. An dem Platz zwischen Steuerrad und Bauch merkte er, dass er wieder zugenommen hatte. ›Ich muss wirklich aufpassen‹, dachte er und drehte den Zündschlüssel um. ›Wenn ich weiter so zunehme, brauche ich bald einen anderen Wagen.‹

Dumpf und satt dröhnte der Motor Bellmann liebte dieses Geräusch. Es verriet viel deutlicher als das harte Kreischen überdrehter, hochfrisierter Kleinmotoren die Kraft, die unter der Kühlerhaube seines Audi steckte. Langsam setzte er den Wagen in Bewegung, drehte eine kleine Runde auf dem Parkplatz und verließ das Krankenhausgelände.

Es war früh an diesem Samstagmorgen, und eigentlich hätte er den freien Tag gern zum Ausschlafen genutzt, aber die Fahrt nach Auendorf stand für heute im Kalender, und wenn er Zeit für Sabine haben wollte, musste er früh aufbrechen. Sie hatte ihn nicht eingeladen, bei ihr zu übernachten, und so blieben nicht viele Stunden für den Besuch, von dem er sich noch immer mehr erhoffte als freundschaftliches Geplänkel. ›Sie hätte mich ruhig für das ganze Wochenende einladen können‹, überlegte er und schaltete in den vierten Gang, als er die Autobahnauffahrt erreichte. ›Schließlich hat sie zwei Gästezimmer mit allem Drum und Dran. Und belästigt hätte ich sie ganz bestimmt nicht. Ich weiß mich schließlich zu benehmen.‹

Auf der Autobahn gab er Vollgas. ›Nun zeig, was du kannst‹, flüsterte er seinem Motor zu und lehnte sich bequem zurück. Die Straße war in Richtung Süden fast leer, während sich auf der entgegengesetzten Fahrbahn die Autos Stoßstange an Stoßstange drängten. ›Klar, bei diesem Wetter wollt ihr alle an die See‹, nickte er der Wagenkarawane zu. ›Heute Abend läuft es dann umgekehrt, und ich bin wieder auf der freien Seite.‹

Er erreichte die Ausfahrt in Richtung Visselhövede und schaltete herunter. Die Landstraße wurde von Laubbäumen flankiert. Morgensonne schien in feinen Strahlen durch die Blätter. Rechts und links weideten Kühe auf den Wiesen. Einige säugten ihre Kälber. An einem Parkplatz hielt er an, ging um den Wagen herum und holte den Korb, der auf dem Boden vor dem Beifahrersitz stand, heraus. Behutsam stellte er ihn auf die Erde und öffnete die kleine Gittertür. »Brav bist du gewesen, mein Mädchen, eine richtig gute Begleiterin.«

Behutsam griff er in den Korb und hob die kleine Hündin heraus.

»Und jetzt machst du dein Pfützchen, dann geht's weiter.« Er griff nach dem Halsband, befestigte die Leine und führte den kleinen Hund auf und ab. Die zehn Wochen alte Hündin wusste in keiner Weise, was das sollte. Dieses würgende Band um ihren Hals, das sie festhielt, wenn sie losspringen wollte, diese großen Menschenschuhe neben ihr, vor denen sie gewaltige Angst hatte, und die tiefe Stimme, die immer dasselbe sagte: »Pfützchen machen, mach dein Pfützchen, Pfützchen ...« Als es an einem Butterblumenbüschel besonders gut nach Hund roch, machte sie ihr Pfützchen und wurde dafür gestreichelt. Dann musste sie wieder in den engen Korb, das Türchen wurde geschlossen, und sie kam wieder auf den Platz, an dem es nach Gummi und Leder und Benzin stank. Sie nieste und rollte sich zusammen. Dann ruckte es und brummte und knirschte, und sie schlief ein.

Jochen Bellmann hatte lange über ein Geschenk für Sabine nachgedacht. Es sollte etwas Besonderes, Einmaliges sein, ein Geschenk, das Sabine ständig an ihn erinnerte, das ihr Freude machte und von dem sie lange etwas hatte. Er wusste, dass sie Hunde mochte und oft beklagt hatte, dass sie auf dem Krankenhausgelände und bei dem beruflichen Stress keinen Hund halten konnte. ›Aber jetzt hat sie Zeit und einen

Garten, und sie hat endlich jemanden, der auf sie aufpasst. Denn das einsame Haus am Heiderand ist mir viel zu abgelegen und gefahrvoll für eine alleinstehende Frau.‹ Mit diesen Gedanken machte er sich Mut für den Augenblick, in dem er sein Geschenk überreichen würde.

Als er durch Auendorf fuhr, schlug die Kirchturmuhr neun. ›Fein, genau zur Frühstückszeit‹, dachte er, und für einen Augenblick hatte er die Erinnerung an den Duft frischer Brötchen in der Nase. Neben dem Rathaus wartete ein Kutscher mit seinen Haflingern vor dem Kremser auf die ersten Touristen. Die Pferde hatten Futtersäcke um den Kopf gehängt und kauten behaglich ihren Hafer. Er sah zum Gasthaus hinüber. Die Wirtin legte Decken auf die Tische, die vor dem Haus aufgestellt waren. Ein Mann spannte Sonnenschirme auf. Neben der Toreinfahrt zu einem Bauernhaus wurden auf einem Gestell Obst, Gemüse, Marmelade in Gläsern und selbst gemachter Saft in Flaschen angeboten. Vor einem anderen Haus hingen duftig gekämmte Schaffelle auf dem Zaun, die man erwerben konnte. ›Sommer in der Heide‹, dachte Jochen und freute sich über seinen freien Tag.

Langsam fuhr er weiter. Dann sah er das Arzthaus am Ende des Dorfs. Rasen bedeckte die vor Wochen noch kahlen Flächen vor dem Haus. An der Steinmauer entlang standen Blumenbüsche in voller Blüte, und der Plattenweg zum Haus war eingerahmt von blauen Vergissmeinnicht und weißen Margeriten.

Die Haustür stand weit offen. Jochen parkte den Wagen und stieg aus. In der einen Hand den Transportkorb mit dem Hund, in der anderen einen Korb mit Wein und Delikatessen fürs Frühstück, ging er, nun doch leicht beklommen ob des außergewöhnlichen Geschenks, durch den Vorgarten. ›Zur Not kann ich das Tier ja wieder zurückbringen‹, dachte er beruhigt und klingelte.

»Komm rein, es ist alles offen«, rief Sabine von irgendwoher. »Komm einfach rein.«

Er ging durch den Flur, dann durch die Wohnhalle und dann in die Küche. Sabine stand am Herd und stellte die Kaffeemaschine an.

»Schön, dass du da bist, der Kaffee ist gleich fertig.« Dann drehte sie sich um, und Jochen Bellmann ließ vor Überraschung fast seine Körbe fallen. Vor ihm stand eine bildschöne, braun gebrannte, lachende Frau, die er kaum wiedererkannte. Weggewischt waren das blasse Gesicht, der gestresste Blick, die verkrampften Hände und die Sorgenfalten auf der Stirn, die er in Erinnerung hatte.

»Donnerwetter«, entfuhr es ihm, »du bist nicht wiederzuerkennen. Die Heide tut dir gut, das sieht man sofort.«

Unbekümmert trat Sabine zu ihm, küsste ihn auf beide Wangen und lächelte ihn an. »Schön, dass du da bist. Der Tisch ist gedeckt, der Kaffee fertig, und die Sonne lacht uns beim Frühstück ins Gesicht. Stell doch deine Körbe einfach ab.« Sie wollte nach dem Hundekorb greifen, als der sich plötzlich bewegte. Erschrocken zog sie die Hand zurück. »Was war denn das?«

»Mein Geschenk für deinen Einzug.«

»Ein Geschenk für meinen Einzug? Ein wackelndes Geschenk? Mein Gott, lass das arme Wesen erst mal raus.«

»Komm mit in den Garten, sicher ist sicher. Sie sitzt seit Stunden in dem engen Körbchen.«

»Eine Sie?«

Jochen stellte den Korb auf den Rasen vor der Terrasse und öffnete das Türchen. »Komm raus, meine Kleine. Und wenn du brav bist, darfst du bleiben, sonst muss ich dich wieder mitnehmen.«

Zwei rotbraune Pfötchen kamen als Erstes, ihnen folgte eine schwarze Nase in einem krausen Gesichtchen, dann kamen zwei Schlappohren und dann ein lang gestreckter kleiner Körper, der sich mit Behagen aus dem Körbchen wand. Zum Schluss kam eine wedelnde Rute und dann ein nicht enden wollendes Pfützchen auf dem Rasen.

»Mein Gott, wie niedlich«, stammelte Sabine.

Jochen bückte sich, hob die kleine Hündin hoch und legte sie Sabine in die Arme. »Sie heißt Ronca, und sie wird ein Setter, wenn sie fertig ist. Und Sie soll dich beschützen, das ist mir am Wichtigsten.«

»Ein Bewacher«, rief Sabine fröhlich, »du bist ein Schatz, Jochen, und wie immer sehr umsichtig. Du denkst, wenn du mich schon nicht bewachen kannst, dann soll es wenigstens ein Hund tun.«

»Ich habe von Schutz gesprochen und nicht von Bewachung.«

Sabine lachte: »Das kommt aufs Gleiche raus. Aber ich freue mich. Wirklich! Vielen Dank.« Dann setzte sie die kleine Hündin auf den Rasen. »Das Grundstück ist eingezäunt, und wenn du vorn die Gartentür geschlossen hast, kann sie nicht weglaufen.«

»Ich geh' und schau' nach.«

Während Jochen um das Haus herumging und das kleine Tor kontrollierte, holte Sabine den fertigen Kaffee und ein Schälchen Wasser für Ronca, und dann packte sie den Korb mit den Lebensmitteln aus. ›Jochen kennt noch immer meine Vorlieben‹, dachte sie und legte Roastbeef und Stremellachs auf die Teller, roch an dem duftenden Schweizer Bergkäse, füllte Fleischsalat in eine Schale, und als Jochen zurückkam, goss sie den Kaffee ein.

»Du kennst noch immer meine Leidenschaften«, freute sie sich, und Jochen verkniff sich eine Antwort, die sie vielleicht schockiert hätte. Bei dem Wort ›Leidenschaft‹ dachte er an Genüsse, die nichts mit einem Frühstückstisch zu tun hatten und die sie ihm noch nie gewährt hatte. Mit leicht gerötetem Gesicht setzte er sich zu ihr.

»Wunderbar, der Brötchenduft ist mir schon vor ein paar Kilometern in die Nase gestiegen. Schuld daran war natürlich die Vorfreude auf ein richtiges Heidefrühstück.« Er bediente sich mit Butter und Honig, versorgte die zweite Brötchenhälfte mit einem großen Klecks Sahnequark und veredelte den Kaffee mit Milch und Zucker. Sabine sah ihm heimlich zu, und sie sah genau, dass Jochen Bellmann in den vergangenen Wochen um etliche Kilos runder geworden war. Aber jetzt wollte sie ihm das Frühstück nicht verderben und schwieg. ›Aber bevor er wieder nach Bremen fährt, werde ich mit ihm reden‹, nahm sie sich vor.

Nach einer Weile lehnte sich Jochen zufrieden zurück. Das Frühstück war beendet, der Kaffee ausgetrunken, die Lebensmittel im Kühlschrank, und er hatte die beiden Liegestühle aufgeklappt. Die Sonne warf ihre Strahlen durch das Laub der alten Apfelbäume, und eine leichte Brise strich von der Heide herüber. Ronca hatte es sich auf Sabines Schoß gemütlich gemacht, und Jochen kraulte den kleinen Hund, wobei er ganz aus Versehen auch mal über Sabines Arm strich. »Und nun erzähle. Wie ist es dir ergangen?«

Sabine seufzte. »Nicht so gut, wie ich erwartet habe.«

Jochen war überrascht. »Was ist los?« So kannte er Sabine gar nicht.

»Zu mir kommen die falschen Patienten, und ich habe Krach mit dem Gemeinderat.« Und dann erzählte sie, wie es ihr in den vergangenen Wochen ergangen war. »Und ich weiß nicht, wie ich das alles ändern soll.« Verzagt starrte sie in den wolkenlosen Himmel, ohne ihn wirklich zu sehen.

»Sabine, falsche Patienten gibt es nicht. Selbst die, die ›nur‹ mit seelischen Problemen dein Wartezimmer bevölkern, sind

Patienten. Du musst einfach mehr Geduld haben, dann renkt sich das alles ein.«

»Das weiß ich, und ich mache sogar Fortschritte bei der Behandlung, obwohl ich weder ein Neurologe noch ein Psychoanalytiker bin. Ich gebrauche nur meinen gesunden Menschenverstand und kann ihnen damit helfen. Aber nun, mittendrin, soll ich damit aufhören.«

»Keiner kann dich dazu zwingen. Sprich doch mal mit der Sanatoriumsleitung. Erklär' ihnen, wie es zu dem Dilemma gekommen ist.«

Bestürzt sah sie den Freund an. »Du meinst, ich soll mich da entschuldigen?«

»Aber nein. Auf keinen Fall. Du musst deine Meinung klipp und klar erläutern. Und du musst erkennen lassen, dass du auf dem richtigen Weg bist. Du kannst sogar anbieten, denen da in ihrem angesehenen und berühmten Klinikum zu helfen, wenn sie es wünschen. Dass du Recht hast mit deinen Methoden, sehen diese Ärzte genauso wie du, wenn ihre Patienten plötzlich Wanderlieder singend durch die Heide marschieren.« Jochen nickte ihr zu. »Du hast das ganz großartig gemacht.«

Sabine sah ihn prüfend an. »Du meinst das wirklich ernst?«

»Natürlich.«

Sie seufzte befreit und lächelte mit geschlossenen Augen. »Ich glaube, jetzt hast du mir sehr geholfen.«

»Dazu bin ich da.«

»Ach Jochen, du bist wirklich ein Freund. Du hast mir wieder Mut gemacht. Ich wusste nicht mehr ein noch aus, und nun ist alles ganz klar. Montag fahre ich nach Lindenberg ins Sanatorium – ohne Schuldgefühle und ohne Angst, hier versagt zu haben.«

»Mädchen, wie kommst du denn auf die Idee, versagt zu haben?«

»Du hättest den Bürgermeister hören müssen.«

»Ein eitler Besserwisser mit Angst um seine Würde, wie kannst du so einen Mann ernst nehmen?«

»Weißt du, manchmal fehlt mir der starke Rückhalt, den ich im Krankenhaus hatte. Ich bin hier doch sehr allein, da ist man für alles selbst verantwortlich, und das ist nicht immer leicht.«

»Ich weiß, und ich habe das sogar befürchtet. Ich weiß aber auch, dass du stark genug bist, solche Situationen durchzustehen, sonst hätte ich dich nicht gehen lassen. Schließlich fühle ich mich nach wie vor ein bisschen verantwortlich für dich.«

»Danke, Jochen.«

Der Hund räkelte sich und sprang von Sabines Schoß. Sie richtete sich auf. »Wollen wir ein Stückchen laufen? Einmal auf den Hamberg und zurück? Das ist der Hügel da drüben, man hat einen schönen Blick auf das Dorf und die Umgebung.«

»Ja, nach dem Frühstück tut das gut.« Jochen holte das Halsband und die Leine für Ronca. »Besser, wir leinen sie an, es ist alles noch zu fremd für sie.«

Sie liefen Hand in Hand den Sandweg entlang, lachten, scherzten und sahen aufgeschreckten Vögeln nach. Forstmeister Albers, der am Waldrand stand und ein paar Fahrradtouristen beobachtete, die mit Mountainbikes abseits der ausgewiesenen Wege ein wildes Rennen veranstalteten, sahen sie nicht.

Am folgenden Montag setzte Sabine den Ratschlag des Freundes direkt in die Tat um, rief kurzerhand im Sanatorium an und vereinbarte den Termin für ein persönliches Gespräch mit der Klinikleitung.

XI

Der Notruf erreichte Sabine Büttner morgens um halb sieben. Wie an jedem heißen Sommertag lief sie ihre Joggingrunde kurz nach Sonnenaufgang. An diesem Morgen hatte sie gerade ihren Wendepunkt erreicht, machte ein paar Dehnübungen und begann im langsam ausklingenden Tempo mit dem Rücklauf, als das Handy in ihrer Gürteltasche klingelte. Etwas atemlos meldete sie sich. »Hier Doktor Büttner.«

Zunächst verstand sie gar nichts. Irgendwo lief ein starker Motor, verschwommen hörte sie Männerstimmen und schließlich etwas deutlicher: »Kommen Sie schnell, Frau Doktor, hier is ,n Unfall.«

»Wo? Und was ist passiert? Sprechen Sie lauter.«

»Ein Mann liegt unterm Baumstamm. Vielleicht is' er schon tot.«

»Wo? Wo liegt der Mann? Wie komme ich dahin?«

»Im Wald hinterm alten Schafstall, rechts vom Weg nach Oberndorf. Ich fahre da an die Ecke und warte auf Sie.«

»Gut, ich hoffe, ich finde die Stelle. Dann bin ich in dreißig Minuten da.«

Sabine schaltete das Handy aus und lief so schnell sie konnte zurück zu ihrem Haus. Ronca, die ihr fröhlich um die Beine sprang, wurde in der Küche eingesperrt, da würde Lotti sie finden. Sabine griff nach ihrem Unfallkoffer und nach dem Sauerstoffgerät, stieg in den Geländewagen und fuhr los. Noch immer atemlos, sah sie an sich hinunter: Turnschuhe an den nackten Füßen, graue, wadenlange Leggins, ein lose flatterndes T-Shirt und ein rosa Band im Haar. ›Meine Güte‹, überlegte sie, ›hoffentlich gibt das keinen öffentlichen Unfalltermin mit Polizei, Rettungswagen und Reportern – so wie ich aussehe. Ab morgen liegt ein sauberer Arztkittel als Reserve im Wagen.‹

Sie fuhr so schnell sie konnte. Zum Glück war noch kaum

Verkehr auf der Kreisstraße. Dann bog sie in den Feldweg ab, von dem sie wusste, dass er am alten Schafstall vorbeiführte. Kurz danach begann der große Kronwald, der fast bis an die Autobahn nach Hannover heranreichte. Endlich tauchte der verfallene Schafstall auf. Daneben bemerkte sie einen Mann mit einem Fahrrad. Als er sie sah, winkte er heftig. Sie stoppte. Staub wirbelte auf. Der Mann ließ sein Fahrrad fallen und sprang zu ihr in den Wagen.

»Sind Sie die Ärztin?«

»Ja. Zeigen Sie mir den Weg und erzählen Sie, was passiert ist.«

»Wir sind acht Waldarbeiter und gehören zu einer Gruppe vom Forstmeister Albers. Aber der ist seit zwei Tagen in Hannover bei einer Besprechung. Wir haben ihn gleich angerufen, und er gab uns Ihre Nummer, und er wollte auch gleich losfahren, hat er gesagt.«

»Und was genau ist passiert?« Sabine fuhr vorsichtig. Der Weg wurde immer schlechter, Steine und Äste bedeckten die schmale Spur, die nun mitten durch den Wald führte.

»Wir waren dabei, Baumstämme auf einen Langholzwagen zu verladen. Das macht der Kran mit ›ner großen Greifzange. Und nu' is' der eine Stamm abgerutscht, is' den Abhang runtergerollt und auf den Karl drauf, der unten stand. Das ging so schnell, dass er nicht weglaufen konnte. Und wir wussten auch nicht, wo er genau stand.«

Sabine umfuhr ein ausgespültes Regenloch und ein paar dicke Baumwurzeln, die bis in den Weg hineinragten. »Und was haben Sie inzwischen gemacht?«

»Wir haben versucht, den Stamm anzuheben, aber das haben wir nich' geschafft. Die ganze linke Seite vom Karl liegt da drunter.« Er sah sich um. »Wir sind gleich da.« Dann zeigte er auf eine Spur im Waldboden. »Hier können Sie langfahrn, das is' die Spur vom Kran. Da unten stehn die Männer.«

Sabine hielt hinter einem mit Baumstämmen beladenen Langholzwagen, griff nach ihrem Koffer und glitt vorsichtig den Abhang hinunter. Unten angekommen, empfing sie tiefes Schweigen. Mehrere Waldarbeiter standen um den Verletzten herum. Einer löste sich aus dem Kreis und kam auf sie zu. Verblüfft betrachtete er ihr Outfit, dann zog er die Mütze vom Kopf, reichte ihr die Hand und erklärte: »Ich bin Harry Wolff, der Vorarbeiter.«

Sabine nickte. »Doktor Büttner. Wann ist es passiert?«

»Vor ,ner knappen Stunde. Wir haben Sie sofort angerufen. Und wir haben ihn nicht bewegt.«

Der Verletzte war von Gestrüpp, Moosresten und kleinen Ästen bedeckt. Der Stamm hatte sein linkes Bein, den linken Arm und einen Teil seiner linken Brust unter sich begraben. Sabine bückte sich, entfernte Schmutz vom Gesicht und hob die Augenlider an. Dann tastete sie nach dem Puls an der Halsschlagader. Sie richtete sich auf. »Er lebt. Aber er muss so schnell wie möglich ins Krankenhaus. Wenn Rippen gebrochen sind und in die Lunge stechen, verblutet er. Aber der Stamm muss als Erstes weg.«

»Das schaffen wir nicht. Wir haben's schon versucht.«

»Dann holen Sie den Kran herunter.«

»Das geht nicht, der Abhang ist zu steil.«

»Haben Sie Seile?«

»Ja, ,n paar.«

»Holen Sie die und auch das Abschleppseil und alle Decken aus meinem Wagen.«

»Was wolln Sie machen?«

»Den Stamm von oben wegziehen.«

Ein paar Männer kletterten den Abhang hinauf. Sabine zog eine Spritze auf und befahl Harry, den rechten Arm des Verletzten freizumachen. Dann gab sie diesem die Injektion und nickte den Männern zu. »Sein Puls ist sehr schwach, ich muss ihn erst mal stabilisieren.«

Als die Männer mit den Seilen kamen, befahl sie, dicke Schlingen um die Stammenden zu legen. »Wenn ich sage ›los‹, dann muss der Kranführer von oben ziehen, und alle Männer müssen helfen, den Mann unter dem Stamm hervorzuholen. Aber vorsichtig und gleichmäßig, er darf eigentlich nicht bewegt werden. Verteilen Sie sich so neben ihm, dass jeder einen Teil des Körpers greifen kann. Harry, Sie übernehmen den Kopf.«

Während der Kranführer mit den Seilen nach oben kletterte und zwei Arbeiter die Seilenden um den Stamm knoteten, legte Sabine die Decken wie eine Trage neben den Verletzten. »Hier wird er draufgelegt.« Dann rief sie die Notfallambulanz in Soltau an, erklärte die Situation, bat den Vorarbeiter, dem Krankenwagen den Weg zu beschreiben und einen Posten an der Straße aufzustellen.

Endlich kam von oben der Ruf, dass die Seile am Kran befestigt waren. Ein Arbeiter kletterte den Hang hinauf, und auf Sabines Ruf hin gab er dem Kranführer das Signal, die Seile zu spannen und den Baum wegzuziehen. Als sich der Stamm für einen Augenblick löste, griffen die Männer zu, hoben den Verletzten unter dem Stamm hervor und legten ihn auf die Decken.

»Gut gemacht.« Sabine sah sich um. »Wir müssen eine Trage besorgen. Haben Sie irgendwo ein Brett oder etwas Ähnliches?«

»Nee.«

»Gut, Harry, falls wir nichts Passendes finden, ist es besser, den Transport den Sanitätern zu überlassen für den Fall, dass er innere Verletzungen hat. Jede weitere Bewegung könnte unter diesen Umständen nur schädlich für ihn sein. Und dann rufen Sie bitte Ihren Forstmeister noch mal an. Er soll sich beeilen. So ein Unfall zieht Untersuchungen nach sich, es wäre besser, er ist vor dem Rettungswagen und der Polizei hier. Sagen Sie ihm das bitte.«

Sabine gab in der Zwischenzeit dem Verletzten eine weitere Spritze, und als sie beobachtete, dass ihm das Atmen immer schwerer fiel, schloss sie ihr Sauerstoffgerät an und deckte ihn trotz der Hitze mit einer Decke zu.

»Sie haben wohl alles dabei?«, bemerkte Harry und sah neugierig auf ihre Gerätschaften.

»Alles, was man für Notfälle braucht. Das muss in abgeschiedenen Gegenden sein.«

»Mir wird ganz schlecht, wenn ich an die Folgen von dem Unfall denke.«

»Sind Sie für die Gruppe verantwortlich?«

»Ja, aber für den Kranführer eigentlich nicht. Der gehört zu der Firma, die das Holz kauft.«

»War es seine Schuld, dass der Stamm abgerutscht ist?«

»Eigentlich ja, die Zange hat nicht richtig gegriffen.«

»Na also.«

»Aber ich bin der Vorarbeiter, ich hätte das prüfen müssen. Aber so was ist noch nie vorgekommen.«

Sabine kniete neben dem Verletzten auf dem Waldboden und versorgte den linken Arm und das verletzte Bein notdürftig. Ab und zu verspürte sie ein leichtes Zucken seiner Finger, aber er kam nicht zu Bewusstsein. ›Das ist auch gut so‹, dachte sie, ›ich kann ihm keine Schmerzmittel geben ohne vorherige Untersuchungen, und er wird wahnsinnige Schmerzen haben, wenn er wach wird.‹ Sie sah auf die Uhr. ›Fast zehn Uhr‹, dachte sie. ›Wo bleibt bloß der Rettungswagen?‹ Sie sah den Vorarbeiter an. »Wie weit ist es bis zum Waldrand?«

»Acht Kilometer. Warum?«

»Ich möchte einen Hubschrauber rufen, mir dauert das alles zu lange. Aber hier im Wald kann der nicht landen.«

»Nee, das geht nicht. Aber acht Kilometer den Kranken

auf den schlechten Wegen ohne Trage transportieren, ich weiß nicht ...«

»Nein, das geht auf keinen Fall.«

Nach endlos langen Minuten hörten sie ein Motorengeräusch näher kommen. Dann sahen sie den Rettungswagen mit Blaulicht und aufgeblendeten Scheinwerfern und gleich dahinter den Förster in seinem Geländewagen. Ein Notarzt und zwei Sanitäter sprangen heraus, während der Rettungswagen auf dem schmalen Weg wendete. Sabine erklärte dem Notarzt die Situation und ihre bisherige Behandlung, und die Sanitäter kletterten mit einer Trage den Abhang hinunter, betteten den Verletzten mit wenigen geübten Griffen darauf und brachten mit größter Vorsicht die Trage zum Wagen.

»Wir werden ihn mit dem Krankenwagen bis zum freien Feld bringen. Ich rufe einen Rettungshelikopter, damit er in die Unfallklinik nach Hannover gebracht wird. Der Mann braucht Spezialisten, die ihn behandeln.«

Sabine nickte. »Das befürchte ich auch. Und schließen Sie bitte Ihr eigenes Sauerstoffgerät an, ich brauche meins für andere Notfälle.«

»Selbstverständlich.«

Die Sanitäter hatten die Trage im Rettungswagen abgestellt, wechselten die Sauerstoffflaschen aus und schlossen die hinteren Türen. Stumm standen die Waldarbeiter auf dem Weg, Jürgen Albers mitten unter ihnen. Der Notarzt nickte den Männern zu und stieg zu dem Verletzten in den Wagen. »Danke für die erste Hilfe, Frau Doktor, ich hätte es nicht besser machen können.« Dann winkte er und schloss die Seitentür. Und während er über Funk den Hubschrauber bestellte, setzte sich der Krankenwagen vorsichtig in Bewegung. Von vorn kam ihm ein anderes Fahrzeug mit Blaulicht entgegen. Die Polizei war eingetroffen.

Der Forstmeister drehte sich zu Sabine um. »Danke. Ich wusste, Sie würden schneller helfen, als der Rettungswagen oder ich hier sein konnten.«

»Das war doch selbstverständlich.«

Er betrachtete sie von oben bis unten, und Sabine spürte, dass sie rot wurde. Sie zog ihr T-Shirt glatt und richtete sich die Haare. »Sie haben mich während der Joggingrunde erwischt, da blieb zum Umziehen keine Zeit.«

Albers sah sich um. Zwei Polizeibeamte stiegen aus dem Wagen und kamen auf die Gruppe zu. Er ging ihnen entgegen. »Ich bin der zuständige Förster. Was hier passiert ist, weiß ich noch nicht, ich bin eben erst eingetroffen. Am besten sprechen Sie direkt mit meinen Arbeitern.« Er drehte sich um und nickte den Männern zu, die, verlegen ihre Mützen in den Händen drehend, auf dem Weg standen.

Harry Wolff hob die Hand. »Ich bin der Vorarbeiter, ich kann es erklären.« Kurz und knapp erzählte er, was passiert war. Die Beamten machten sich Notizen, Albers warf die eine oder andere Frage ein, und Sabine schilderte kurz, wie sie den Verletzten versorgt und den Rettungsdienst gerufen hatte. Zweifelnd sahen die Beamten die junge Frau in dem seltsamen Outfit an. »Sie sind eine approbierte Ärztin?«

Sabine nahm eine Fotokopie ihrer Approbations-Urkunde aus dem Unfallkoffer. »Bitte, hier ist meine Zulassung.«

»Danke, danke, wir glauben das, aber wir müssen natürlich nachfragen. Das ist immerhin eine schwere Verletzung, die Sie da behandelt haben. Und ob der Mann überlebt, weiß noch keiner.«

Albers mischte sich ein. »Für die Ärztin lege ich meine Hand ins Feuer.«

»Ist schon gut, Förster, ein Verletzter genügt.«

Verblüfft sah Sabine den Forstmeister an. So viel Zustimmung hatte sie von dem introvertierten Mann gar nicht erwartet. »Danke.« Und zu den Polizisten gewandt: »Meine Praxis ist in Auendorf. Sie erreichen mich dort, falls Sie noch Fragen haben. Ich muss jetzt zurück, es warten noch andere Patienten auf mich.« Sie reichte den drei Männern die Hand und dachte: ›Schön wär's, wenn da wirkliche Patienten auf mich warteten.‹ Und während sie einstieg und den Wagen wendete, fuhren die Beamten mit der Befragung der Waldarbeiter fort. Auf dem schmalen Weg kamen ihr die ersten Reporter regionaler Zeitungen entgegen.

In Auendorf angekommen, schlich sich Sabine durch die Hintertür ins Haus. Ihre feinen, modisch gekleideten Patienten, die wie immer ihr Wartezimmer bevölkerten, mussten sie nicht mit den hautengen Leggins, den ungekämmten Haaren und mit dem von Waldarbeit und Krankenhilfe verschmutzten T-Shirt sehen.

Wenig später begrüßte sie ihre Patienten bewusst fröhlich, um Depressionen und Seelenmüll keine Wachstumschancen zu geben. Sie wusste, dass sie diese Patienten ernst nehmen musste, immerhin standen Depressionen als Volkskrankheit ganz oben auf der Skala ernsthafter Befindlichkeiten. Also versuchte Sabine, mit einer leichten, Optimismus verbreitenden Art auf ihre Patienten einzuwirken. Dass sie erfolgreich damit war, hatte man inzwischen auch im Paracelsus-Sanatorium erkannt. In dem langen Gespräch, das die Heideärztin mit der Klinikleitung geführt hatte, waren die Ärzte zu dem Ergebnis gekommen, ganz einfach die Natur in die Therapien einzubeziehen. Wanderungen, Ausflüge, Lagerfeuerromantik, Picknicks und Tierbeobachtungen standen fortan auf dem Behandlungsprogramm, das sich so schnell in den Einzugsgebieten Hamburg, Bremen und Hannover herumsprach, dass das Sanatorium die Bettenzahl erhöhen und Baumaßnahmen in die Raumplanungen einbeziehen musste. So bekam das Haus in Lindenburg zufriedenere Patienten und eine volle Belegung, die Samtgemeinde Auendorf Geld in die Gemeindekasse und die Heideärztin Patienten, die sie vor blauen Flecken auf der Seele bewahren konnte.

Als Sabine den letzten Patienten verabschiedet hatte und die Haustür schließen wollte, damit Ronca endlich frei in der Wohnung herumlaufen konnte, wurde die Gartentür noch einmal geöffnet. Erstaunt sah Sabine ihrem Besucher entgegen. Harry, der Waldarbeiter, kam den Weg entlang, auf dem Arm ein kleines weinendes Mädchen. »Entschuldigen Sie, Frau Doktor, ich hatte heute erst so spät Feierabend, und dann habe ich meine Anna gefunden. Sie ist in eine Flaschenscherbe getreten, und die steckt noch in der Schuhsole und im Fuß. Meine Frau wollte die Henriette holen, aber ich hab' gleich die Anna gegriffen und bin hergekommen.«

Das Kind hatte die Arme um den Vater geschlungen und den Kopf an seiner Schulter versteckt. Hemmungsloses Schluchzen schüttelte den kleinen Körper.

»Wie alt ist die Anna?«

»Vier Jahre. Immer schmeißen die Leute leere Flaschen aus den Autos, und Kinder treten dann rein. Wir wohnen nämlich an so einem Parkplatz für Heidegäste, die dann zu Fuß weitergehen müssen.«

Sabine sah sofort, dass das Kind schwer verletzt und der Vater beinahe ohnmächtig war. Die runde Scherbe hatte sich so durch die Schuhsole und in das Fleisch gebohrt, dass man den Schuh nicht ausziehen, die Scherbe aber auch mit bloßen Fingern nicht entfernen konnte. Zu Harry sagte sie deshalb: »Kommen Sie schnell herein«, und leise zu Helga Brenner gewandt: »Hol' das Zangenbesteck, warmes Wasser, die Desinfektionsmittel und jede Menge Verbandsstoff. Und sag' Lotti, wir brauchen sie.«

Als die Haushälterin kam, bat sie: »Lotti, setze dich auf das Behandlungsbett und nimm das Kind so auf den Schoß, dass es nicht zusehen kann.« Und zum Vater: »Ist die Kleine gegen Tetanus geimpft?«

Er hob die Schultern: »Das weiß ich nicht. Ist das vorgeschrieben?«

»Nein.«

»Dann glaube ich's nicht, sie hat nur die Impfungen, die vorgeschrieben sind.«

Sabine sah, dass er mit den Tränen kämpfte. »Sie können sich daneben setzen und die Hand von Anna halten. Sie können aber auch draußen warten.«

Der blasse Vater setzte sich neben sein Kind und hielt die Hand. »Ist besser, ich bleib' in ihrer Nähe.«

Sabine nickte. »Helga, mach das Bein so weit wie möglich frei, ich will den Fuß örtlich betäuben und dann dem Kind eine Beruhigungsspritze in den Arm geben.«

Als die Mittel wirkten und das Kind ruhiger wurde, schnitt Sabine mit einer Haushaltsschere und einem Küchenmesser den Schuh so auf, dass nur noch die Sohle am Fuß haftete. Endlich konnte sie die Wunde sehen. Die Scherbe steckte so tief im Fleisch, dass sie operativ entfernt werden musste.

Anna war eingeschlafen, und Lotti bettete das Kind auf die Liege. Dem Vater wurde übel, und Lotti führte ihn nach draußen. Dann bereitete sich Sabine auf den Eingriff vor, und Helga half ihr dabei. Mit wenigen Schnitten öffnete sie die Wunde so weit, dass die Scherbe herausgezogen werden konnte, reinigte die Wunde, versorgte sie mit einem infektionshemmenden Puder und nähte die Wundränder zusammen. Helga verband den Fuß und legte eine kleine Schiene an, damit das Kind nicht aus Versehen mit dem Fuß auftrat.

Müde und mit leichten Rückenschmerzen richtete sich Sabine auf und zog den grünen Kittel, die Gummihandschuhe und die Haarhaube aus. »Wenn keine Entzündung entsteht, haben wir das gut gemacht«, nickte sie ihrer Helferin zu. »Hol' den armen Vater rein, die Kleine wacht gleich auf.«

Harry, noch immer sehr blass, näherte sich vorsichtig der Tochter. »Ich musste die Scherbe herausoperieren. Die Wunde ist gut versorgt, die dürfte schnell heilen. Aber die Kleine darf nicht darauf herumlaufen. Kommen Sie bitte morgen wieder, damit ich den Fuß kontrollieren kann. Und hier sind ein paar Tropfen gegen die Schmerzen. Fünf Tropfen auf etwas Zucker, wenn es nötig ist.«

Harry, unfähig zu sprechen, nickte nur. Dann nahm er sein Kind auf den Arm und ging. Schon am Gartentor angekommen, drehte er sich aber doch noch einmal um. »War ‚n bisschen viel heute«, sagte er, »und danke schön auch.«

Vom nächsten Morgen an kamen die Patienten in ihre Praxis, auf die sie so verzweifelt gewartet hatte. Es hatte sich noch am Abend in den Dörfern herumgesprochen, wie kompetent, umsichtig und hilfsbereit die neue Ärztin war.

XII

Jürgen Albers war hundemüde. Er hatte einen langen, schweren Tag hinter sich. Zuerst die Unfallmeldung, die ihn frühmorgens im Hotelbett überrascht hatte. Dann der hektische Aufbruch und die Fahrt von Hannover zurück nach Auendorf und dann diese Angst, ob sein Arbeiter den Unfall überlebte. Kaum an der Unfallstelle eingetroffen, die Verhöre durch die Polizei, die Gespräche mit den anderen Arbeitern und später mit den Ärzten in der Klinik, in die er dem Verletzten gefolgt war. Bange Stunden der Ungewissheit waren gefolgt, dann endlich die erlösende Nachricht, dass Karl gerettet werden konnte. Nun wieder die Fahrt zurück nach Auendorf und dann zur Familie vom Karl, die schon von dem Unfall unterrichtet worden war, aber nicht wusste, wie es ihrem Mann und Vater jetzt wirklich ging.

Die Frau saß mit den vier Kindern am Küchentisch, als er eintraf. Blass vor Angst und Kummer, starrten sie ihm entgegen, als er die Kate am Rand von Moordorf betrat. Es roch nach Seifenlauge und abgestandener Gemüsesuppe, und er kämpfte mit der Übelkeit, als er den dunklen, ungelüfteten Raum betrat.

Die vom Efeu überwucherten Fenster ließen keinen Sonnenstrahl durch die Scheiben, und die geschlossenen Türen sperrten die frische Luft des späten Nachmittags aus.

Er zog sich einen Stuhl an den Tisch, wandte sich an die Frau und nickte den Kindern zu. »Ihrem Mann geht es besser. Er wird durchkommen. Er hat zwar einen Arm und ein Bein gebrochen und ein paar Rippen gequetscht, aber sonst keine inneren Verletzungen. Ich soll Sie alle grüßen.«

Den Gruß hatte er eigenständig hinzugefügt, denn der Mann war aus der Narkose noch nicht wieder erwacht, als er die Station verlassen hatte. ›Aber‹, dachte Jürgen Albers, ›so ein paar persönliche Worte tun der Familie bestimmt gut.‹

»Wann kommt er nach Hause?«, flüsterte die Frau ängstlich.

»Ein paar Wochen wird es schon dauern, fürchte ich. Aber ich schicke Ihnen alle paar Tage einen Mann, der hier nach dem Rechten sieht und Ihnen hilft, wenn Sie schwere Arbeiten zu erledigen haben.«

»Kann der Karl denn später weiter im Wald arbeiten?«

Albers zuckte mit den Schultern. »Wir müssen abwarten, wie er sich erholt. Aber er wird bei mir immer eine Arbeit bekommen, da brauchen Sie keine Angst zu haben.«

»Und wer bezahlt das alles? Das Krankenhaus und die Ärzte?«

»Ihr Mann ist über das Forstamt versichert, da brauchen Sie sich keine Sorgen zu machen.«

Jetzt schluchzte die Frau. »Und wenn er gar nicht mehr arbeiten kann?« Sie zog ein schmuddeliges Taschentuch aus der Schürzentasche und schnäuzte sich.

»Dann bekommt er eine Invalidenrente. Bitte beruhigen Sie sich. Meine Arbeiter sind rundum versichert, gerade weil die Waldarbeit immer mit Gefahren verbunden ist.«

Die Kinder wurden quengelig. Der Kleinste wollte auf den Schoß der Mutter, ein Junge wollte etwas trinken, und das älteste Mädchen kämmte ein kleineres, bis dieses schrie. »Aua, pass doch auf!«

Der Forstmeister stand auf und stellte den Stuhl wieder an die Wand. »Ich muss weiter. Wenn Sie etwas brauchen, schikken Sie den Jungen in die Försterei. Mit dem Rad ist es nicht weit. Wenn ich nicht da bin, hilft Ihnen meine Haushälterin. Und den Lohn für Ihren Mann bringe ich morgen vorbei, damit Sie Geld im Haus haben.« Er reichte ihr die Hand und verließ die kleine Kate, froh, den Mief, die Bedrückung und das trübe Licht hinter sich zu lassen.

Jürgen Albers war nicht empfindlich, er wusste, wie es in den armseligen Hütten seiner Arbeiter aussah, aber die Probleme des Tages und die eigene Sorge um den Verletzten, für den er schließlich die Verantwortung trug, hatten ihn mürbe gemacht. Er atmete tief die frische Luft ein, die sich langsam abkühlte und angenehmer wurde.

Als er am frühen Abend im Forsthaus eintraf, war er erschöpft, entsetzt, dass dieser Unfall überhaupt passieren konnte, und müde. Zum Umfallen müde. Aber er konnte sich nicht ausruhen. Die Tiere mussten versorgt werden, die Hunde gefüttert, das Pferd bewegt. Alles Aufgaben, die er selbst erledigen musste. Er hatte zwar Arbeiter, die sich um sein Anwesen kümmerten, aber es gab Aufgaben, die er keinem Fremden überließ. Dazu gehörte die Pflege seiner Tiere. Grete versorgte sie zwar mit Futter und Wasser, wenn er für ein oder zwei Tage beruflich unterwegs war, aber Pflege und Bewegung waren seine Aufgaben.

Die Stute war noch auf der Weide und kam in großen Sprüngen an den Zaun, als sie seinen Wagen hörte. Die Hunde bellten im Zwinger, und auch die Hündin wedelte fröhlich mit der Rute, als er sich in ihren Verschlag beugte und ihr den Kopf kraulte, während die nimmersatten Welpen auf ihr herumtollten.

Jürgen brachte Lady in ihre Box, fütterte die Tiere und versorgte sie mit Wasser, dann erst holte er sein Gepäck aus dem Wagen, schloss die Haustür auf und betrat sein kühles, leeres Haus. Er hörte den Anrufbeantworter ab, machte sich ein paar Notizen und setzte sich mit einem gekühlten Glas Weißwein in den Sessel. ›Erst mal ausruhen‹, dachte er, ›alles andere kann warten. Erst mal tief durchatmen und ein wenig abschalten.‹ Er lehnte den Kopf an das Rückenpolster, schloss die Augen und genoss die Ruhe.

Aber mit der inneren Ruhe wurde das nichts. Es waren nicht so sehr die vergangenen Stunden, die ihn nicht losließen, es war ein anderes Bild, das ihm seit Tagen Probleme bereitete. Das Bild von zwei Menschen, die Hand in Hand durch die Heide liefen, lachten, scherzten und sich anscheinend überaus gut verstanden. Das Bild eines fremden Mannes und einer durchaus bekannten Frau. Und diese Frau war Sabine Büttner, die Ärztin, der er seit jenem Tag, als er sie mit dem fremden Mann gesehen hatte, aus dem Weg gegangen war und die er heute erstmals wieder getroffen hatte. Denn irgendwie schmerzte ihn dieses Bild der beiden, die da Hand in Hand durch seine Heide gelaufen waren.

›Eigentlich‹, überlegte er, ›müsste ich sie ja anrufen und ihr sagen, wie's dem Karl geht. Aber jetzt bin ich zu müde. Und wenn sie's morgen erfahrt, ist es auch noch früh genug.‹ Er schenkte sich noch ein Glas Wein ein, und dann musste er eingenickt sein, denn plötzlich wachte er durch das Bellen der Hunde auf und hörte, wie ein Wagen auf den Vorplatz fuhr und eine Autotür zuschlug. Erschrocken sprang er auf, machte das Licht an, zog den Uniformrock gerade und strich mit den Händen das Haar glatt. An der Haustür klingelte es.

Schlaftrunken – oder war's der Wein und nicht der Schlaf – ging er durch den Flur und öffnete. Im Licht der beiden Hauslaternen stand Sabine Büttner.

»Entschuldigen Sie, hoffentlich störe ich nicht.« Sie reichte ihm die Hand.

»Tut mir Leid, ich bin nach Hause gekommen und im ersten besten Sessel, der sich anbot, eingeschlafen. Kommen Sie herein. Dieser Tag hatte es in sich. Ich habe mich noch nicht mal umgezogen.«

»Ich wollte mich nur nach dem verletzten Karl erkundigen.« Sabine sah sich heimlich um, als sie ihm folgte. Das Haus war dunkel bis auf den kleinen Wohnraum, in den er sie führte. ›Ein kühles, einsames, fast unbewohntes Haus‹, dachte sie, ›typisch für einen Einsiedler wie den Förster.‹

Jürgen holte ein zweites Glas, schenkte ihr Wein ein und erzählte von der Situation im Krankenhaus, von dem Besuch bei der Familie, dem Polizeiverhör und seinen Sorgen.

Sabine versuchte, ihn zu trösten: »Sie müssen sich keine Sorgen machen, Waldarbeiter leben gefährlich, das wissen die.«

»Aber ich habe die Verantwortung.«

»Nein, die liegt bei den Männern selbst. Karl hätte sich nicht unbemerkt entfernen dürfen. Er tut mir schrecklich Leid, aber er ist selbst schuld an diesem Unfall. Auch der Harry Wolff fühlt sich schuldig, weil er der Vorarbeiter ist. Aber von diesem Vorwurf müssen Sie sich beide frei machen. Sie haben nichts damit zu tun.«

»Das ist leichter gesagt als getan.«

»Ich weiß. Aber ich bin Ärztin, und ich fühle mich für meine Kranken auch verantwortlich, und trotzdem sind während meiner Zeit als Ärztin schon Menschen gestorben, die ich hätte retten müssen.«

»Dann wissen Sie ja, wie ich mich fühle.«

»Ich weiß das, und ich habe unter diesem Gefühl so gelitten, dass ich krank geworden bin. Deshalb mein Umzug in die Heide. Man kann nur eine bestimmte Menge von Sorgen und Schuldgefühlen ertragen, dann streikt der Körper und sorgt damit selbst für seine Gesundung.«

»Oder er zerbricht.«

»Oder er zerbricht, ja, aber für einen zerbrechlichen Menschen halte ich Sie eigentlich nicht.«

»Danke.« Jürgen richtete sich auf. ›Verdammt‹, dachte er, ›die Frau tut mir gut.‹ Und dann sah er sie wieder Hand in Hand mit einem Mann durch die Heide laufen.

Sabine beobachtete ihn. Dann rief sie fröhlich: »Zwanzig Euro für Ihre Gedanken.«

Nachdenklich sah der Mann sie an. »Die Wahrheit?«

»Natürlich.«

»Also gut: Ich sehe da seit Tagen ein Bild vor mir, von dem ich nicht weiß, wie ich es deuten soll.«

»Ein Bild? Das kann doch nicht so schwer sein. Ein Bild

zeigt doch, was es darstellt.«

»Und genau das begreife ich nicht.«

»Was ist darauf zu sehen?«

»Ein Mann und eine Frau, die lachend und scherzend und Hand in Hand durch die Heide laufen.«

»Aber das ist doch ein schönes Bild. Wo liegt das Problem?«

»In der Intimität dieses Laufens. Den Mann kenne ich nicht. Die Frau sind Sie.«

»Ach, Sie beobachten mich?«

»Sie liefen mir fast vor die Füße, wie sollte ich Sie nicht sehen.«

»Forstmeister Albers, ich glaube, das Bild sollten Sie vergessen. Es geht Sie nämlich überhaupt nichts an.«

»Ich weiß, Frau Doktor.«

»Dann sind wir uns ja einig.«

»Es funktioniert aber nicht mit dem Vergessen. Bekomme ich jetzt die zwanzig Euro?«

Sabine lachte hell auf. »Darf ich mich mit einem Abendessen revanchieren?«

»Für zwanzig Euro?«

»Lassen Sie sich überraschen. Morgen Abend um acht Uhr?«

»Einverstanden.«

Sabine besprach mit Lotti das Abendessen. »Ich möchte etwas für die Heide Typisches auf den Tisch bringen, was käme da infrage?«

Lotti, beglückt von dem Gedanken, dass die fleißige Ärztin endlich einmal an ein privates Vergnügen dachte, war natürlich neugierig, wagte aber nicht zu fragen, wer der Gast sei. Dann fand sie einen Ausweg. »Ich müsste aber wissen, um wen es sich handelt, damit das Essen passend wird.«

»Was spielt der Name für eine Rolle?« Sabine durchschaute ihre Haushälterin sofort.

»Nicht der Name ist wichtig, Frau Doktor, sondern die Frage ist, kommt ein Stadt- oder ein Landmensch, ein Mann oder eine Frau, ein alter oder ein junger Mensch zu Besuch?«

Sabine lachte. »Meine Güte, was Sie alles bedenken müssen.«

Nun lachte Lotti ebenfalls »Na ja, ein alter Mensch braucht ‚n Brei und ‚n junger was zum Beißen. Ein Stadtmensch will verwöhnt werden, und ‚n Bauer will was Deftiges.«

»Ja, da haben Sie Recht. Also, einen Brei brauchen wir nicht und etwas zum Verwöhnen auch nicht. Ich denke, ich möchte ein raffiniert-deftiges Abendessen auf den Tisch stellen.«

»Himmel, das hört sich aber verzwickt an.«

»Deshalb brauche ich ja Ihren Rat.«

»Mann oder Frau?«

Jetzt lachte Sabine. »Lotti, Lotti, was spielt das für eine Rolle?«

»Na ja, ich dachte bloß, wenn's der Forstmeister sein sollte, könnte ich mich mit Grete absprechen. Nicht, dass er zweimal nacheinander dasselbe essen muss.«

»Ja, da haben Sie natürlich Recht. Deshalb will ich auf Wild verzichten. Also, was biete ich an?«

»Wir könnten ein Heidjer-Frühstück servieren.«

»Ein Frühstück zum Abendessen? Das hört sich sehr seltsam an. Was ist das?«

»Jeder bekommt ein großes Holzbrett mit Katenschinken, Vollkornbrot, Käse, handgeklopfter Butter, einer sauren Gurke, einem Korn und Bier.«

»Das hört sich gut an, aber könnten wir den Korn weglassen?«

»Nein, der muss bleiben. Der hebt die Anfangsstimmung.«

»Anfangsstimmung, wie viel Stimmung soll denn da noch folgen?«

Lotti kicherte. »Wer weiß?«

»Na schön, dann überlasse ich Ihnen das Frühstück zum Abendessen.«

»Fein, dann fahre ich jetzt zum Schlachter, denn den Schinken will ich selbst aussuchen. Käse und Butter besorge ich auch lieber allein. Und, soll ich drinnen oder draußen decken?«

»Draußen, die schönen Sommerabende muss man ausnutzen.«

»Es ist aber schwül heute, könnte ein Gewitter geben.«

»Das ist nicht schlimm, dann nehmen wir einfach die Frühstücksbretter und gehen rein.«

»Ach, beinahe hätte ich's vergessen, die Bretter leihe ich mir bei der Wirtin. Das sind nämlich Spezialbretter, so große hat man nicht im Haushalt.«

Sabine schüttelte den Kopf. »Lotti, es soll ein kleines Abendessen werden.«

Lotti lächelte. »Ich weiß schon, nur Häppchen, wie's in der Stadt üblich ist. Aber der Förster ist ein großer Mann, der braucht ,ne große Portion. Keine Sorge, Frau Doktor, ich mach' das schon. Haben Sie überhaupt ,ne Flasche Korn im Haus?«

»Nein, nur Wein und Bier.«

»Dann bring ich die auch noch mit.«

Lotti nahm ihren Einkaufskorb, ließ sich Geld geben und fuhr mit dem Rad ins Dorf. Fröhlich summte sie ein Lied vor sich hin. ›Das wäre doch was‹, dachte sie, ›der Förster und die Ärztin. Schade, dass ich das keinem erzählen kann, das wäre die Sensation von Auendorf. Aber ich werde niemandem etwas sagen. Eine gute Haushälterin sieht's und schweigt.‹

Aber als Lotti bei der Wirtin die Bretter holte, fiel ihr das Schweigen doch sehr schwer.

»Heidjer-Frühstück für zwei Personen bei der Ärztin, Lotti, wer kommt denn da?«

»Ich will nicht drüber reden, das schickt sich nicht.«

»Aber Lotti, wir sind doch Freundinnen, ich kann schweigen wie ein Grab.«

»Das weiß ich, aber ich hab's versprochen.«

»Versprochen, versprochen, von mir erfährt niemand nichts.«

»Na, sie kriegt halt Besuch, kann doch mal vorkommen.«

»Dann kann sie doch hier ins Wirtshaus kommen mit ihrem Besuch. Ich mach' das beste Heidjer-Frühstück in der ganzen Gegend.«

»Sie will lieber allein sein.«

»Allein zu zweit? Ich werde raten. Und wenn ich richtig tippe, dann nickst du mit dem Kopf. Dann hast du dein Versprechen gehalten und kein Wort verraten. Dafür leih' ich dir dann die Bretter.«

Lotti fühlte sich in die Enge getrieben und nickte. »Aber nicht weitersagen.«

»Versprochen! Also, ist es der Pfarrer oder der Müller oder der Bürgermeister oder einer aus dem Sanatorium?«

Bei dem Wort Sanatorium nickte Lotti ganz schnell. ›Lieber ein bisschen schummeln als den Forstmeister reinziehen‹, dachte sie und schämte sich nur wenig.

Die Wirtin war zufrieden. »Gut, ich hole jetzt die Bretter.« Dann übergab sie Lotti die großen, mit Bienenwachs polierten Baumstamm-Scheiben, auf denen all die Zutaten Platz haben würden. Lotti bedankte sich und fuhr zurück. Sie würde ein großartiges Heidjer-Frühstück darauf arrangieren, und das Beste von allem war, sie konnte es fix und fertig machen und hatte einen frühen Feierabend.

Der frühe Feierabend war für Lotti seit einiger Zeit sehr wichtig.

Horst, ihr neunzehnjähriger Sohn, machte Schwierigkeiten. Ohne Schulabschluss und sträflich faul, drohte er auf die schiefe Bahn zu geraten. Alle Ausbildungsversuche hatte er abgebrochen, wollte weder beim Bauern noch beim Müller, beim Förster oder im Wirtshaus arbeiten und lungerte den ganzen

Tag zu Hause herum. Zwei Mal hatte sie ihn dabei ertappt, wie er ihre kleine Spardose ausräumte, und hatte er kein Geld, fuhr er per Anhalter in die Großstadt und blieb tagelang verschwunden. Einmal hatte man Horst in Hannover als Sprayer erwischt und eingesperrt, und sie hatte persönlich hinfahren müssen, um ihn aus der Jugendstrafanstalt herauszuholen und seine Strafe zu bezahlen. Ein anderes Mal hatte er in einer Disco bei Soltau randaliert, und nur weil Piet Bollmann, der Dorfpolizist, für ihn gebürgt hatte, war er straffrei davongekommen. Und jetzt, sie spürte es genau, braute sich wieder irgendetwas zusammen.

Lotti wusste, sie musste ihn strenger beaufsichtigen, um ihn vor sich selbst zu schützen, doch mit ihrer Arbeit bei der Ärztin war das so gut wie unmöglich. Auf ihren Lohn aber war sie angewiesen. Und gerade jetzt, wo er wieder so eine unruhige Phase hatte, war sie für jede Stunde dankbar, die sie zu Hause verbringen konnte.

XIII

Seit jenem Tag, als er Sabine zum ersten Mal gesehen hatte, ging sie ihm nicht mehr aus dem Kopf. Er sah sie, nur mit Hemd und Höschen bekleidet, durch das Autofenster klettern, sah sie weinend an ihrem Gartentisch sitzen und dann, vor zwei Tagen, in Leggins und T-Shirt im Wald bei der Arbeit als Ärztin. Und er sah sie Hand in Hand mit einem Mann durch die Heide laufen. Trotz seiner Bemühungen, sich selbst davon zu überzeugen, dass er wunderbar allein leben konnte und die Nähe einer Frau nicht brauchte, lag er nachts oft lange wach und sehnte sich nach ihr.

In den vielen einsamen Jahren, in denen er mit seinem Leben zufrieden gewesen war, hatte er immer Möglichkeiten gefunden, gegen Gefühle, die mit Sehnsucht verbunden waren, anzukämpfen. Seine Arbeit in Wald und Heide, seine Tiere, die einsame Försterei hatten ihm genügt. Warum raubten ihm jetzt Gedanken den Schlaf, die vollkommen unnötig waren? Und was hatte Sabine Büttner bewegt, ihn zum Abendessen einzuladen? War es ein Scherz, der einer Laune entsprungen war, die nichts zu bedeuten hatte?

Oder war es mehr? Wusste sie nicht, dass eine Einladung zum Abendessen beinahe einer Aufforderung gleichkam, die Nacht miteinander zu verbringen?

Jürgen Albers stand in seinem Schlafzimmer und überlegte, was er anziehen sollte. Er hätte seine leichte Reitkleidung bevorzugt, um mit Lady nach Auendorf zu reiten, aber der Landfunk für das westliche Niedersachsen, den er regelmäßig abhören musste, hatte Gewitter angekündigt, und das schwüle Wetter, das seit dem Mittag heraufgezogen war, bestätigte die Meldungen. Er musste mit Unwettereinsätzen rechnen, da war es besser, er zog die Uniform an und fuhr mit dem Geländewagen.

Er sah aus dem Fenster. Ein erster Wind war aufgekommen. Die Laubbäume bewegten sich, und die raschelnden Blätter spiegelten seine innere Unruhe. Doch er wollte sich nicht eingestehen, dass die ungewohnte Unterbrechung seiner Einsamkeit die eigentliche Ursache dafür war.

Er schloss die Fensterläden im Haus, kontrollierte die Stalltüren, beruhigte die Hunde und das Pferd, die auf den abendlichen Ausritt hofften, und verschloss die Haustür. Es wurde Zeit, wenn er pünktlich sein wollte.

Sabine ahnte nichts von dem beginnenden Unwetter. Sie sah nur den Staub der Straße, der aufgewirbelt wurde, und spürte einen leichten Wind, der die Äste in Bewegung setzte. Sie hatte den Tisch im Garten gedeckt. ›So ein kleiner Wind schadet uns nicht‹, dachte sie und sah noch einmal nach den mit Zellophan bedeckten Frühstücksbrettern in der Küche und nach den kalt gestellten Getränken. Die Gläser mit dem eisgekühlten Korn würde sie später beim Servieren mit auf die Bretter stellen.

Als sie den Geländewagen vor dem Haus halten hörte, ging sie ihrem Gast bis zum Gartentor entgegen. Ihr dünner, weißer Rock wurde in einem Moment von Windböen aufgebläht und dann eng an ihre langen, schlanken Beine gepresst. Sie sah zauberhaft aus, und dem introvertierten Forstmeister fiel das Atmen schwer. Auch das lindgrüne Seidentop mit seiner violetten Zopfbordüre an Arm- und Halsausschnitten verriet mehr, als es verbarg. Passend dazu trug sie an den nackten Füßen lilafarbene Sandalen. Auf Schminke hatte sie verzichtet und auch auf Haarspangen. So hatte der Wind leichte Beute und kräuselte die blonden Locken um Gesicht, Hals und Dekolleté.

Sabine freute sich auf den Abend. Sie, die sonst so überlegt und umsichtig handelte, hatte die Einladung spontan ausgesprochen. Sie wusste, dass es die richtige Reaktion nach diesem schweren Tag gewesen war. Lächelnd ging sie auf den

Forstmeister zu. »Ich hatte Sie als Reiter erwartet.« Sie strich sich eine blonde Strähne aus dem Gesicht und hielt Ronca fest, die den Fremden mit wilden Sprüngen begrüßte.

»Ein hübscher Hund, wie alt ist er?«

»Er ist eine ›Sie‹, heißt Ronca und ist zwölf Wochen alt. Und wenn sie fertig ist, wird sie ein Setter sein.«

»Seit wann haben Sie die Kleine? Ich habe sie hier noch nicht gesehen.«

»Sie ist ein Überraschungsgeschenk. Ich bekam sie vor ein paar Tagen.« Sabine lachte. »Ronca soll mich beschützen.«

»Nach einem Schutzhund sieht das Wollknäuel aber noch nicht aus.« Albers kraulte den kleinen Hund zwischen den Ohren, und Ronca legte sich vor Begeisterung auf den Rücken.

»Kommen Sie, ich habe den Tisch im Garten gedeckt. Der Wind wird uns hoffentlich nicht zu lästig.«

Der Mann folgte ihr. »Ich rechne mit einem Gewitter. Deshalb bin ich auch mit dem Wagen gekommen.«

»Ich dachte, Sie reiten bei Wind und Wetter?«

»Nicht, wenn ich mit einem Alarm rechnen muss.«

»Einem Alarm?«

»Sollte der Blitz einschlagen und den Wald in Brand setzen, muss ich erreichbar sein.« Er zeigte auf das Handy und ein Funkgerät an seinem Gürtel. »Und dann brauche ich den Wagen.«

»Ich hoffe auf einen friedlichen Abend, Unruhe hatten wir gestern genug.« Sie bot ihrem Gast den Stuhl mit dem besten Ausblick auf die Heide an. »Ich gehe und hole unser Abendessen, aber lachen Sie nicht, weil ich mit einem Frühstück komme.«

Albers sah sie irritiert an. »Ein Abendessen, das ein Frühstück ist?« Er lachte. »Oder hab ich mich in der Tageszeit geirrt?«

»Nein, nein, ist alles in Ordnung. Meine Haushälterin hat mich zu dem Essen überredet, damit ich nicht dauernd in die Küche laufen muss.«

»Sehr vernünftig.« Er stand wieder auf. »Kann ich beim Tragen helfen?«

»Ja, gern.«

Er folgte ihr, und zum ersten Mal sah er das Haus von innen. »Schön ist das hier geworden. Ihre Einrichtung verrät Talent fürs Landleben und Fingerspitzengefühl. Ich kann mir jetzt schon vorstellen, wie gemütlich es im Winter ist, wenn der Schnee bis an die Fensterbretter reicht.«

»Hören Sie auf. Ich fange gerade an, den Sommer zu genießen. Sie können sich gern umsehen, ich mache das Frühstück fertig.«

Während der Mann durch die Wohnhalle, den Flur und die Praxisräume ging, die Bücher im Regal studierte und den dicken Kachelofen bestaunte, stellte Sabine die kleinen Gläser zu den Lebensmitteln auf die Holzscheiben und füllte sie mit Korn. »Kommen Sie bitte, es ist alles fertig.«

Sie reichte ihm die beiden Holzscheiben mit dem appetitlich angerichteten Heidjer-Frühstück und folgte ihm mit einem Eimer voll Eis, in dem Bier und Korn kalt gestellt waren.

Albers sah sie zufrieden an. »Das ist ja fabelhaft. Und ich muss gestehen, ich habe einen Bärenhunger.«

»Das freut mich. Als Lotti mit dem Vorschlag kam, habe ich zunächst gezögert. Aber jetzt bin ich froh, dass wir hier gemütlich sitzen und essen können, ohne dass ich dauernd für Nachschub sorgen muss.« Sie stießen wohl gelaunt mit dem Korn an, und der Gast goss Bier in die Gläser.

»Ein Korn und ein kleines Bier, das kann ich verantworten, danach muss ich zum Wasser übergehen.«

»Aber warum denn?«

»Weil ich noch fahren muss.« Er sah besorgt zur Heide hinüber. Eine dunkle Wolkenwand schob sich über die weiter entfernten Hügel, und der Wind war stärker geworden.

»Befürchten Sie tatsächlich eine Gefahr?«

»Ein Unwetter ist angesagt, und das Land ist strohtrocken. Das ist eine schlechte Kombination.« Er knöpfte die Uniformjacke auf. »Darf ich die ausziehen? Es ist sehr schwül.«

»Selbstverständlich.« Sabine beobachtete ihn, wie er die Jacke auszog und über die Stuhllehne hängte. Sein Hemd war unter den Achseln nass geschwitzt, und auch am Rücken klebte es am Körper. Sabine musste sich räuspern, bevor sie weiterreden konnte. »Und was können Sie tun, wenn wirklich Feuer ausbricht?«

»Wir haben seit vielen Jahren ein gutes Warnsystem und Feuerwachtürme sowohl in der Heide als auch im Wald. Die sind bei Gefahr rund um die Uhr besetzt. Löschen müssen natürlich die freiwilligen Feuerwehren aus den Samtgemeinden, aber ich muss dabei sein und die Leute auf die Zufahrtswege dirigieren.«

Sabine musste sich zwingen, den muskulösen Körper, der ihr gegenübersaß, nicht anzustarren. So sah sie nur nachdenklich zum Himmel. »Hoffentlich passiert nichts, ich habe mich so auf den Abend gefreut«, sagte sie leise.

Jürgen Albers sah sie an. »Ich mich auch!« Er legte das Besteck zur Seite und griff nach dem Glas. »Trinken wir auf diesen schönen Abend, solange er noch schön ist. Und danke für das Heidjer-Frühstück, es schmeckt fabelhaft.«

Sie stießen an und tranken erst den Korn und dann das Bier. Sabine spürte, wie der Alkohol sich in ihrem Magen ausbreitete, wohlige Wärme erzeugte und einen ganz bestimmten Glanz in ihre Augen zauberte. Schnell sah sie weg. Aber der Mann ihr gegenüber hatte diesen Glanz bereits gesehen. Langsam legte er seine Hand auf die ihre und sah sie an. »Als ich Sie neulich mit diesem fremden Mann in der Heide sah, war ich sehr betroffen.«

»Betroffen? Warum denn? Er ist ein alter Kollege von mir, und er hat mir den Hund geschenkt. Wieso waren Sie betroffen?«

»Es war die Vertrautheit zwischen Ihnen. Ich habe Sie beneidet.«

»Wir kennen uns seit zehn Jahren, und er war mein Chef während der praktischen Ausbildung. Später haben wir im gleichen Krankenhaus gearbeitet. Das verbindet und schenkt auch eine große Vertrautheit. Bei dieser Arbeit muss man einander vertrauen.«

»So eine Vertrautheit habe ich nie kennen gelernt.«

»Die muss wachsen, die bekommt man nicht geschenkt.«

»Ich weiß, deshalb mein Neid.«

Er spielte gedankenverloren mit ihren Fingern. »Zu einer Vertrautheit oder zu Vertraulichkeiten gehören immer mehrere Menschen ...«

»Natürlich.« Vorsichtig, um ihn nicht zu kränken, entzog sie ihm ihre Hand, als er anfing, die Handfläche mit seinem Daumen zu streicheln. Diese sehr sinnliche Berührung erregte sie. Eine leichte Röte stieg ihr ins Gesicht, und sie spürte, wie sich die feinen blonden Härchen auf ihren Armen und im Nacken aufstellten. ›Verrückte, nicht gewollte Gefühle muss ich sofort unterbinden‹, dachte sie. ›Ich möchte das nicht, ich habe die Enttäuschung meines Lebens hinter mir, eine zweite werde ich nicht zulassen, niemals!‹ Sie stellte das Geschirr zusammen. Der Wind wurde stärker und drohte, das Tischtuch wegzuwehen.

Albers sah ihr zu. Er wusste, warum sie plötzlich aufgestanden war und nun in die Küche ging. Auch ihn hatte diese kleine Berührung beinahe aus der Fassung gebracht. Als konsequenter Einzelgänger hatte er sich selbst eine solche Geste gar nicht zugetraut, doch das Spiel mit ihrer Hand hatte wie von selbst begonnen. ›Ich kenne die Frau kaum, wie komme ich dazu, so etwas zu tun? Und im Grunde will ich doch meine Ruhe behalten, da können Gefühle nur störend sein. Schlimm genug, dass sie mir dauernd im Kopf herumgeht.‹

Er stand auf und sammelte die Stuhlkissen ein, denn die bedrohlich dunkle Wolkenwand war näher gekrochen. Erstes Donnergrollen kam über die Heidehügel. Die Birken am Waldrand bogen sich unter einzelnen Böen. Ronca kniff die Rute ein und verkroch sich unter dem Küchentisch. Sabine lief ins Haus, schloss alle Fensterläden und verriegelte sie. Besorgt kam sie nach draußen. »Mein erstes Gewitter in Auendorf.«

»Haben Sie Angst?« Der Forstmeister zog seine Jacke wieder an, rückte die Krawatte zurecht und sah zu dem neuen Strohdach hinauf. Es war vorschriftsmäßig mit Blitzableitern gesichert. »Ihr Haus ist nicht gefährdet, und eine Menge großer Bäume stehen drum herum. Sie brauchen keine Angst zu haben.«

»Na ja, Gewitter habe ich noch nie gemocht. Ich weiß nicht, ob das Angst ist, aber unruhig bin ich immer.«

»Das liegt an den atmosphärischen Strömungen, die so ein Gewitter erzeugt. Und es ist immer besser, Angst zu haben, als gleichgültig zu sein.«

Sabine sah ihn zweifelnd an. »Wie meinen Sie das?«

»Wer Angst hat, ist vorsichtig.«

»Das stimmt. Das ist genau wie mit den Schmerzen. Schmerzen machen wachsam, man passt besser auf sich auf.«

Den einzelnen Windböen folgte sehr schnell der Sturm. Er verbog die zarten Birken und zerrte an Bäumen und Gartenblumen. Die drohende Wolkenwand hatte Auendorf erreicht. Das Donnergrollen schien kein Ende zu nehmen. Albers stellte das Funkgerät auf die höchste Lautstärke. Ein Rauschen und Knarren und vereinzelte Gesprächsfetzen waren zu hören, während er die Frequenz für störungsfreies Abhören suchte. Gleichzeitig stellte er sein Handy laut.

Bizarre Blitze zerrissen den nachtschwarzen Himmel. Als die Donnerschläge unerträglich laut wurden, gingen sie nach drinnen.

Albers sah durch die offene Tür. »Ich wünschte, es würde endlich regnen. Ein Wolkenbruch würde die Gefahr zwar nicht beenden, aber mildern.«

»Wollen wir noch etwas trinken?« Sabine wollte vermeiden, dass er jetzt ging. ›Mit ihm im Haus fühle ich mich besser als allein‹, stellte sie fest und wies auf einen Sessel. »Bitte, setzen Sie sich doch.« Aber der Forstmeister schüttelte den Kopf. »Danke, aber ich halte es für besser, in die Försterei zu fahren, solange noch kein Alarm ausgelöst wurde und der Wolkenbruch auf sich warten lässt.« Aber er hatte die Worte kaum ausgesprochen, als ein Blitz mit nahezu gleichzeitig folgendem Donnerschlag einen gewaltigen Platzregen auslöste. »Das war verdammt nah«, murmelte Albers und horchte sein Funkgerät ab. Im gleichen Augenblick alarmierte die Dorfsirene Polizei und Feuerwehr. Jürgen hörte auf die Meldungen und nickte. »Ich muss los, Frau Doktor, es hat die Mühle in Immenburg erwischt, und die steht verdammt nah am Wald. Vielen Dank für den Abend. Wir müssen ihn wiederholen.« Er reichte ihr die Hand und ging zur Haustür.

Sabine folgte ihm mit einem Schirm. »Hier, nehmen Sie den, sonst sind Sie nass, bevor Sie Ihren Wagen erreichen.«

In dem Augenblick, als der Forstmeister loslief, hielt auf der Straße ein Cabriolet. Das Dach war offen, und ein Mann sprang aus dem Wagen und rannte durch den Garten auf die Tür zu. Als er das Haus erreichte, war er nass bis auf die Haut. Das blonde Haar hing ihm in Strähnen um den Kopf, und der Sommeranzug klebte an seinem Körper.

Sabine erkannte ihn sofort. »Herr Neuberg«, rief sie erschrocken, »was machen Sie denn hier?«

»Tut mir Leid«, keuchte er, »ich brauch' schon wieder Ihre Hilfe!«

»Was ist passiert?«

»Die Straßen sind alle gesperrt, und mein Wagendach streikt. Ich wusste nicht, wohin.«

»Kommen Sie erst mal herein.« Als sie die Tür schloss, sah sie den verletzten Blick von Jürgen Albers, der gleich darauf in seinen Wagen stieg und startete.

XIV

Sabine konnte sich ein Lachen kaum verbeißen. Obwohl ihr der durchnässte Mann Leid tat, war die Situation durchaus komisch.

›Ein Mal Flöhe‹, dachte sie, ›und ein anderes Mal Überflutung. Wenn das so weitergeht, muss er für die Reinigung meines Hauses demnächst ein Extrahonorar bezahlen.‹

Bevor Hartmut Neuberg etwas sagen konnte, krachte der nächste Donnerschlag aus den schwarzen Wolken. Auf den Fliesen unter dem nassen Mann, der beschämt auf seine Füße starrte, bildete sich eine kleine Pfütze. Nun musste Sabine wirklich lachen. »Herzlich willkommen, aber bleiben Sie bitte hier stehen, ich hole erst mal ein paar Handtücher und einen Stuhl.« Sie lief in die Küche. Und wenig später: »So, jetzt können Sie sich setzen und mit dem Ausziehen beginnen. Ich besorge noch einen Bademantel.«

Auf keinen Fall wollte sie den durchnässten Gast in der Wohnhalle oder in den Praxisräumen haben. Während sie nach oben ging und einen Morgenrock auspackte, der noch in der Geschenkschachtel steckte, die sie einst ihrem Beinahe-Ehemann überreichen wollte, zog Neuberg Schuhe und Strümpfe aus. Dann streifte er die Jacke und das Seidenhemd ab und legte sie über die Stuhllehne.

Mit einem Handtuch um die Schultern und dem Blick eines schuldbewussten Kindes sah er der Ärztin entgegen. »Es tut mir so Leid.« Er reichte ihr die Hand. »Guten Abend erst einmal. Immer sind Sie der letzte Retter in der Not. Aber ich wusste wirklich nicht, wohin.«

Sabine gab ihm den Mantel und ein paar Tennissocken, von denen sie hoffte, dass sie passten. »Hier, ziehen Sie die trockenen Sachen an und alle nassen bitte aus. Dann dürfen Sie in die Wohnstube kommen.« Sie schmunzelte, denn dieser eitle

Mann, der so viel Wert auf sein gepflegtes Äußeres legte, stand da wie ein begossener Pudel und sah sie hilflos an.

»Nun machen Sie schon. Das bisschen Regenwasser ist noch kein Weltuntergang. Ich koche inzwischen einen heißen Tee, und wenn Sie sonst keinen Schaden in meinem Haus anrichten, bekommen Sie einen gehörigen Schluck Rum in die Tasse.«

Jetzt lachte er auch. »Sie wissen, was ein nasser Mann braucht. Danke. Was mache ich mit meinen Sachen?«

»Lassen Sie alles auf dem Stuhl liegen. Ich hänge die Sachen später im Badezimmer auf.«

Ronca kam aus der Küche, beschnüffelte den Fremden, tapste durch die Pfütze und verteilte das Regenwasser auf den Fliesen. Dann suchte sie beim nächsten Donner, der über das Land rollte, wieder Schutz unter dem Küchentisch. Auf dem Herd blubberte das kochende Wasser, und Sabine goss den Tee auf. Dann kam sie mit einem Tablett voller Geschirr, etwas Kleingebäck und der Rumflasche zurück in die Wohnhalle und machte Licht. Draußen tobte noch immer das Gewitter über dem Ort, und der Regen strömte auf das Land. Einen Augenblick dachte sie an Forstmeister Albers, der den Regen so sehr herbeigewünscht hatte. Dann wandte sie sich wieder ihrem Gast zu. »Erzählen Sie, was Sie hertreibt und warum auf so nasse Art und Weise.«

Neuberg nahm einen guten Schluck: »Ich wollte in die Mühle. Sie haben damals gesagt, ich solle nett zu der Müllerin sein, denn die Sache mit den Flöhen sei nicht ihre Schuld. Also hab' ich angerufen, ob ich noch ein paar Tage kommen könnte, weil mein Urlaub damals ausgefallen war. Na ja, und dann kam das Gewitter, gerade als ich von der Autobahn runter war. Und ich hab' gedacht, ich erreiche Immenburg noch vor dem Regen. Aber als ich aus dem Wald kam, sah ich, dass ich das nicht mehr schaffen würde. Ich wollte während der Fahrt das

Verdeck schließen, aber das Dach klemmte, ist schon ein paar Mal passiert, und im gleichen Augenblick begann es zu gießen. Und kurz drauf wurden die wenigen öffentlichen Straßen gesperrt, die man hier benutzen darf, und auch nach Auendorf bin ich nicht mehr reingekommen, wegen einer Einsatzzentrale und so weiter.«

»Es brennt in oder bei der Mühle, mehr weiß ich auch nicht.«

»So ein Pech aber auch. War das der Forstmeister vorhin, der an mir vorbeirannte? Da hab' ich wohl sehr gestört?«

»Nein, er musste zum Einsatz. Wir haben schon den ganzen Abend die Unwetterfront beobachtet.«

»Tut mir Leid. Ich wäre ja ins Wirtshaus gefahren, aber man hat mich nicht durchgelassen.«

»Macht doch nichts.« Ein gewaltiger Donner krachte auf sie herab. Und eigentlich war Sabine ganz froh, dass sie nicht allein in ihrer Stube saß. Draußen fuhren Wagen mit Sirenengeheul vorbei. Dann riefen ein paar Männer auf der Straße: »Jetzt hat's den Kirchturm erwischt.«

»Nur die Spitze.«

»Aber bis da hinauf reicht kein Löschwasser.«

»Wenn die kippt, erwischt sie die Kneipe.«

»Kommt auf die Windrichtung an.«

»Immer diese Unwetter. Erst die Trockenheit und dann die Wolkenbrüche.«

»Die Aue läuft schon über.«

»Auch das noch ...« Die Stimmen wurden leiser, die Männer entfernten sich.

Sabine stand auf. »Ich muss mich umziehen. Wenn ich gebraucht werde, muss es schnell gehen. Nehmen Sie sich von dem Tee und dem Gebäck, und wenn ich weg muss, schlafen können Sie auf der Couch, Decken sind genug da. Und in der Küche sind Schinken, Käse und Butter im Kühlschrank.«

Sie lief nach oben. Die Donnerschläge wurden leiser, die Abstände zwischen Blitz und Donner länger. ›Das Schlimmste ist wohl vorbei‹, dachte Sabine und sah durch einen Spalt im Fensterladen. Regen und Sturm ließen allmählich nach. Im Garten sah es traurig aus: Äste waren von den Bäumen gebrochen, Lottis Gerüst für die Stangenbohnen lag auf dem Boden, und den gerade erst gekauften und montierten Wäschetrockner hatte der Sturm über den Zaun bis auf die Heide geweht. Beinahe alle langstieligen Blumen lagen in den Pfützen, die der Sturzregen hinterlassen hatte. Rittersporn und Eisenhut, Sonnenblumen und Resedablüten waren heruntergerissen. Sabine fröstelte. Es war spürbar kühler geworden. Sie verriegelte das Fenster wieder und zog sich um. ›Vorbei die Stunden des Seidentops und der Riemchensandalen‹, dachte sie, flocht die Locken zu einem Zopf, streifte Strümpfe und Hosen über, wählte eine weiße Baumwollbluse, feste Halbschuhe und einen wasserdichten, weißen Anorak, den ein großes rotes Kreuz auf dem Rücken zierte. Unten prüfte sie ihren Unfallkoffer und schaltete ihr Handy ein.

Hartmut Neuberg sah ihr aufmerksam zu. Er hatte sich noch eine Decke umgelegt und saß auf der Couch. Neben ihm hatte sich Ronca zusammengerollt. Sie fühlte sich bei dem fremden Gast durchaus wohl.

In der Praxis klingelte das Telefon. »Frau Doktor, wir brauchen Sie in Moordorf. Bitte kommen Sie schnell. Ein Baum ist auf ein Auto gestürzt. Mehrere Personen sind drin eingeklemmt.«

»Ich bin sofort da.« Sabine nahm ihren Arztkoffer, andere Notfallgeräte waren griffbereit im Auto, rief »Tschüss« und verließ das Haus. Draußen stolperte sie über Äste der Straßenbäume, die ihre Ausfahrt blockierten, zerrte sie zur Seite und befestigte das Rot-Kreuz-Schild auf dem Wagendach. Sobald sie startete, blinkte es und ermöglichte ihr, gesperrte Straßen zu durchfahren. Trotzdem brauchte sie fast eine Stunde bis nach Moordorf. Überall war die schmale Straße durch abgebrochene Äste blockiert, einmal musste sie die Feuerwehr anrufen und bitten, einen umgestürzten Baum zu beseitigen, und einmal musste sie die Aue kreuzen und dabei einen großen Umweg fahren, weil die alte Holzbrücke weggebrochen war.

›Gut, dass ich diesen hochrädrigen Geländewagen habe‹, dachte sie, während sie über überflutete Wegstücke fuhr. Teilweise war der Verlauf der Straße nur an den knorrigen Pflaumenbäumen zu erkennen, die die Straße säumten. Links in der Ferne spiegelte sich feuerroter Widerschein in der tiefen Wolkendecke. ›Das muss die Mühle sein‹, überlegte sie und versuchte, im Rückspiegel zu erkennen, ob der Kirchturm noch brannte. Aber Auendorf verbarg sich hinter mehreren Waldgebieten, die sie vorher durchfahren hatte. Das Feuer vorne links bedeckte anscheinend eine große Fläche. ›Da brennt nicht nur ein einzelnes Haus, da müssen die Funken bis in den Wald oder auf Heideflächen geflogen sein‹, überlegte sie und dachte an die Befürchtungen des Forstmeisters.

Endlich erreichte sie Moordorf. So schnell wie möglich fuhr sie durch die Dorfstraße, sehr bemüht, die Unfallstelle sofort zu finden. Aber erst am Ende des Dorfs sah sie die Scheinwerfer, mit denen ein Einsatzwagen der Feuerwehr die Unfallstelle in gleißendes Licht tauchte. Und was sie sah, ließ ihr das Blut in den Adern gefrieren. Verborgen unter Laub und Ästen, war ein zusammengequetschtes Autowrack zu erkennen. Sie bremste und stieg schnell aus. Ein Feuerwehrmann kam ihr entgegen.

»Es sieht schlimm aus, Frau Doktor. Wir haben, soweit wir konnten, den Baum zersägt und beiseite geräumt. Aber ein zersplitterter Ast hat das Autodach durchstoßen und steckt drinnen. Wir können ihn nicht rausziehen, weil wir nicht wissen, ob er auch in den Leuten steckt.«

»Gibt es Lebenszeichen?«

»Nein, die haben alle das zerquetschte Dach auf den Kopf gekriegt.«

»Haben Sie Krankenwagen benachrichtigt?«

»Natürlich sofort, aber die brauchen ihre Zeit, um herzukommen. Hoffentlich sind überhaupt welche frei. Bei dem Unwetter sind bestimmt alle im Einsatz.«

Sabine waren schwere Unfälle und Unfallopfer bekannt. Sie hatte zehn Jahre in einer Unfallklinik gearbeitet und war oft mit ähnlichen Situationen konfrontiert worden. Aber immer waren andere Kollegen in der Nähe gewesen. »Wir sind also erst mal allein. Ich brauche Licht, jede nur denkbare Lampe.«

Als man ihr einen starken Handscheinwerfer reichte, kroch sie durch das Geäst und versuchte, den Innenraum des Wagens oder was davon noch übrig war auszuleuchten. »Wie viele Personen sind drin?«

»Erst dachten wir vier, aber es sind wohl bloß drei.«

»Sie müssen den ganzen Wagen auseinander schneiden, sonst kommen wir nicht ran. Sind Benzin und Öl und was sonst noch Feuer fangen kann abgelassen?«

»Ja, soweit wir rankonnten, haben wir alles abgelassen. Aber dann haben wir nicht gewagt mit den Schneidbrennern zu arbeiten. Wir wollen die Leute, falls sie noch leben, nicht zusätzlich verletzen.«

»Schneiden Sie erst einmal das ganze Laub und Geäst weg bis auf den Teil, der im Wagen steckt.«

Die Männer gingen vorsichtig an die Arbeit, und Sabine blieb neben dem Wagen stehen, die Hand auf den schweren Ast gelegt, um sofort »Halt« zu rufen, wenn er bewegt wurde. Dann konnte sie erkennen, wie es in dem zusammengepressten Wagen aussah: Vorn saßen zwei Personen, nach vorn zusammengekrümmt mit den Köpfen zwischen den Knien. Das hat ihnen vielleicht das Leben gerettet, dachte die Ärztin. Hinten lag, von Blättern bedeckt, in seiner Kinderliege ein Baby.

Endlich waren Laub und Äste beseitigt. Einer der Männer schob den Helm zurück und wischte sich den Schweiß vom Gesicht.

Sabine nickte ihm zu. »Fangen Sie hinten beim Kofferraum an. Vielleicht können wir das Kind durch die Rückwand herausziehen.« Die Männer arbeiteten mit zwei Schneidbrennern. Die Funken fraßen sich kreischend durch das Metall, und Sabine dachte: ›Dieses Kreischen werde ich mein Leben lang nicht vergessen.‹ Nach wenigen Minuten konnten die Männer den Kofferraumdeckel abnehmen und ein Loch in die Rückwand bohren. Als die Öffnung groß genug war, winkten sie der Ärztin. »Jetzt könnte es klappen.«

Sabine kroch in die nach versengtem Metall stinkende und von Glassplittern übersäte Öffnung und versuchte, das Baby samt Sitzschale herauszuziehen. »Ich brauche ein Messer, um die Gurte durchzuschneiden.« Nach einigem Hin und Her hatte sie den kleinen Kindersitz gelöst und konnte ihn vorsichtig herausheben. Das Baby begann zu weinen. Behutsam nahm Sabine das Kind in den Arm. Es war über und über mit dem Glas der zerborstenen Fenster bedeckt, hatte den Unfall aber augenscheinlich ohne Verletzungen überstanden. Sie tröstete das Baby und reichte es einem der Männer, der es in eine Decke hüllte und in Sabines Wagen legte.

»Wo bleiben bloß die Krankenwagen?« Sie brauchte Hilfe, sie konnte nicht zwei Schwerverletzte und das Baby transportieren. Aber sie musste weitermachen, sie konnte sich nicht mit unnötigem Warten aufhalten.

»Bitte rufen Sie regelmäßig die Rettungswagen an«, und zu den Männern mit den Schneidbrennern: »Jetzt machen wir von vorn weiter. Der Motorraum und das Armaturenbrett müssen weg, damit ich von da aus an die Verletzten rankomme.«

Die Männer machten sich an die Arbeit. Es stank nach verbranntem Öl, verglühtem Eisen, nach Gummi und versengtem Leder. Während zwei von ihnen die Metallteile zerschnitten, stand auf jeder Seite ein weiterer Mann mit einem einsatzbereiten Feuerlöscher. Andere Helfer hatten alle Hände voll zu tun, die in Scharen näher kommenden Dorfbewohner von der Unfallstelle fern zu halten. Der Regen hatte nachgelassen, man wagte sich wieder auf die Straße.

Die Schneidbrenner fraßen sich durch die dünnen Bleche über den Vorderrädern, und verhältnismäßig schnell nahmen die Männer den Motorblock mit allem Zubehör von der Karosserie und legten ihn zur Seite. Sehr viel schwerer war es, das Trennblech zwischen Motorraum und Insassenkabine zu zerteilen. Man konnte nicht erkennen, wo sich die Beine, die Arme und die Köpfe der beiden Verletzten befanden. »Schneiden Sie ganz langsam an den Außenseiten entlang. Sobald man das Blech etwas auseinander ziehen kann, versuche ich, mit der Hand zu fühlen, wie sie sitzen.«

»Halt, Frau Doktor, Sie vergessen die Funken. Sie verbrennen sich, wenn Sie da so dicht am Schneidbrenner sind.« Einer der Männer reichte ihr seinen Helm und die Schutzbrille. Sabine steckte ihren Zopf in den Helm und stülpte ihn über. Einen Augenblick lang ekelte sie sich, denn das Leder innen im Helm war nass geschwitzt und glitschig. »Danke. Holen Sie bitte aus meinem Koffer die Rettungsfolien, damit ich die Verletzten abdecken kann, sobald ich sie erreiche.«

Die Männer begannen wieder mit der Arbeit. Nach einiger Zeit zog ein dritter Mann die ersten Metallteile auseinander. Sie waren glühend heiß. »Kommen Sie nicht dran«, warnte er, »Sie verbrennen sich.« Sabine leuchtete mit dem Scheinwerfer ins Innere der Autos. Das Dach lag in voller Breite auf den Rücken von Mann und Frau. Unter dem Kopf des Mannes hatte sich eine Blutlache auf dem Boden ausgebreitet, die Augen waren geschlossen, aber er atmete. Den Zustand der

Frau konnte sie nicht einschätzen, aber sie schien von dem schweren Ast getroffen zu sein.

Sabine zog sich zurück. »Machen Sie weiter, schnell, der Mann atmet noch, die Frau kann ich nicht sehen. Aber wir müssen die beiden so schnell wie möglich rausholen, der Mann verblutet sonst.«

Ein zweiter Feuerwehrwagen kam die Dorfstraße entlang. Männer sprangen ab, kamen mit Schneidewerkzeugen dazu und halfen, die Bleche auseinander zu biegen. Dann hatten sie die Vorderfront des Wagens so weit geöffnet, dass die Ärztin zwischen die Karosserieteile kriechen und die beiden mit Folien abdecken konnte. Als das Armaturenbrett und das Steuerrad entfernt waren, gab sie zuerst dem Mann eine Spritze, dann fühlte sie den Puls der Frau an der Halsschlagader und gab ihr ebenfalls eine Spritze. »Ich musste die beiden erst mal stabilisieren«, erklärte sie. »Den Mann können Sie jetzt vorsichtig herausziehen. Für die Frau müssen wir das Dach mit dem Ast komplett entfernen. Der Baum hat die Frau am Rücken getroffen. Wahrscheinlich ist die Wirbelsäule verletzt. Also größte Vorsicht.«

Es dauerte fast eine Stunde, bis die beiden Verletzten geborgen und auf Decken an den Straßenrand gelegt werden konnten. Endlich kam auch ein Krankenwagen aus Soltau. »Wir hatten ständig blockierte Straßen, wir sind einfach nicht schneller durchgekommen«, entschuldigten sich die Sanitäter und begannen sofort mit der Versorgung der Verletzten, um sie transportfähig zu machen. Dann wurden die Tragen in den Wagen geschoben, einer der Sanitäter nahm das schlafende Baby auf den Arm, und der Wagen begab sich auf die nächtliche Rückfahrt.

Sabine war am Ende ihrer Kräfte. Sie hatte getan, was sie konnte, aber ob die beiden Erwachsenen den Unfall überleben würden, wusste sie nicht.

Einer der Feuerwehrmänner bot ihr einen Becher Kaffee aus seiner Thermoskanne an. Sie trank in langsamen Schlucken und kämpfte mit den Tränen.

Das Autowrack wurde zur Seite geräumt, zwei Polizisten machten sich Notizen, und die Feuerwehr räumte ihre Geräte ein. Sabine bedankte sich für die Hilfe und den Kaffee, sammelte ihre Sachen ein und ging zu ihrem Wagen.

Es war zwei Uhr morgens, als sie ihr Haus erreichte. Das Cabriolet stand noch auf der Straße, aber das Dach war jetzt geschlossen. Die abgebrochenen Äste in ihrer Einfahrt waren zur Seite geräumt. Sie konnte ungehindert in den Carport fahren. Im Haus brannte noch Licht. Sie stellte den Wagen ab und ging hinein. Sie war zu Tode erschöpft und zitterte am ganzen Körper. Auf dem Flur stand noch der Stuhl. Sie setzte sich und brach in Tränen aus.

Hartmut Neuberg hatte sie gehört und kam aus der Wohnhalle.

»Mein Gott, was ist passiert?« Er kniete vor ihr nieder und zog ihr die nassen Schuhe aus. »Kommen Sie, ich bringe Sie nach oben, und dann lasse ich Ihnen ein Bad ein, und Sie ruhen sich in dem schönen warmen Wasser erst einmal aus.« Er half ihr aufzustehen und brachte sie Stufe für Stufe nach oben in ihr Schlafzimmer. Während sich Sabine auszog, lief nebenan das Wasser in die Wanne, und ihr geliebter Wildblumenduft zog bis zu ihr ins Schlafzimmer. ›Er hat mein Badeöl gefunden‹, dachte sie dankbar, zog den Morgenrock an und warf einen kurzen Blick in den Kleiderschrankspiegel. Sie erschrak. Ein schwarz verschmiertes Gesicht starrte ihr entgegen, Haare hatten sich aus dem Zopf gelöst und standen steif vor Schmutz und Ruß um ihren Kopf. Als sie sie zurückstreifen wollte, sah sie zum ersten Mal auf ihre Hände. Zwischen all dem Schmutz hatten sich ein paar Brandblasen gebildet, die sie noch gar nicht bemerkt hatte. Der Schmerz der Erschöpfung war größer als der Schmerz dieser Wunden.

Sie ging ins Badezimmer. Ein wohltuender Dunst umfing sie. Dieser eigentlich fremde Mann kontrollierte die Wassertemperatur. »So, jetzt ist es richtig.« Er richtete sich auf und trocknete die Hände an einem Handtuch ab. »Rufen Sie mich, wenn Sie etwas brauchen, ich lasse die Tür unten offen.« Rücksichtsvoll verließ er den Raum. Sabine streifte den Morgenrock ab und ließ sich ins Wasser gleiten. Wohlige Ruhe stellte sich ein, und sie schloss die Augen.

Als Neuberg nach einer halben Stunde Stille immer noch nichts hörte, ging er leise nach oben und klopfte an die Badezimmertür. Alles blieb ruhig. Besorgt öffnete er die Tür einen Spalt. In der Wanne lag die Ärztin, den Kopf auf ein Gummikissen gebettet, und schlief tief und fest in dem kühler werdenden Wasser. Erschrocken sah er sich um. Er musste sie wecken, sie konnte nicht die restliche Nacht im kalten Wasser schlafen. Er blieb hinter der Tür stehen und rief sie. Als sie sich nicht rührte, ging er hinein und strich ihr über das Haar. »Frau Doktor, Sie müssen ins Bett gehen.« Ihm entging dabei nicht die Schönheit und die Ebenmäßigkeit ihres wohlgeformten Körpers, der so verletzlich und unberührt wirkte.

Erst nach der zweiten Berührung riss Sabine erschrocken die Augen auf, drohte beinahe mit dem Kopf ins Wasser zu rutschen und richtete sich dann verwirrt auf. »Ich bin einfach eingeschlafen ...« Dann sah sie den Mann, der ihr ein ausgebreitetes Badetuch hinhielt »Entschuldigung, aber ich habe mir Sorgen gemacht, als ich nichts mehr von Ihnen hörte. Gehen Sie lieber ins Bett, im Wasser wird es zu kalt für Sie.«

Sabine, noch immer völlig verschlafen, ließ sich von ihm einwickeln und ins Schlafzimmer führen. »Ich war zum Umfallen müde. Tut mir Leid, dass Sie nun auch eine schlaflose Nacht haben.«

»Es ist das Mindeste, was ich für Sie tun kann. Legen Sie sich jetzt hin, ich geh' runter und mach' Ihnen ein Glas heiße Milch mit Honig und einem Schuss Rum. Ein Rezept meiner Mutter, danach werden Sie wunderbar schlafen.«

Sabine kicherte. »Ein Rezept für eine Ärztin. Aber ich nehme die Milch, ich bin etwas kalt geworden in der Wanne. Danke, dass Sie mich geweckt haben.« Sie schlüpfte schnell in den Pyjama, öffnete das Fenster und entriegelte den Fensterladen, um die frische Luft hereinzulassen Und während sie dem beschwingten Tanz der duftigen Vorhänge vom Bett aus zusah, schlief sie wieder ein.

Als Neuberg mit dem Glas Milch in der Hand das Zimmer betrat, wurde es draußen bereits hell. Behutsam stellte er das Glas ab. Jetzt würde er sie nicht wieder wecken. Er löschte das Licht, setzte sich vorsichtig auf den Bettrand und betrachtete in der ersten Morgendämmerung die schlafende Frau. Sie lag auf der Seite, und der rechte Arm ruhte auf der Decke. Manchmal zuckte die Hand. ›Sie träumt‹, dachte er und hätte gern die unruhigen Finger in seine Hände genommen. In ihm stieg ein unbändiges Verlangen nach dieser Frau auf, aber dann schüttelte er den Kopf. ›Nein, ich werde sie nicht berühren. Ich werde diese unwirkliche Situation nicht ausnützen. Ich kann warten und werde langsam und höflich, wie es sich gehört, um sie werben. Sie ist so ein zauberhaftes Wesen, dass sich die Mühe in jeder Sekunde und mit jedem Wort lohnt.‹ Er stand auf, beugte sich über sie und küsste sie behutsam auf die Schläfe.

Vier Wochen später bekam Sabine, zusammen mit einem üppigen Teerosenstrauß, einen Brief aus Berlin. Neugierig besah sie den Umschlag. Den Absender kannte sie nicht. Sie öffnete das Schreiben und zog den Briefbogen heraus. Auf dem eleganten Büttenpapier stand:

›Sehr verehrte, gnädige Frau Dr. Büttner,

erst gestern ist es mir gelungen, Ihre Adresse zu erfahren. Polizei, Feuerwehr und Ärztekammer mussten mir bei der Suche helfen, und das hat etwas länger gedauert. Ich bin Alexander Markwitz, der Vater des Mannes und seiner Familie, den Sie unter eigener Lebensgefahr aus dem verunglückten Wagen in Moordorf gerettet haben. Heute darf ich Ihnen mitteilen, dass mein Enkelkind, meine Schwiegertochter und mein Sohn den furchtbaren Unfall überlebt haben. Mein Sohn und das Baby sind inzwischen wieder zu Hause, meiner Schwiegertochter geht es noch nicht so gut, sie wird noch ein paar Wochen in der Charité bleiben müssen. Aber sie hat Chancen, wieder ganz gesund zu werden.

Vor allem aber möchte ich Ihnen für Ihren Einsatz danken. Ohne meine Familie wäre auch mein Leben zu Ende gewesen, ich hätte den Verlust nicht überwunden. Um meinen großen Dank auszudrücken, möchte ich mir erlauben, Ihnen ein Geschenk zu machen, das Ihrer Tat würdig erscheint. Ich bin ein vermögender Mann, und ich möchte, dass Sie Ihr Geschenk selbst bestimmen. Es gibt nichts, was es nicht wert wäre, als Dank zu dienen. Teilen Sie mir mit, womit ich Ihnen eine Freude machen kann, ich denke etwa an eine Kreuzfahrt, eine Reise zu einem fernen Ziel, an ein komfortables Auto, medizinische Geräte oder an eine Finanzspritze, wann immer Sie diese benötigen. Ich weiß, das Leben meiner Lieben kann ich nicht mit Geld aufwiegen, aber es ist mir ein Herzenswunsch, wenigstens durch ein Geschenk meinen unbeschreiblich großen Dank auszudrücken.

Glauben Sie mir, ich wäre sehr unglücklich, wenn Sie meinen Wunsch ablehnen. Sollten Sie, aus welchen Gründen auch immer, ein persönliches Geschenk abweisen, so nehmen Sie eine Summe, die Sie selbst bestimmen können, um Ihre segensreiche Arbeit damit zu unterstützen.

Hochachtungsvoll Ihr ergebener Alexander Markwitz.‹

Sabine musste sich setzen. Der Brief hatte sie beglückt, weil sie erfuhr, dass die Familie den furchtbaren Unfall überlebt hatte, und er hatte sie bestürzt, weil sie nie daran gedacht hätte, für Ihre Arbeit belohnt zu werden. Sie antwortete, bedankte sich für die Nachricht und für das Geschenk und teilte Herrn Markwitz mit, dass sie auf keinen Fall ein persönliches Geschenk für eine Arbeit, die für sie selbstverständlich gewesen sei, annehmen würde. Sollte sie aber irgendwann einmal Geld für eine soziale Aufgabe innerhalb der Samtgemeinde Auendorf brauchen, käme sie auf sein Angebot dankbar zurück.

XV

Obwohl das Regenwasser noch zentimeterhoch in den Gartenwegen, auf dem Rasen und auf den Beeten stand, ging Sabine hinaus, um wenigstens die Blüten der umgeknickten und im Schlamm liegenden Blumenstauden zu retten. Sie hatte Gummistiefel angezogen und Gartenhandschuhe, denn sie musste ihre Hände schützen. Behutsam nahm sie die Blüten, die auf der Erde lagen, in die Hand, schüttelte vorsichtig Wasser und Erde ab und legte sie in den Korb. Voll Wehmut dachte sie an die Blütenpracht, die bis gestern einen Garten geschmückt hatte, der vor vier Monaten noch die reinste Wildnis gewesen war. Wie viel Mühe hatten Lotti und sie in die unbearbeiteten Flächen investiert, Lotti, die Gemüse ziehen wollte, und sie, die sich einen blühenden, duftenden Garten wünschte.

Vier Monate ... Wie anders hatte ihr Leben damals noch ausgesehen: Sie war eine glückliche Braut gewesen, die von der Hochzeit und einem gemeinsamen Eheglück mit dem attraktivsten Arzt der Klinik träumte. Aber dieser Traummann hatte sie betrogen, hatte andere Frauen beglückt und sich nicht einmal entschuldigt, als sie ihn in flagranti ertappt hatte.

Sabine schüttelte verärgert den Kopf. Ihre ganze Lebensplanung hatte sie über den Haufen werfen, ihre erfolgreiche Arbeit von heute auf morgen aufgeben und sich eine neue Existenz aufbauen müssen. Aber sie hatte sich gezwungen, den Tatsachen ins Auge zu sehen, hatte nicht gegrübelt und geweint, sondern von einem Tag zum anderen mit der Planung einer eigenen Praxis begonnen. Und sie hatte es geschafft. Sie hatte ein Heim, eine Aufgabe, endlich die langsam wachsende Anerkennung als Ärztin, und es gab sogar Männer, die sich um sie bemühten.

Männer? Na ja, zwei zumindest. Jochen Bellmann, der ein guter Freund war und dem es schwer fiel, ihre Zurückhaltung zu akzeptieren, und Hartmut Neuberg, der sich vom flohgebissenen Charmeur zu einem triefend nassen, aber hilfsbereiten Freund entwickelt hatte.

Sie lächelte, als sie an den Mann dachte, der gestern so hilflos in ihr Haus gestürmt war und es bis jetzt nicht geschafft hatte wegzufahren. Am Morgen hatte er sie mit einem Frühstück verwöhnt, zu dem er bereits frische Brötchen besorgt hatte. Dann, als sie sich um ihre Patienten kümmern musste, überraschte er sie mit richtig anstrengender Arbeit, denn er räumte den Vorgarten auf, schleppte die abgebrochenen Äste der Straßenbäume vom Grundstück, lief mit Ronca durch die Heide, damit sie ihren Auslauf hatte, und half anschließend Lotti, die umgebrochenen Stellagen für die Stangenbohnen wieder aufzurichten. Als Lotti sie daraufhin mit großen Fragezeichen in den Augen ansah, lächelte sie: »Er meint, er sei mir etwas schuldig. Ich hätte ihn zwei Mal gerettet.«

»Und wie lange wird er sich noch schuldig fühlen?«, fragte sie anzüglich und grinste.

»Ich denke, bis sein Auto innen wieder trocken ist. Vorher kann er nicht weiterfahren.«

»Ein nasses Auto? Warum macht er nicht Verdeck und Türen auf, damit es in der Sonne trocknen kann? Ich glaube, der fühlt sich hier wohl und will gar nicht weg.«

Sabine lachte. »Wir werden dem Schuldgefühl ein Ende setzen.«

Aber das war gar nicht so leicht. Neuberg sah einfach immer wieder Arbeiten, die angeblich nur ein Mann bewältigen konnte, und machte keine Anstalten, sich zu verabschieden. Sabine, die viel zu tun hatte und beim Mittagessen überrascht feststellte, dass Hartmut Neuberg immer noch da war, verschob das Problem auf den späten Nachmittag. Und als endlich der letzte Patient gegangen war und der »Gast« erklärte, bei der Reinigung der Praxis zu helfen, schob sie dem Arbeitseifer einen Riegel vor.

»Das Putzen übernehmen meine Helferinnen. Ich denke, Sie sollten sich um Ihren Urlaub und eine entsprechende Unterkunft bemühen.«

»Die Mühle ist abgebrannt, die Müllerin hat jetzt andere Probleme.«

»Wir haben eine Gastwirtschaft mit Fremdenzimmern in Auendorf. Vielleicht versuchen Sie es dort einmal.«

»Sie wollen mich loswerden?« Enttäuscht sah er sie an. »Ich habe mich sehr gut an meine Samariterdienste gewöhnt. Hier fehlt ein Mann im Haus.«

Sabine lachte laut auf: »Sie machen Witze. Ich habe mich gerade daran gewöhnt, diese Spezies los zu sein.«

»Bin ich Ihnen eine lästige Spezies?«

»Die Begegnungen mit Ihnen waren immer mit viel Aufregung verbunden, ich denke, ich kann darauf verzichten. Trotzdem, danke für die Hilfe gestern Abend. Aber heute ist ein neuer Tag, und ich will nicht die Vergangenheit mit in die Zukunft schleppen. Fragen Sie Lisbeth, ob sie ein Zimmer für Sie hat, und wenn wir uns dann ab und zu im Dorf begegnen, werden wir uns freuen, einen Freund zu treffen.«

Unschlüssig sah er sie an. »Sie meinen das wirklich so, nicht wahr?«

»Natürlich.«

»Sabine, Sie ... ich ...«

»Ist schon gut. Ich habe verstanden, und ich sage ›nein‹. Und nun hoffe ich, Sie haben mich auch verstanden, sonst wird es nichts mit der Freundschaft.«

Hartmut Neuberg nickte. Diese Frau war wirklich sehr deutlich. »Ich packe meine Sachen und verschwinde in Richtung ›Auenkrug‹.« Und nach einem Augenblick: »Und wenn kein Zimmer frei ist?«

»Wird Lisbeth ein anderes Gasthaus für Sie finden. Und außerdem, Ihr Zuhause in Uelzen ist ja auch nicht weit entfernt.«

Enttäuscht schüttelte er den Kopf und ging in den Garten. Er hatte den Wäscheständer von der Heide geholt und im Garten wieder aufgestellt. Im Sommerwind flatterte seine feuchte Kleidung. Nun nahm er sie ab und steckte alles in eine Tüte, die Lotti ihm reichte. »Im Dorf hinter der Bäckerei gibt es eine Reinigung. Bis morgen sind die Sachen dann wie neu«, versicherte sie.

Mit gesenktem Kopf und erfüllt von der Erinnerung an die vergangene Nacht, in der er Sabine sogar heimlich geküsst hatte, stieg er in sein Auto. ›Ich werde genau das tun, was ich mir vergangene Nacht vorgenommen habe‹, schwor er sich. ›Ich werde sie mit Geduld und Höflichkeit davon überzeugen, dass wir füreinander geschaffen sind, und dann wird sie erkennen, dass ich der richtige Mann für sie bin. Papperlapapp, Spezies und Freundschaft, ich weiß, was ein Mann zu tun hat, wenn das Verlangen ihn packt.‹

Im Dorf sah es noch immer katastrophal aus. Zwar waren die umgestürzten Bäume beiseite geräumt, aber der Marktplatz glich eher einem Schlachtfeld als einem gepflegten Dorfmittelpunkt.

Die Feuerwehr hatte glücklicherweise die Feldsteinkirche und den Glockenturm aus dem 16. Jahrhundert – eine Sehenswürdigkeit für die Touristen – gerettet, aber die schindelgedeckte Spitze war dem Blitzschlag zum Opfer gefallen. Der Marktplatz und Teile des Friedhofs waren mit verkohlten Eichenholzbohlen und Hunderten von angebrannten Schindeln bedeckt. Der vergoldete Wetterhahn war sogar bis in eine Nebenstraße geflogen, als sich der Turm der Kraft des Sturmes gebeugt hatte, und eine Flut von Fledermäusen war in die Friedhofsbäume geflüchtet. Dennoch versuchte die Auenkrug-Wirtin, heile Welt zu zeigen. Sie wusste, dass sich im Lauf der nächsten Tage zahlreiche Touristen einfinden würden, um das Drama der geschichtsträchtigen Kirche zu besichtigen. Immerhin war das 500 Jahre alte Gotteshaus eine Attraktion und wurde in vielen Reiseprospekten als sehenswert angepriesen.

Also forderte Lisbeth ihren Mann auf, den Platz vor der Wirtschaft zu säubern, und stellte eigenhändig Tische und Stühle wieder vor die Tür. Sie war gerade dabei, die Tischtücher festzuklammern, als sie das fremde Auto mit dem Uelzener Kennzeichen bemerkte. Als es hielt, sah sie dem Gast erwartungsvoll entgegen. Sie kannte den Mann, denn in dieser Gegend der Heide gab es nicht viel Abwechslung für Touristen, und so war er schon einige Male in den Krug gekommen, um ein Bier zu trinken, wenn ihn die Langeweile in der Immenburger Mühle überfallen hatte.

Der Fremde stieg aus und kam auf sie zu. »Guten Tag, hätten Sie noch ein Zimmer für mich?«

»Tag auch. Lassen Sie mich kurz schauen ... Ja, Sie haben Glück, ein Zimmer ist noch frei. Haben Sie es schon gehört, heut' Nacht hat's bei dem Gewitter die Mühle in Immenburg erwischt, dort haben Sie doch auch schon mal gewohnt, nicht wahr?« Lisbeth war eine kluge Frau und eine gewiefte Wirtin, sie durchschaute ihre Gäste sofort.

»Ja, aber ich bin gar nicht erst bis Immenburg gekommen. Alles war abgesperrt, und hierhin ließ man mich auch nicht fahren.«

»Ich weiß, wir hatten überall höchste Alarmstufe wegen der extremen Trockenheit in der Heide. Wo waren Sie denn dann letzte Nacht?«

»Ich hab' gerade noch das Arzthaus erreicht, als der Wolkenbruch begann.«

»So, so, das Arzthaus. Ja, die Ärztin ist für ihre Hilfsbereitschaft bekannt. Da haben Sie aber Glück gehabt.«

»Ich hab' mich revanchiert und heute Morgen das Grundstück aufgeräumt. Sah wüst aus. Könnten Sie mir das freie Zimmer einmal zeigen?«

»Ja, kommen Sie rein, ich zeig' es Ihnen.«

Neuberg holte sein Gepäck und folgte Lisbeth. An der Gaststube und der Küche vorbei führte sie ihn bis in einen Anbau und dann die Treppe hinauf. Alle Räume sahen sauber und gepflegt aus, eine schlichte, rustikale Einrichtung unterstrich die ländliche Atmosphäre. Die Wirtin schloss eines der Zimmer auf. »Hier können Sie wohnen, wenn es Ihnen zusagt. Werden Sie länger bleiben?«

Neuberg zuckte mit den Schultern. »Ich weiß noch nicht. Ein paar Tage? Vielleicht auch zwei Wochen.«

»Wie Sie wollen. Das Zimmer steht zu Ihrer Verfügung. Essen können Sie unten in der Wirtschaft zu den normalen Zeiten bekommen.«

Neuberg sah sich um. Das Zimmer gefiel ihm. Es roch nach frischer Wäsche und Seife. Er öffnete eine zweite Tür. Auch das Bad war schlicht, erfüllte aber alle Ansprüche.

»Wir haben letztes Jahr erst angebaut«, erklärte die Wirtin, »wir wollten eine rustikale, aber moderne Einrichtung, die auch den Stadtgästen gefallen sollte.«

»Es ist sehr schön, ich werde mich hier wohl fühlen.« Neuberg wollte die etwas neugierige Wirtin loswerden. »Jetzt werde ich erst einmal auspacken, und später komme ich zum Abendessen. Vielen Dank.«

Lisbeth nickte. Sie hatte verstanden. Während Sie das Zimmer verließ, warf sie noch einen Blick auf den Mann Er gefiel ihr. ›Ein rechtschaffenes Mannsbild‹, dachte sie. Das gebräunte Gesicht, in dem die hellblauen Augen auffielen, die straffe Haut, die noch keine Altersfalten aufwies, und die wohlgeformte, schmale Nase in dem gut geschnittenen Gesicht verrieten Bildung und Niveau. Lisbeth seufzte und schloss die Tür. ›Schade‹, dachte sie, ›ich habe ‚ne Menge verpasst, als ich so früh diesen Wirt hier heiratete.‹ Sie ging die Treppe hinunter und sah die vollen Lippen ihres Gasts vor sich, die so viel Sinnlichkeit verrieten.

Neuberg packte seinen Koffer aus, legte Buch und Lesebrille auf den Nachttisch und griff nach der Tüte mit den feuchten Sachen für die Reinigung.

Ein kleiner Abendspaziergang und vielleicht ein kleines freundschaftliches Wiedersehen? Er dachte an die Worte der Ärztin und machte sich hoffnungsvoll auf den Weg.

Sabine war viel zu müde, um an freundschaftliche Wiedersehen oder hoffnungsvolle Wünsche zu denken. Sie hatte eine fast schlaflose Nacht und acht gut besuchte Praxisstunden hinter sich. Zu den gewohnten Patienten hatten sich mehrere Helfer eingefunden, die während der Lösch- und Aufräumarbeiten die eine oder andere Verletzung davongetragen hatten. Da gab es ein paar Brandwunden, einige Prellungen, einen verstauchten Fuß und einen gebrochenen Arm. Nichts wirklich Ernstes, und dafür war die Ärztin dankbar. Schwerwiegende Verletzungen zu behandeln wäre ihr heute Abend schwer gefallen. So kümmerte sie sich, als der letzte Patient gegangen war, nur noch um ihre Blumen, atmete tief durch, als sich ihr Gast verabschiedete, lief mit Ronca ein Stück in die Heide hinein und freute sich auf ein ruhiges Abendessen.

Ein leichter Wolkenschleier hatte sich vor die untergehende Sonne geschoben. Zwei Eichhörnchen tobten in dem alten Apfelbaum, und ein paar Grillen zirpten im Gebüsch. Lotti hatte Kartoffelsalat für sie vorbereitet, einen Salat mit Äpfeln, Matjesstückchen, Gurken und Wiener Würstchen, wie Sabine ihn gern mochte, und Lotti hatte, als sie heimfuhr, alles in den Kühlschrank gestellt. Sabine nahm das vorbereitete Tablett mit hinaus in den Garten und genoss die Stille des Abends, die heute so wohltuend war. Ronca hatte sich unter der Bank zusammengerollt, sie wusste, vom Tisch kam nie ein Leckerbissen herunter. Plötzlich hob sie den Kopf, dann knurrte sie leise. Sabine bückte sich und hielt sie fest.

Um das Haus herum kam ein Kind gerannt. Sabine erkannte den kleinen Klaus, der damals, kurz vor ihrem Einzug, von dem Gänserich attackiert worden war. Der Junge war hochrot im Gesicht, weinte und rief: »Der Papa schlägt die Mama tot, der Papa ... sie ist ganz voller Blut.« Er schluchzte: »Überall hat sie Blut.«

Sabine sprang auf, brachte Ronca in die Küche und rief mit dem Handy die Polizeiwache an. »Hier Doktor Büttner. Das ist ein Notruf, schicken Sie jemanden in die Dorfstraße fünfundvierzig. Ein Junge behauptet, der Vater schlüge die Mutter tot. Beeilen Sie sich, ich laufe schon mal rüber.«

»Verstanden, wir sind schon unterwegs.«

Sabine griff nach ihrem Unfallkoffer und rannte mit dem Jungen schräg über die Straße. Als sie das Haus erreichten, blieb der kleine Klaus zurück und schüttelte den Kopf. »Ich hab' Angst, ich bleib' hier.«

»Ist gut. Ich geh' mal rein. Warte hier auf die Polizei.«

Vorsichtig näherte sie sich der offen stehenden Eingangstür. Drinnen war es still. Es roch nach billigem Fusel. Die Küchentür war nur angelehnt, sie hörte das Wimmern einer Frau. Langsam öffnete Sabine die Tür ganz. Was sie sah, ließ sie erstarren. Die Bäuerin lag blutüberströmt auf den Fliesen. Scherben einer Glasflasche bedeckten den Boden. Aber bevor sie sich zu der Frau hinunterbücken konnte, hörte sie ein Geräusch hinter sich. Sie drehte sich um. In der Tür stand ein Riese von einem Mann, eine halb volle Kornflasche in der Hand. Mit glasigen Augen starrte er sie an. Dann hob er drohend die Flasche und kam auf sie zu.

Speichel floss aus einem seiner Mundwinkel. Wie ein verwundetes Tier brüllte er auf und schwenkte die Flasche. Geistesgegenwärtig riss Sabine den Koffer hoch und hielt ihn als Schutz vor ihr Gesicht. Die Flasche zersplitterte, als sie gegen den Aluminiumkoffer prallte. Der Mann wich zurück und stolperte, dann fiel er rückwärts mit dem Kopf zuerst in die Buntglasscheiben der Küchentür. Die Scheiben zerbarsten. Sabine nahm den Koffer herunter und sah im Zeitlupentempo den fallenden Mann, das splitternde Glas und den Polizisten, der in diesem Moment den Hausflur betrat. Im ersten Augenblick wollte der Beamte die Pistole ziehen, dann sah er auf den blutenden Mann am Boden. Ein grasgrüne Glasscherbe ragte aus seinem Hals. Einer Fontäne gleich spritzte Blut mit jedem Herzschlag aus der Wunde. Er hatte sich die linke Halsschlagader angerissen.

Sabine war sofort bei ihm, zog die Scherbe heraus und presste ihm Mulltücher auf die Wunde. »Hier, halten Sie mal«, forderte sie den Polizisten auf und suchte in ihrem Koffer nach einem Druckverband. Ein zweiter Beamter kam ins Haus. »Rufen Sie einen Rettungshubschrauber, es geht um Minuten«, rief sie ihm zu.

In diesen Sekunden war es Sabine völlig egal, ob sie einem Teufel oder einem Engel das Leben rettete. Der Mann hatte durch den Blutverlust bereits einen Schock erlitten. Sie sah es an der Blässe im Gesicht und an dem Schweiß, der sich auf seiner Stirn bildete. Einen Pulsschlag konnte sie kaum noch feststellen. Trotzdem war er bei Bewusstsein. Er lallte vor sich hin, ab und zu zuckten seine Hände, als wolle er wieder zuschlagen, und dann, ganz plötzlich fiel sein Kopf zur Seite, er war ohnmächtig.

Auf der Straße vor dem Haus bildete sich, von den zwei Polizeiwagen angelockt, eine Traube neugieriger Menschen. Man hatte den weinenden Klaus in die Mitte genommen und versuchte, ihn zu trösten.

Sabine, die dem Mann im Augenblick nicht helfen konnte, kümmerte sich um die Frau, die noch immer auf dem Boden lag. Anscheinend hatte der Mann sie geschlagen und dabei die Flasche auf ihrem Kopf zertrümmert. Sie hatte eine offene Wunde am Hinterkopf, Nasenbluten und eine blaurot angeschwollene Gesichtshälfte. Ein Schultergelenk war ausgekugelt, ein Fuß gebrochen. Sabine versorgte die Wunde am Kopf, gab Tampons in die Nase, um die Blutung einzudämmen, und renkte dann das Schultergelenk ein, das der Frau anscheinend die meisten Schmerzen bereitete.

Von draußen drang der Lärm eines landenden Hubschraubers ins Haus. Endlich kamen Sanitäter und ein Notarzt in die Küche. Sabine schilderte die Verletzungen und ihre bisherigen Maßnahmen. Als die Männer zwei Tragen holten und zuerst den Bewusstlosen darauf betteten und festbanden, protestierte die Frau. »Ich will nich' ins Krankenhaus, ich will hier bleiben. Ich bleib' bei mei'm Jungen«, weinte sie. Der Notarzt sah Sabine an. »Was soll ich machen?«

Sabine nickte. »Medizinisch kann ich mich um sie kümmern, ich wohne schräg gegenüber. Wir brauchen nur eine Pflegerin, aber die lässt sich im Dorf finden. Vielleicht ist es besser, sie bleibt in der gewohnten Umgebung.«

Der Arzt nickte. »Dann nichts wie weg, der Mann stirbt mir sonst unterwegs.«

Der Hubschrauber startete sofort. Die beiden Polizisten halfen, die Frau ins Bett zu bringen, und während Sabine sie auskleidete und den Fuß bandagierte, meldeten sich zwei Frauen, die bereit waren, die Pflege zu übernehmen und sich um den kleinen Klaus zu kümmern.

Bevor die beiden Beamten zurück in ihre Amtsstube fuhren, bat Sabine sie, am nächsten Morgen noch einmal herzukommen. »Ich muss das Schultergelenk und den Fuß röntgen. Könnten Sie mir die Frau in die Praxis und wieder zurücktragen?«

»Natürlich«, riefen beide und »meine Hochachtung, Frau Doktor, Sie haben ,ne Menge Mut. Mit dem Kerl hätt' ich mich ohne Waffe nich' eingelassen. Der is' bekannt für seine Brutalität. Und Sie hatten nur ,nen Arztkoffer. Aber morgen müssen wir das alles noch zu Protokoll nehmen. Ist's recht?«

»Ja, jetzt bin ich nur noch müde. Ich kümmere mich um die Pflege der Frau und um den Jungen, und dann ab ins Bett.«

»Ja, ja, ist ganz schön was los bei uns. Gestern das Unwetter und der Autounfall in Moordorf und die Feuer hier und in der Mühle, heute das Spektakel hier bei den Lindners, wir kommen kaum noch raus aus der Uniform. – Na, nichts für ungut, Frau Doktor, schlafen Sie mal richtig aus, wir passen schon auf. Aber so kurz vorm Wochenende, wenn die Lohnarbeiter heimkommen, gibt's leicht mal Randale.«

Die Männer schüttelten ihr die Hand, und Sabine lächelte. ›Randale‹, dachte sie, ›ich würde eher von Mord und Totschlag sprechen.‹

Eine Woche später, Frau Lindner hatte sich einigermaßen erholt, erfuhr Sabine von Piet Bollmann, dem Polizeimeister, dass der brutale Ehemann aus dem Krankenhaus entlassen und unter dem Verdacht auf versuchten Totschlags in Untersuchungshaft genommen worden sei.

Als seine Frau das hörte, kam sie zu Sabine in die Praxis. »Um Gottes willen, Frau Doktor, Sie müssen uns helfen. Man kann doch meinen Mann nicht einsperren. Wovon sollen wir leben, der Klaus und ich, wenn er kein Geld mehr verdient?«

Verblüfft stand Sabine der Frau gegenüber. »Aber er hätte Sie fast umgebracht. Es ist lebensgefährlich für Sie und das Kind, mit ihm in einem Haus zu wohnen.«

»Aber er ist doch bloß selten zu Hause. Und wenn er trinkt, muss man halt aufpassen.«

»Ja, das habe ich erlebt, wie gut Sie aufgepasst haben. Wäre Klaus nicht zu mir gekommen, wären Sie heute tot.«

»Ja, ja, ich weiß, aber nun geht das Leben doch weiter, und die Polizei wird ihn schon zurechtgestutzt haben. Wenn er wieder nüchtern ist, wird ihm alles Leid tun. So ist er halt immer. Können Sie nicht ein gutes Wort einlegen?«

»Frau Lindner, da helfen meine Worte gar nichts. Die Polizei hat alles gesehen, und wenn die Beamten als Zeugen aussagen, kann kein Mensch ihn vor einer gerechten Strafe bewahren.«

»Dann kann ich mir gleich einen Strick nehmen, das ist dann wenigstens menschlicher als das langsame Verhungern. Wenn Klaus nicht wäre, ich ...«

»Schon gut, Frau Lindner, Sie brauchen mir ihre Situation nicht weiter zu schildern. Ich verspreche Ihnen, dass Sie nicht verhungern werden. Ich werde mit Lotti sprechen, und ab morgen werden wir alle Lebensmittel, die wir brauchen, bei Ihnen kaufen. Sie haben einen Gemüsegarten und Hühner und Gänse und Kaninchen und Obst, und irgendwann können Sie bei uns im Garten aushelfen, Sie sehen, das Leben geht weiter.«

»Ich kann auch nähen und flicken.«

»Na also, wo ist dann das Problem? Wir schaffen das, Frau Lindner, gemeinsam schaffen wir das. Und wenn ich mit der Wirtin vom ›Auenkrug‹ rede, braucht die bestimmt auch mal eine Aushilfe.«

Beruhigt verließ Reni Lindner wenig später die Praxis, und Helga kam mit glänzenden Augen zu ihrer Chefin. »Cool, wie Sie das gemacht haben, einfach total cool, Frau Doktor.«

Dass Helga gern schwatzte, wusste Sabine, dass aber Getratsche auch sehr hilfreich sein konnte, hatte sie nicht gewusst. Wenige Tage nach dem Besuch der Bäuerin hatte sich im Dorf herumgesprochen, dass Reni Lindner Hilfe brauche und was die Ärztin dazu meine, und plötzlich konnte sich die Bäuerin kaum noch vor Anfragen retten. Dabei waren die Dörfler sehr sensibel mit ihren Angeboten und baten nur um kleine Hilfen. Geld hatte schließlich keiner, aber helfen wollten sie alle.

»So ist das eben in den Heidedörfern«, nickte Lotti ihrer Chefin zu.

XVI

Sabine wurde von blökenden Schafen und bellenden Hunden geweckt. Müde rieb sie sich die Augen und sah aus dem Fenster. Die Morgendämmerung hatte den Himmel erobert, und der Duft der Petunien, die Lotti in die Blumenkästen vor ihren Fenstern gepflanzt hatte, streifte durch das Schlafzimmer.

Sie sah auf die Uhr: ›Gleich sechs! Zeit zum Aufstehen! Die Herde ist schon vor dem Haus‹, dachte sie glücklich, denn das Eintreffen der Tiere alle paar Wochen war für sie ein Glücksmoment, der das Wohlbefinden in diesem Abschnitt ihres neuen Lebens stärkte.

Einen Augenblick lang beobachtete sie die Schafe, die das Heidekraut kurz hielten, das gelbe, wild wuchernde Gras, das die Erika zu ersticken drohte, fraßen und den unerwünschten Birkenpflänzchen, deren Samen der Wind im Frühling über die weiten Flächen verteilte, den Garaus machten.

Und sie freute sich auf Caspar Winkler. Der Schäfer war so ruhig, so selbstbewusst, so beständig, dass er ihr wie ein Fels in der Brandung erschien. Regelmäßig zog er mit den Schafen der Samtgemeinde durch die Heide, und alle acht Wochen kam er an ihrem Haus vorbei. Dann weideten die Heidschnucken einen ganzen Tag lang vor ihrem Zaun, und sie konnte den Schäfer zum Essen einladen.

Sie genoss die Gespräche mit dem sechzigjährigen Mann, hörte gespannt zu, wenn er alte Heide-Geschichten erzählte und ihr Ratschläge für das Leben in der Heide gab. Er half ihr, die Menschen zu verstehen, das Wetter zu beobachten, den Hund zu erziehen und mit der persönlichen Einsamkeit fertig zu werden. Denn einsam war sie, auch wenn sie es nie zugegeben hätte.

Sabine stand schnell auf. Wenn sie sich beeilte, konnten sie gemeinsam frühstücken, bevor sie die ersten Krankenbesuche machte. Der Mittwoch war ihr Hausbesuchetag, und

Helga kümmerte sich während ihrer Abwesenheit um die Büroarbeiten und dringenden Telefonanrufe.

Sabine sah noch einmal nach draußen. Wie ein lebender Teppich ergoss sich die graue Masse der mehr als achthundert Tiere geruhsam über den Hügel. ›Der Himmel sieht freundlich aus, dann können wir draußen essen‹, überlegte sie. ›Da hat der Schäfer seine Herde im Blick, und die Hunde gehorchen ihm auf den kleinsten Pfiff.‹

Sie duschte, zog sich rasch an und lief nach draußen in den Garten. »Hallo, Schäfer«, winkte sie fröhlich, »das Frühstück ist gleich fertig.«

Er winkte und lachte sie an. »Auf dem Tisch ist mein Beitrag.«

Sie drehte sich um. Auf dem Gartentisch lagen zwei Päckchen, beide in weiße Tücher gehüllt und mit feuchtem Moos umwickelt. Sie öffnete sie behutsam und naschte eine Fingerspitze voll. Das eine enthielt frischen Schafskäse, das andere Sahnequark.

»Na, kannst du's nicht erwarten?«, rief Caspar Winkler.

»Nein, nie. Aber deine Geschenke schmecken wunderbar, wir werden gleich davon kosten.«

Sie ging in die Küche, stellte die Kaffeemaschine an, schnitt Brot, holte Butter, Wurst und Honig aus dem Kühlschrank und stellte alles zu dem Geschirr auf ein Tablett. Sie wusste, dass der Schäfer den besten Käse der ganzen Gegend zubereitete, und immer, wenn er hier vorbeikam, schenkte er ihr davon. ›Da hat er wieder die halbe Nacht in seiner kleinen Meierei zugebracht, um mir frischen Quark zu bringen‹, dachte sie dankbar und war froh, diesen Freund gefunden zu haben.

Dabei hatte alles gar nicht freundschaftlich begonnen. Sie hatten sich wegen der alten Henriette mächtig gestritten, als sie sich zum ersten Mal trafen. Sie hatte sich über die Behandlungsmethoden der Heilerin beschwert, die ihr die

Patienten abspenstig machte, und er hatte die Frau in ihrer Kate verteidigt, ihre Kräutersalben und Mixgetränke gelobt und ihr, der approbierten Ärztin mit dem langen Medizinstudium, Unwissenheit und Unverständnis vorgeworfen. Er hatte sie mit seinen Worten und Gesten regelrecht angegriffen, als sie sich zufällig auf einem Heideweg getroffen hatten, wo sie darauf wartete, dass seine Schafe den Pfad für ihr Auto freimachten, und er gar nicht daran dachte, die Tiere zu einer flotteren Gangart anzutreiben.

Wütend hatte sie dem Besserwisser zugerufen: »Und was soll ich machen, damit die Kranken zu mir kommen?«

Und er hatte zurückgerufen: »Werden Sie besser als die Henriette!« Der schnellen, heftigen Aussprache war eine schnelle, heftige Versöhnung gefolgt, und seitdem waren sie die besten Freunde.

Der Kaffee war fertig. Sie ging mit dem Tablett nach draußen und deckte den Tisch. Der Schäfer pfiff seinen Hunden ein Kommando zu, und ganz ruhig umrundeten die vier Bordercollies die Herde.

Lächelnd kam der Mann in den Garten. »Na, Doktor, hast du ausgeschlafen, oder haben dich meine Schafe geweckt?«

»Beides, Schäfer, beides.« Sie umarmten sich freundschaftlich. Die Anrede von Doktor und Schäfer hatten sie beibehalten, denn damals, als sie sich zum ersten Mal begegnet waren und ihre Namen nicht gekannt hatten, hatten sie sich so angesprochen.

Der Schäfer nahm den Filzhut, der ihn vor Regen und Sonne schützte, vom Kopf und setzte sich. »Frischer Kaffee, wunderbar.«

Sabine schenkte ein und reichte ihm das Brot. »Seit wann bist du heute schon unterwegs?«

»Seit drei. Bei heißem Wetter müssen die Schafe mittags in den Wald, damit sie im Schatten ausruhen können. Wenn ich dann erst vormittags losziehe, sind sie mittags noch hungrig und geben keine Ruhe.«

»Schade, ich hatte gehofft, du kommst wieder zum Mittagessen, wie damals Anfang Juni.«

»Das geht nicht. Im Frühsommer sind die Tiere frisch geschoren, und die Sonne ist nicht zu heiß, da können sie mittags weiden. Aber jetzt im Hochsommer ist das Fell nachgewachsen, und die Sonne brennt vom Himmel.«

»Hast du bestimmte Stellen, wo ihr im Wald lagert?«

»Der Forstmeister hat mir Plätze zugewiesen, an denen es Wasser für die Tiere gibt. Warum?«

»Ich könnte mittags vorbeikommen und dir einen schönen frischen Salat und ein kaltes Getränk bringen. Du bist ja heute hier in der Nähe.«

»Wenn du mir ein Blatt Papier bringst, zeichne ich den Platz auf. Den Weg bis zu Henriettes Kate am Gehöckel kennst du ja. Dann nimmst du den Brombeerweg, und dann ist's gleich um die Ecke. Du hast doch eine eingeschränkte Fahrerlaubnis durch das Schutzgebiet?«

»Ja, und die Polizeireiter kenne ich auch inzwischen, die drücken dann schon mal ein Auge zu, wenn ich zu einem Einsatz muss. Beim Förster bin ich mir da nicht so sicher.« Sabine holte Papier und Kugelschreiber, und während der alte Mann zeichnete, dachte sie an den Forstmeister, den sie seit dem Unwetter nicht mehr gesehen hatte. »Gab es große Schäden im Wald, als die Mühle brannte und das Heidekraut das Feuer bis in den Wald verbreitete?«

»Ja, ziemlich, die Mühle stand zwar im freien Gelände wegen des Windes, den sie braucht, aber dass sich die Heide entzündet und der Wind die Flammen dann so weit treibt, damit hatte wohl keiner gerechnet. Vierundzwanzig Stunden hat's gedauert, bis das Feuer unter Kontrolle war. Warum fragst du?«

»Ich hatte den Forstmeister zum Abendessen hier, dann

ist er alarmiert worden, und seitdem hab' ich ihn nicht mehr gesehen.«

»Das Unwetter hat überall Schäden angerichtet, die Waldarbeiter haben viel zu tun.«

»Er ist ein richtiger Einsiedler. Kennst du ihn näher?« »Wir sind Freunde, aber auf Distanz.«

»Was heißt das?«

»Na, wie das so bei Einsiedlern ist. Er lebt sehr zurückgezogen und ich auch. Er liebt die Einsamkeit und ich auch. Deshalb ist er auch damals hergekommen, obwohl er attraktivere Stellen im Harz und im Münsterland hätte haben können, und bei mir war's genauso.«

»Habt ihr als junge Männer schlechte Erfahrungen mit anderen Leuten gemacht?«

Der Schäfer zuckte mit den Schultern. »Ich nicht, und von ihm weiß ich's nicht. Aber er soll schon als Student sehr zurückhaltend gewesen sein, das weiß ich von anderen Förstern.« Er sah Sabine prüfend an. »Sag' mal, du interessierst dich wohl für ihn?«

Sabine schüttelte den Kopf. »Nein, das nicht, und eigentlich streiten wir uns, sobald wir uns sehen. Aber so ein Hickhack mag ich nicht, und an dem Unwetterabend wollte ich ihm mit dem Essen die Friedenspfeife anbieten. Aber dann rannte er weg.«

»Na, freiwillig sicher nicht.«

»Nein, es lief eben alles schief wegen des Unwetters. Und dann kam ein triefend nasser früherer Patient und suchte bei mir Unterschlupf, gerade als der Förster davonrannte. Und irgendwelche Männer in meinem Haus mag er anscheinend nicht.«

»Vielleicht ein Beschützerinstinkt?«

»Kann sein, aber ein lästiger.«

»Versuch's noch mal mit der Friedenspfeife. Ihr seid beide Einzelgänger, zu zweit geht sich's vielleicht leichter.«

»Auf keinen Fall. Ich bin gern allein, sonst wär' ich nicht hergekommen.«

»Ja, ja, ich weiß, deine Götter in Weiß. Aber denen musst du doch nicht ewig nachtrauern.«

»Trauern? Wie kommst du denn darauf?«

»Wenn du die erwähnst, zieht ein Trauerschleier über deine Augen.«

»Mag sein, ich hatte einen Schock, aber der ist vorbei.«

»Glaub' ich nicht, er behindert dich immer noch. Und solange du den nicht abstreifst, sind deine Gefühle blockiert.«

»Schäfer, du bist ein guter Freund, aber meine Gefühle sind meine ureigene Angelegenheit.«

»Klar, Doktor, weiß ich doch. Ich red' dir auch nicht rein. Ich will nur, dass du glücklich bist, und das bist du nicht. Noch nicht.«

Sabine sah auf die Uhr. »Ich muss los, Schäfer, du kannst gern hier sitzen bleiben. Lotti kommt gleich, sie räumt später alles weg. Also bleib' und genieße die Ruhe und den Anblick deiner Herde, die sich so mustergültig verhält.«

»Das ist die Arbeit der Hunde.«

»Woher hast du die?«

»Vor vielen Jahren in Schottland gekauft und dann selbst gezüchtet. Es sind die besten Schäferhunde, die es gibt. Ich hab' schon viele Preise mit ihnen gewonnen. Was macht Ronca?«

»Sie hat Stubenarrest, wenn deine Schafe kommen. Sie würde vor Freude die ganze Herde aufmischen.«

»Wir werden daran arbeiten. Aber heute nicht. Ich bin froh, dass die Herde ruhig ist.«

»Hab' ich mir gedacht. Tschüss, Schäfer, bis zum Mittagessen.«

Sabine stand auf, nahm ihr Geschirr mit in die Küche und schrieb Lotti ein Zettelchen: ›Sei so nett und bereite ein Picknick für den Schäfer und für mich vor. Wir essen mittags im Wald.

Danke.« Dann zog sie ihren Arztkittel an, nahm die Patientenliste und den Arztkoffer und fuhr zu ihrem ersten Hausbesuch.

Als sie mittags zurückkam, wartete Helga schon auf sie. »Ich wollte nicht extra anrufen, weil Lotti sagte, Sie kämen gleich ins Haus. Aber der Fischereimeister aus Lindenberg hat vor zwei Minuten angerufen. Einer seiner Arbeiter hat ‚ne Luxation an der Schulter, ob Sie mal vorbeischauen könnten.«

»Und wo finde ich den Arbeiter? Eine Verrenkung kann sehr schmerzhaft sein.«

Helga holte eine Skizze vom Tisch. »Hier, er hat die Stelle beschrieben. Es ist der letzte Teich von der Schneder-Anlage, Sie können mit dem Auto bis ans Ufer fahren.«

Sabine holte ihre Wegekarte aus dem Wagen und verglich die Beschreibung mit der Skizze vom Schäfer. »Das trifft sich gut. Ich wollte ganz in die Nähe. Hat er was gesagt, wie es zu dem Unfall kam?«

»Der Mann ist mit einem kleinen Bulldozer umgekippt, als er eine Schleuse reinigen wollte.«

»Gut, dann hole ich nur meinen Picknickkorb von Lotti, und Sie rufen bitte den Fischereimeister an und sagen ihm, dass ich unterwegs bin.«

»Ein Glück, dass es diese Handys gibt.«

»Ja, sie erleichtern die Arbeit sehr.« Sabine ging in die Küche. »Hallo, Lotti, ich muss gleich wieder weiter.«

»Ja, ich weiß, hier ist der Korb mit dem Picknick. Ich hab reichlich eingepackt, den Rest kann der Schäfer als Abendessen nehmen.«

»Danke, Lotti.«

Und schon saß Sabine wieder im Wagen und fuhr zu der Stelle, die Helga beschrieben hatte. ›Verletzte gehen vor‹, dachte sie hungrig und versuchte, sich auf den für den öffentlichen Verkehr gesperrten Heidewegen nicht zu verfahren.

Hier am Rand des Naturschutzparks in der Nähe der Dörfer grasten Kühe auf den Wiesen, ein paar Bauern brachten die zweite Heuernte ein. Dann tauchte die Teichlandschaft vor Sabine auf. Wohl gepflegte Becken mit befahrbaren Uferwegen lagen wie mit dem Lineal abgemessen in der Gegend. Sorgfältig gepflegte Siele leiteten frisches Wasser von der Aue in die Teiche. Am Uferrand des kleinen Flusses, der sein wildes Gebaren nach dem Unwetter wieder eingestellt hatte, tauchten Weiden ihre Zweige ins Wasser.

Am letzten Teich sah Sabine eine Anzahl von Männern stehen. ›Sie umringen wohl den Verletzten‹, dachte Sabine und lenkte ihren Wagen mit dem Allradantrieb vorsichtig über die schmalen Dämme zwischen den Wasserflächen. Die Verletzung des Arbeiters war zum Glück nicht schwer, Bänder waren nicht gerissen und Knochen nicht gebrochen. Die Ärztin renkte das Schultergelenk mithilfe eines anderen Arbeiters, der den Verletzten halten musste, wieder ein, legte ihm einen festen Verband an und verordnete Ruhe. »Sobald die Schwellung abgeklungen ist und die Schmerzen nachlassen, kommen Sie in meine Praxis, damit ich die Schulter röntgen kann. Ich will sicher sein, dass das Gelenk in der richtigen Stellung liegt und keine Muskeln oder Sehnen beschädigt sind. Vorläufig sind Sie krankgeschrieben.« Und zu dem Fischereimeister: »Lassen Sie den Mann nach Hause bringen, er braucht Bettruhe, damit sich nicht noch Blutergüsse oder Entzündungen bilden.«

»Ich fahre ihn selbst nach Auendorf und sage seiner Frau, wie sie ihn versorgen soll.«

»Die Schulter muss absolut ruhig gestellt werden.« Sabine füllte eine Bescheinigung aus und gab sie dem Verletzten. »Hier ist Ihre Krankschreibung, und ich sehe Sie spätestens in einer Woche zum Röntgen.«

Der Arbeiter, blass, mit ängstlich aufgerissenen Augen und schmerzverzerrtem Mund, nickte nur. Sabine legte ihm die

Hand auf die unverletzte Schulter. »Es kommt alles wieder in Ordnung, aber es wird eine Weile dauern. Hier sind einige Schmerztabletten, nehmen Sie die vor dem Schlafengehen, morgen sieht dann alles schon wieder besser aus.« Sie schloss ihren Arztkoffer und verabschiedete sich.

Es war fast drei Uhr, als sie weiterfuhr, um den Schäfer zu treffen. Aber sie kam nicht weit. Kurz bevor sie Henriettes Kate am Schlehenweg erreichte, hörte sie das jämmerliche Geschrei eines Tieres und die wütende Stimme eines Mannes. Langsam fuhr sie weiter, das Geschrei wurde lauter. Dann sah sie auf dem Weg zur Kate den geparkten Geländewagen von Forstmeister Albers.

Das Geschrei kam aus dem Garten, den eine dichte Eibenhecke zum Weg hin abschloss. Sabine hielt an und stieg aus. Langsam ging sie um die Hecke herum. Im Garten blühten Klematis und ein später Jasmin. Steinerne Ziergefäße quollen über von Geranien und Petunien. Von kleinen Buchsbaumhecken unterteilt, standen Kräuterstauden und unbekannte Blattgewächse. Auf kleinen Beeten wuchsen Küchenkräuter wie Salbei, Majoran, Thymian, Kerbel und verschiedene Petersiliensorten. Abgeteilt auf anderen Beeten, gediehen Heilpflanzen wie Arnika und Margeriten, Lavendel, Wegerich und Sauerampfer. Und dann bot sich ihr ein Bild, dass sie wohl ein Leben lang nicht vergessen würde: Am Zaun angebunden standen zwei qualvoll meckernde Ziegen. Während der Forstmeister in voller Uniform vor der einen im Gras kniete und das Tier zu melken versuchte, begann die andere, sich loszureißen.

Verblüfft und ein wenig erschrocken von der fluchenden Stimme, trat Sabine näher. »Herr Forstmeister, was machen Sie denn hier?«

»Verdammt noch mal, das sehen Sie doch. Hocken Sie sich hin und helfen Sie mir. Da drüben steht noch ein Milchkrug für das andere Tier. Den Ziegen platzen die Euter, die sind seit gestern nicht gemolken worden. Und statt dankbar zu sein, treten sie um sich und stoßen dauernd die Milchkanne um.«

»Und wo ist die Henriette? Warum kümmert sie sich nicht um ihre Tiere?« Sabine musste sich noch immer das Lachen verkneifen. Das Bild der tretenden Ziege mit dem Forstmeister im Gras war geradezu köstlich.

»Henriette liegt im Bett und wimmert vor Schmerzen.«

»Was? Da muss ich aber erst nach der Frau sehen, bevor ich mich um die Ziege kümmere.«

»Bleiben Sie bloß draußen, sie hat mir verboten, Hilfe zu holen. Und mich hat sie kurz und bündig rausgeschmissen.«

»Aber was fehlt ihr denn?«

»Sie kriegt ein Kind, und sie meint, sie kann das alleine.«

»Gott im Himmel, wie alt ist die Alte denn?«

»Was weiß ich, so um die vierzig?«

»Vierzig? Und ich dachte immer, Henriette ist eine uralte Frau, jenseits von Gut und Böse. Ich gehe auf jeden Fall rein, und wenn ich Hilfe brauche, lassen Sie die Ziegen stehen und helfen mir.«

»Ach, so eine Sch...« Jürgen Albers klatschte der Ziege mit der flachen Hand auf das Hinterteil, sie hatte den Krug wieder umgestoßen. Und kaum hatte er ihn wieder aufgerichtet, da machte das verschreckte Tier einen Satz an der kurzen Leine und stand mit einem Vorderbein im Krug. Mühsam richtete Albers sich auf und starrte Sabine an. »Ich bin ein Mann. Lassen Sie mich mit diesem Frauenkram in Ruhe.«

»Nichts da, wenn ich Hilfe brauche, werden Sie kommen!«

Sabine holte ihren Koffer aus dem Wagen und rief ihm zu: »Wie heißt die Frau mit Nachnamen? Ich kann nicht einfach Henriette sagen.«

»Süderbloom, sie ist ‚ne Schwedin«, rief er zurück und befreite die Ziege aus dem Krug.

Sabine lief zur Kate. Von Geißblatt überwuchert, war von der Hütte selbst kaum etwas zu sehen. Sabine erwartete einen dunklen, ungepflegten, muffigen Raum. Aber sie sah sich getäuscht. Das erste Zimmer, das sie betrat, war ein sauberer, lichtdurchfluteter, peinlich aufgeräumter Wohnraum mit offener Feuerstelle und zahllosen trockenen Kräuterbüscheln an den Wänden, der sein Licht durch ein großes, flaches Dachfenster bekam, während die kleinen Fenster, hinter dem Geißblatt verborgen, kaum Licht spendeten.

Aus einem zweiten Raum klang das Wimmern der Frau. Sabine klopfte an und trat sofort ein. »Hallo, ich bin Ärztin und möchte Ihnen helfen.«

Henriette versuchte, sich erschrocken aufzurichten. »Verschwinden Sie. Ich brauch' Sie nicht, und ich will Sie nicht. Und den Förster soll der Deubel holen, wenn der Sie gerufen hat.«

»Ich bin zufällig vorbeigekommen. Und ich bleibe, ob Sie wollen oder nicht.«

»Kinderkriegen ist die natürlichste Sache der Welt.« Henriette stöhnte, als eine Wehe ihren Körper zu zerreißen drohte. »Ich weiß, wie das geht, also verschwinden Sie.« Eine neue Wehe zerrte an ihrem Leib.

»Die Wehen kommen sehr schnell, legen Sie sich hin und versuchen Sie, tief und ruhig zu atmen.« Sabine zog den Arztkittel an, öffnete ihren Koffer und streifte Gummihandschuhe über. »Wo gibt's Wasser, wo kann ich es heiß machen, wo haben Sie frische Wäsche? Wo ist ein Lichtschalter?«

»Verschwinden Sie«, stöhnte die Frau, »hier gibt's kein Wasser und keinen Strom und keine Wäsche. Hier gibt's nur mich und mein Leben, wie ich's mir eingeteilt habe.«

Jetzt wurde auch Sabine wütend. »Halten Sie den Mund und atmen Sie.« Dann öffnete sie eines der kleinen Fenster und rief nach draußen: »Forstmeister, besorgen Sie Wasser und Licht, und zwar schnell.«

»So ein Quatsch«, stöhnte die Schwangere. »Brauchen die Frauen der Naturvölker etwa Wasser und Licht, wenn sie im Urwald oder in der Wüste gebären? Ich bin wie s...« Die Stimme versagte, sie biss sich auf die Lippen, und dann schrie sie doch.

Sabine zog die Bettdecke vorsichtig weg, um zu sehen, wie weit die Geburt fortgeschritten war. Dann drückte sie die verkrampfte Frau auf das Bett zurück. »Legen Sie sich hin, winkeln Sie die Beine an. Der Geburtskanal ist weit geöffnet, es wird nicht mehr lange dauern, und hören Sie auf zu schimpfen. Sie brauchen Ihre Luft zum Atmen. Und wenn ich sage ›pressen‹, dann wird gepresst und weiter nichts.«

In der Tür erschien der Forstmeister. Vorsichtig steckte er den Kopf durch den Spalt, schob einen Wassereimer herein und verschwand wieder. Sabine befeuchtete ein Tuch, rieb damit den Körper der Schwangeren ab und reinigte die Genitalien. Bei allem Ärger über die halsstarrige Frau stellte sie fest, dass der Raum, das Bett, die Wäsche sowie der Körper der Frau überaus sauber und gepflegt waren. Sie ging zu einem Wäscheregal, holte saubere Tücher und deckte die Frau damit zu. Dabei kontrollierte sie ständig die Stärke der Wehen, den Blutdruck und die Lage des Kindes.

»Alles wird gut gehen«, versuchte sie, die Frau zu beruhigen.

»Sag' ich doch«, konterte Henriette mit schmerzverzerrter Stimme.

Und dann ging doch nicht alles gut. Statt des Köpfchens kam ein Arm durch den Geburtskanal, und das Kind steckte mit verdrehter Schulter in der Scheide fest.

Sabine rief den Forstmeister noch einmal. »Kommen Sie herein, ich brauche Sie, mit gewaschenen Händen, bitte!« Und als er zögernd in der Tür stand: »Ziehen Sie die Uniformjacke aus und Gummihandschuhe an. Die sind in meinem Koffer.«

»Was, um Himmels willen, wollen Sie von mir?«

»Hilfe, nur ein bisschen von Ihrer Kraft. Sie müssen Frau Süderbloom festhalten.«

Trotz ihrer Schmerzen versuchte die schwangere Frau aufzustehen: »Raus, gehen Sie raus, lassen Sie mich alleine«, keuchte sie und wand sich aus dem Bett.

Die Ärztin und der Förster sprangen hinzu und fingen sie auf. »Still liegen«, forderte Sabine sie auf und zum Förster gewandt: »Und Sie gehen zum Kopfende und halten die Frau fest. Einen Arm schlingen Sie um die Kniekehlen der Frau und ziehen die Beine so hoch wie möglich, damit ich sehe, was ich mache, mit dem anderen Arm drücken Sie die Schultern nach unten.«

»Was haben Sie vor?«, stotterte Jürgen Albers.

»Ich muss versuchen, das Kind zu drehen, damit der Kopf nach vorn kommt.«

»Um Gottes willen, und das alles hier in dieser Kate? Kann man sie nicht in ein Krankenhaus bringen?«

»Dazu ist es viel zu spät. Keine Angst, ich kenne mich mit solchen Eingriffen aus.«

Sabine zog frische Handschuhe an, desinfizierte sie und rieb sie mit einer Creme ein. Sie deckte ein steriles Tuch über den Leib der Frau, forderte sie auf, ruhig zu atmen, das Pressen einzustellen, und schob ihre Hand in die Scheide. Mit wenigen Griffen schob sie das Ärmchen zurück, drehte die Schulter in die richtige Lage und hielt bei der nächsten Presswehe das Köpfchen in der Hand. »Wir haben's geschafft«, rief sie glücklich, »der Körper kommt. Frau Süderbloom, ich gratuliere Ihnen zu einem kleinen Mädchen.« Und selbst etwas erschöpft: »Ist aber mächtig groß, was Sie da geboren haben.« Sie trennte die Nabelschnur durch, wickelte das Kind in ein Handtuch und reichte es der Mutter.« Dann fing sie mit einer Papiermanschette die Nachgeburt auf.

Erschöpft ließ der Forstmeister die Beine der Frau los und richtete sich blass und verstört wieder auf. Aber Sabine brauchte ihn noch. »Ich muss heißes Wasser haben, und danach entsorgen

Sie bitte das hier.« Ohne Rücksicht auf seine Blässe drückte sie ihm das Päckchen mit der Nachgeburt in die Hand. Und während Jürgen Albers im Nebenraum Feuer machte und einen Kessel mit Wasser aufsetzte, wusch Sabine die Frau. »Für Sie habe ich nur kaltes Brunnenwasser, tut mir Leid, aber ihr Baby waschen wir mit warmem Wasser, es soll ja nicht gleich zu Tode erschrecken.«

Henriette lächelte ihr Kind unter Tränen an. »Allein hätte ich's wohl nicht geschafft?«, fragte sie leise.

»Nein, vor allem Ihr Baby hätte das nicht geschafft. Aber nun ist ja alles gut.«

»Danke!«, schluchzte Henriette und ließ sich umbetten, und dann gab sie ihr Kind ab, damit es gebadet, gemessen, gewogen und gewickelt werden konnte. Alles musste schließlich seine Ordnung haben.

Von der Tür aus sah Sabine dem Forstmeister nach, wie er mit einem Spaten bewaffnet zum Waldrand ging, um die Nachgeburt zu vergraben. Fröhlich rief sie ihm nach: »Sie können sich dann auch wieder den Ziegen widmen.«

Es war beinahe fünf Uhr, als sie sich auf den Weg zum Schäfer machte. Henriette saß inzwischen auf der Bank vor der Hütte und wiegte ihr Kind in den Armen.

»Wohin fahren Sie?«, rief ihr Jürgen Albers nach, als sie zum Wagen ging.

»Zum Schäfer in den Wald, ich habe sein Mittagessen im Auto.«

»Der ist jetzt nicht mehr im Wald. Die Mittagsrast ist längst vorbei, die Herde ist wieder unterwegs.«

Sabine zögerte und ging ein paar Schritte zurück. »Wo finde ich ihn denn jetzt?«

»Er wird in westliche Richtung weitergezogen sein. Fahren Sie den Schlehenweg weiter runter, vielleicht sehen Sie ihn unterwegs.«

XVII

Sabine sah die Herde schon von weitem. Da sie aber nicht quer über die Heide fahren konnte, stellte sie den Wagen im Schutz einiger Wacholderbüsche ab, nahm den Picknickkorb und lief zu Fuß hinter dem Schäfer her. Die Hunde sahen sie zuerst. Als sie die junge Frau verbellten, drehte sich Caspar Winkler um, rief die Hunde zurück und winkte. »Ich hatte mein Mittagsessen schon abgeschrieben«, rief er ihr fröhlich zu.

»Ich bin aufgehalten worden. Dabei habe ich selbst einen Bärenhunger. Können wir hier irgendwo essen?«

»Drüben bei den Birken gibt's eine windgeschützte Mulde, da setzen wir uns hin.« Sie gingen zusammen über die Heide. »Pass auf, Doktor, dass du nicht in ein Kaninchenloch trittst und dir den Fuß verstauchst. Hier gibt's riesige Karnickelkolonien.«

In der Vertiefung angekommen, breitete er sein Lodencape aus. »Bitte, setz' dich, es ist zwar nicht das feine englische Plaid, aber man sitzt ganz gut darauf. Die stachelige Heide dringt nicht durch.«

Sabine setzte sich und packte den Korb aus. Lotti hatte Brathähnchen und saure Gurken, frische Brötchen und Mayonnaise, hart gekochte Eier, ein Schälchen Senfsoße und frische Aprikosen eingepackt. Dazu Teller, Bestecke, Servietten, Gläser und eine Thermosflasche mit Eistee. Der Schäfer sah ihr zu. »Das sieht ja großartig aus. Und die Sachen haben sogar die lange Wartezeit überstanden. Wer oder was hat dich denn aufgehalten, wenn man fragen darf?«

»Du darfst fragen, Schäfer, aber ich werde dir nicht alles erzählen.«

»Ein Arztgeheimnis?«

»Zum Teil, aber zuerst war der Förster dran schuld, der versuchte nämlich mit Geschrei und Flüchen zwei Ziegen zu melken.«

»Wo gibt's denn so etwas?«

»Im Garten von Henriette Süderbloom. Ich war auf dem Weg zu dir und hörte das herzerweichende Gemecker. Das hat mich neugierig gemacht, und ich bin ausgestiegen.«

»Aha. Und dann?«

»Dann fängt mein Geheimnis an.«

»Hat die Henriette ihr Baby gekriegt?«

Verblüfft sah Sabine ihn an. »Wusstest du davon?«

Der Schäfer starrte gedankenverloren eine Weile über die Heide. »Ja, ich wusste es.« Dann fragte er leise: »Ist alles gut gegangen?« Und als Sabine nickte: »Ich bin der Vater.«

Überrascht sah Sabine ihn an. ›Der alte Schäfer und die Heilerin, das kann doch nicht wahr sein‹, dachte sie, ›und keiner hat etwas gewusst, sonst hätte sich die Nachricht von dem Verhältnis wie ein Lauffeuer in den Dörfern verbreitet.‹ Sie sah ihn beruhigend an. »Es ist alles gut gegangen, Henriette sitzt schon wieder in der Sonne, hat das Baby in ein Tragetuch gehüllt und genießt ihr neues Leben als Mutter.«

»Ich werde sie heute Abend, wenn die Herde im Pferch ist und keine Leute mehr unterwegs sind, besuchen.«

Sabine studierte das Gesicht des Schäfers. ›Eigentlich sieht er recht gut aus mit seinen sechzig Jahren‹, dachte sie, ›und Männer in seinem Alter sind durchaus noch in der Lage, Kinder zu zeugen. Aber Henriette – kein Mensch wusste, dass sie in anderen Umständen war. Die Frauen im Dorf hätten das doch merken müssen.‹

Caspar Winkler beobachtete die Ärztin. »Du wunderst dich?«

»Ich bewundere Henriette, der man anscheinend nichts angesehen hat, obwohl sie hier zu Hause ist und ein Babybauch sich nicht neun Monate lang verbergen lässt.«

»Sie trägt immer sehr weite, lockere Kleider. ›Ich liebe meine Zelte‹, hat sie mir einmal gesagt, ›man kann Gut und Böse darunter verstecken.‹ Als sie damals aus Schweden kam, waren es helle, lustige Kleider mit bunten Bordüren und vielen Volants. Aber langsam wurden die Farben dumpfer und dunkler. Henriette wurde älter, und sie hat das sogar noch betont, weil sie als Heilerin ernst genommen werden wollte. In den letzten Jahren trug sie nur noch graue oder schwarze Kleider, und mit den hellen Farben legte sie auch ihre Jugend und ihre Fröhlichkeit ab.«

»Wie lange kennst du denn Henriette?«

»Von Anfang an. Ich habe ihr zu der Kate verholfen, ich kümmere mich um sie.«

»Und keiner weiß das?«

»Nein, wozu? Wir sind seit zwanzig Jahren gute Freunde mit einem platonischen Verhältnis, den Wunsch nach einem Kind hatte Henriette erst jetzt. ›Meine biologische Uhr tickt‹, sagte sie einmal, und danach habe ich sie zum ersten Mal in den Arm genommen.«

»Und wie wird es nun weitergehen?«

»Wie bisher. Ich kümmere mich in aller Stille um sie. Lebensmittel bekommt sie von den Bauern, weil sie kaum Geld annimmt, ich sorge für das Futter ihrer Tiere und mache abends die grobe Gartenarbeit, und im Winter, wenn ich Zeit habe, repariere ich ihre Hütte, halte den Brunnen eisfrei und hacke Holz, mit dem sie dann ein ganzes Jahr auskommt.«

»Ein bescheidenes Leben.«

»Sie will es so, und sie ist es so gewohnt.«

»Aus Schweden?«

»Sie ist bei ihren Großeltern in Lappland unter einfachsten Bedingungen aufgewachsen. Von ihnen hat sie auch die Kenntnisse über die Naturheilkunde, und sie ist sehr belesen. Wann immer ich medizinische Zeitungen oder homöopathische Bücher auftreiben kann, bringe ich sie ihr mit.«

»Ich hatte mir ihre Kate dunkel, muffig und verstaubt vorgestellt.«

»Henriette ist der sauberste Mensch, den ich kenne. Wie bist du überhaupt zu ihr gekommen? Was hat dich veranlasst, ausgerechnet heute bei ihr zu halten?«

»Ich sagte es schon: schreiende Ziegen und ein fluchender Förster, und der sagte dann, dass drinnen die Henriette ein Kind kriege und ihn rausgeschmissen habe. Da bin ich natürlich hineingegangen, und zum Schluss musste sogar der Förster helfen.«

»Meine Güte, warum denn?«

»Das Kind lag ein bisschen verdreht, und ich wollte es zurechtrücken. Da musste er Henriette halten.«

»Und das hat sie geduldet?«

»Sie hat geschrien und geschimpft und zum Schluss geweint und eingesehen, dass es nicht anders geht.«

»Das mit den Ziegen hat sie klug gemacht.«

»Wieso?«

»Sie hat sie am Zaun angebunden, wo dichtes Futter steht. Und wenn sie nicht gemolken werden, meckern sie herzerweichend, und irgendjemand hört das mit Sicherheit.«

»Ich finde die ganze Geschichte trotzdem leichtsinnig und naiv. Konntest du sie nicht überreden, sich einem Arzt anzuvertrauen oder in ein Krankenhaus zu gehen? Sie hat sich ein Kind gewünscht und das Leben dieses Kindes gleichzeitig aufs Spiel gesetzt. In ihrem Alter ist eine erste Schwangerschaft immer ein Risiko.«

»Du kennst Henriette eben nicht. Da, wo sie aufgewachsen ist, gab es keine Ärzte und Krankenhäuser, da mussten sich die Frauen selber helfen.«

»Das hat sie angedeutet. Aber wäre ich nicht gekommen ... sie hätten sterben können, die beiden.«

Nachdenklich und unsicher geworden, starrte der Mann vor sich hin. Und nach einer Weile: »Ich hab' gar keinen Hunger mehr. Ich bringe jetzt die Schafe weg und kümmere mich um

Henriette. Könntest du inzwischen noch mal hinfahren und nach ihr gucken?«

»Das hätte ich sowieso gemacht.«

»Im Schuppen versteckt steht eine Wiege.«

»Gut, ich hole sie raus, aber ich glaube, die Mutter schläft lieber mit ihrem Kind im Arm im Bett.«

»Eigentlich wollte sie so eine Art Hängematte in der Hütte haben, so sei es früher in den Zelten gewesen, aber das hab' ich ihr ausgeredet wegen der Fliegen und so. Über eine Wiege kann sie einen Schleier legen, über eine Hängematte nicht. Das hat sie eingesehen.«

»Und dann hast du eine Wiege gebaut?«

»Nicht direkt, ich hab' eine gebrauchte auf dem Flohmarkt in Amelinghausen gefunden und die zurechtgemacht.«

»Henriette kann glücklich sein, so einen Freund zu haben.«

»Sie gibt's mir hundertfach zurück.«

Erstaunt sah Sabine ihn an.

»Doch, Doktor, du kannst's mir glauben. Sie hilft meinen Schafen und mir, wenn es uns mal nicht gut geht. Sie versteht wirklich etwas von der natürlichen Heilerei. Und sie ist eine sehr liebevolle Frau, die immer Zeit für einen hat. Auch wenn man bloß mal reden will. Und das wissen auch die Leute in den Dörfern.«

Sabine war nachdenklich geworden. ›Vielleicht sollte ich mir auch mehr Zeit zum Reden und zum Zuhören nehmen‹, dachte sie, ›vielleicht ist Geduld wichtiger als ein Stethoskop.‹ Sie stand auf. »Ich mach' mich mal auf den Weg, Schäfer. Den Picknickkorb nehme ich mit in die Hütte, Henriette wird auch Hunger haben, und dann esst ihr gemeinsam.«

Sie räumte die Lebensmittel wieder ein und sah den Schäfer nachdenklich an. »Ich muss spätestens morgen das Kind anmelden und die Geburtsurkunde ausfüllen. Kann ich dich als Vater eintragen?«

Betroffen sah Caspar Winkler die Ärztin an. »Dieser Papierkram. Muss das sein?«

Sabine lachte. »Natürlich, Schäfer. Das weißt du doch genau. Ohne so ein Stück Papier gäbe es dich nicht, mich nicht, euch nicht. Habt ihr schon einen Namen überlegt?«

»Nein. Aber ich glaube, Henriette wollte den Namen der Großeltern nehmen, je nachdem, ob's ein Junge oder ein Mädchen wird. Luuva hieß die Großmutter und Brodecke der Mann.«

»Na ja, das kann sie mir ja nachher sagen. Aber sie darf wissen, dass wir miteinander geredet haben?«

»Ja, natürlich. Mit dem Geheimnis ist es jetzt vorbei, der Förster weiß ja auch Bescheid. Aber dass ich der Vater bin, das wird er nicht wissen.«

»Ich kann schweigen, wenn ihr das wollt.«

»Ich will, was Henriette will. Aber auf dem Amt wird's wohl bekannt.«

»Nicht, wenn ihr den Vater nicht angeben wollt.«

»Henriette soll's entscheiden.«

Am nächsten Morgen um zehn Uhr meldete Doktor Sabine Büttner zum großen Erstaunen des Standesbeamten von Auendorf Luuva Henriette Süderbloom als neue Bürgerin der Samtgemeinde im Geburtsregister an. Auf der Urkunde standen Zeit und Ort, der Name der Mutter und: ›Vater unbekannt‹. »Aber sie muss doch wissen, wer ... mit wem sie ... und überhaupt, so viele Männer gibt's hier ja nun auch nicht«, stotterte der Beamte.

»Es ist ihr Wunsch, und den müssen wir respektieren«, konterte die Ärztin und sah dem rot gewordenen Mann mitten ins Gesicht. »Männer im zeugungsfähigen Alter gibt's genug. Aber vielleicht stehen nicht alle zu ihren geheimen Unternehmungen. Soll ja vorkommen, nicht war?«

»Aber«, stotterte er verwirrt, »es geht doch auch um den Unterhalt. Ein Vater muss zu Unterhaltszahlungen herangezogen werden. Der Staat, ich meine ...«

»Ich meine, das sollten wir den Eltern überlassen, nicht wahr?«

»Ja, den Eltern, aber wenn kein Vater da ist, kann man nicht von Eltern sprechen. Die Mutter, wenn sie allein erzieht, wird kommen und von der Gemeinde ... es wäre ja nicht das erste Mal.«

»Die Mutter wird keine Ansprüche stellen.«

»Ja, ja, heute vielleicht noch nicht, aber eines Tages ... Kinder kosten sehr viel Geld.«

»Das weiß ich. Und wenn Frau Süderbloom eines Tages vielleicht in Not gerät, dann wird ihr die Gemeinde helfen müssen. So bestimmt es das Gesetz.«

»Wir müssen mit der Frau selbst sprechen.«

»Natürlich, aber vorläufig nicht. Sie wird sich melden, wenn sie gesundheitlich dazu in der Lage ist.« Sie nickte ihm zu. »Das wäre dann für heute alles. Guten Morgen.«

Verärgert verließ Sabine das Rathaus. ›Diese Bürokraten mit ihrem Papierkram‹, dachte sie und nickte Lisbeth zu, die frische Tücher auf ihre Straßentische legte. »Frau Doktor, kommen Sie rüber, ich habe gerade die Kaffeemaschine angestellt«, winkte sie.

›Ja, warum eigentlich nicht. Einen Kaffee könnte ich gebrauchen.‹ »Ich komme gern.« Sie lief über den Platz und beobachtete die Wirtin, die sich in ihrer Arbeit nicht unterbrechen ließ. ›Sie ist auch nicht mehr die Jüngste‹, dachte Sabine, ›und sie ist eine energische Frau mit einer großen Nase und schmalen Lippen, mit dünnen, grau werdendem Haar und stählernen blauen Augen‹, sinnierte sie und reichte der Wirtin die Hand. »Danke für die Einladung.«

»So früh schon auf der Samtgemeinde?«, fragte Lisbeth vorsichtig. Sie wollte nicht als neugierig angesehen werden, beobachtete aber alles, was rund um das Rathaus passierte, sehr genau.

»Ja, ja, Papierkram gibt's immer.«

»Was Besonderes?«

»Schulkram, Impfungen und solche Sachen. Da muss man durch«, versuchte die Ärztin, die Neugier abzuwiegeln.

Lisbeth nickte. »Wem sagen Sie das? Ich hab' auch dauernd mit Papierkram da drüben zu tun. Genehmigungen, Änderungen von Genehmigungen, jetzt haben sie mir vorgeschrieben, wie weit ich meine Tische vorm Haus aufstellen darf. So ein Schrott, hat's auch noch nie gegeben, solche Vorschriften. Und mit Sonnenschirmen darf ich keine Reklame machen. Bisher hat mir die Zigarettenfirma jedes Jahr neue Schirme hingestellt. Und nun heißt es ›Rauchen bedeutet Tod‹, und ich darf die Schirme nicht mehr benutzen.«

»Aber da ist was Wahres dran, Frau Lisbeth.«

»Papperlapapp, kein Mensch hat sich um die Reklame gekümmert, alle haben den Schatten genossen, und nun muss ich neue Schirme kaufen. Was das wieder kostet.« Verärgert ging sie in die Küche und holte den frischen Kaffee. »Hier, bitte sehr, spülen wir unseren Ärger gemeinsam runter. Übrigens, ich hab' gehört, der Förster hat bei der Heilerin Ziegen gemolken.«

»So? Wer hat denn das erzählt?«

»Ein paar Pfadfinder. Sind da wohl gestern am Gehöckel vorbeigekommen.«

»Na ja, warum nicht?«

»Ist aber komisch, die Henriette lässt sonst niemand an ihr Vieh.«

»Vielleicht hatte sie eine Patientin in der Hütte, und die Ziegen konnten nicht warten.«

»Nee, glaub' ich nicht. Ich wüsste im Moment niemand, der bei Henriette Hilfe sucht. Die kommen doch jetzt meist zu Ihnen, Frau Doktor.«

»Na, dazu kann ich dann auch nichts sagen.«

»Ihr Auto soll aber auch in der Nähe vom Schlehenweg gesehen worden sein.«

Amüsiert und besorgt verfolgte Sabine die wachsende Neugier und die wachsende Aufklärung. »Ich war bei den Teichen und bin dann weiter zum Schäfer, da kommt man dran vorbei.«

»War was mit dem Schäfer?«

»Nein, nein, ich hatte ihm ein Picknick versprochen, weil er mir morgens Käse und Quark geschenkt hat.«

»Ja, ja, der Caspar, ein netter Mann. Hilft, wo er kann.«

Sabine trank ihren Kaffee aus. Es wurde Zeit, dass sie die Fragerei beendete. »Ich muss weiter, Frau Lisbeth, danke, der Kaffee hat mich wieder munter gemacht.« Sie stand auf. »Bis zum nächsten Mal.«

»Ja, bis bald. Und lassen Sie sich vom Amt nicht unterkriegen, die Bürokraten haben ihre Nasen überall drin. Und wenn die was rauskriegen wollen, dann schaffen die das.«

›Wie Recht sie hat‹, dachte Sabine und stieg in ihren Wagen.

XVIII

Forstmeister Albers hatte alle Hände voll zu tun. Die Zeit der großen Schleppjagd rückte näher, und er musste mit seinen Revierförstern und den Initiatoren die diesjährige Strecke festlegen. Diese alljährlich zum Herbstbeginn stattfindende Großveranstaltung gefiel ihm gar nicht. Sie störte die Ruhe des Wildes, die Harmonie der Heide, den Rhythmus der Natur, und für ihn bedeutete sie eine große Mehrbelastung, die mit seinem eigentlichen Beruf nichts zu tun hatte. Er wusste aber auch, dass dieses Großereignis, zu dem Teilnehmer aus Hamburg, Bremen, Hannover und Berlin, ja sogar aus den Adelshäusern von Dänemark und Schweden anreisten, die letzte respektable Einnahmequelle des Jahres für die umliegenden Heidedörfer war.

Organisiert wurde die dreitägige Veranstaltung von dem Komitee der Vielseitigkeitsreiterei in Immenburg. Schirmherr und Gastgeber war Adalbert Graf von Rebellin, der sein Wasserschloss Schwanenwyk den international bekannten Gästen als Domizil zur Verfügung stellte. Da hatte es für Jürgen Albers keinen Sinn, sich dem Ereignis entgegenzustellen. Er konnte nur versuchen, Schäden zu begrenzen und die Natur zu schützen, soweit es ihm möglich war. Jeden Abend saß er über detaillierte Landkarten gebeugt und versuchte, Wege zu finden, die in möglichst weiten Bögen um die sensibelsten Gebiete seiner Wildbestände und Aufforstungen herumführten. Schwierig war die Wahl auch, weil die Veranstalter in jedem Jahr eine neue Strecke verlangten. Sie sollte immer interessanter und schwieriger sein als im Vorjahr, Wald und Heideflächen, Hügel und Täler, Wasserläufe und Teiche und vor allem naturbelassene Hindernisse wie Gräben, Wälle, umgestürzte Bäume und alte Steinmauern enthalten, um den Reitern ein beängstigend schönes Abenteuer und den Zuschauern besorgte Spannung zu bieten.

Neben der Strecke mussten Wege und Standorte für geladene Gaste und Zuschauer gefunden werden, die möglichst nah am Jagdgeschehen lagen, aber niemals die Jagdstrecke kreuzen durften, um die Hundemeute nicht von der Spur abzulenken. Gleichzeitig sollte sie aber auch Platz für Bewirtungszelte, Toilettenwagen und Sanitäter bieten.

›Zum Glück habe ich mit dem ganzen Drumherum wenig zu tun‹, dachte Jürgen Albers und bestellte die Revierförster zu einer Konferenz in das »Heidehaus«. »Wir treffen uns Freitag früh hier bei mir«, teilte er seinen Förstern am Telefon mit. »Die Arbeiter aus Immenburg beginnen am Montag mit der Beschilderung der Reit- und Zuschauerwege, und wir müssen sie beaufsichtigen, damit unsere Strecken berücksichtigt werden.«

Müde faltete er die Pläne zusammen und nahm die Lesebrille ab. ›Meine Augen werden auch nicht besser‹, dachte er und schob die Brille in das Etui. ›Neun Uhr – ‚ein bisschen Bewegung nach der Schreibtischarbeit kann nicht schaden.‹ Er stand auf, rief Jogas und Basco, löschte die Lampe und ging nach draußen. Sehnsüchtig sah ihm Shaica nach, die bei ihren Welpen im Zwinger bleiben musste. »Du kommst auch bald wieder mit«, tröstete er die Hündin, die unruhig am Zaun auf und ab lief. An der Koppel kraulte er Lady kurz den Hals, dann wandte er sich dem Schlehenweg zu, der in weitem Bogen um Moordorf herum und zu einigen Hochsitzen führte, die mit dem Nachtglas einen guten Rundblick auf äsendes Wild ermöglichten. ›Höchste Zeit für die Schleppjagd‹, überlegte er, ›in wenigen Wochen beginnt die Brunft für das Damwild, bis dahin muss im Gelände unbedingt wieder Ruhe eingekehrt sein.‹

Als er den ersten Hochsitz erreichte, leinte er die Hunde an der Leiter an und stieg nach oben. Dabei kontrollierte er die Sprossen und die Bohlen, denn es kam immer wieder vor, dass junge Burschen die Hochsitze als Picknickplätze nutzten und dabei Schäden verursachten, vor allem, wenn Alkohol mit im Spiel war. Dann mussten seine Arbeiter nicht nur Müll beseitigen, sondern Reparaturen ausführen, bevor sich jemand verletzte. Aber hier war alles in Ordnung. Er setzte sich auf die Bank und sah durch sein Glas. Vom Wild war noch nichts zu sehen, aber etwas entfernter auf dem Weg bemerkte er eine Bewegung. Er stellte die Gläser schärfer ein. ›Ein Fußgänger im Gelände‹, dachte er, ›ein Fußgänger mit Hund.‹ Dann verschwand der Fußgänger hinter einem Ginstergebüsch, tauchte wieder auf, ging weiter und geriet in den nächtlichen Schatten einiger Wacholdersträucher. Dann verschluckte die Abenddämmerung die Person gänzlich, und Albers konnte nichts mehr erkennen. ›Seltsam‹, überlegte er, ›wer ist denn jetzt noch unterwegs?‹ An den Wochenenden, wenn die Bauern bei ihren Saisoneinsätzen auf den großen Gütern freie Tage bekamen oder Wochenendurlaub von den städtischen Betrieben hatten, kam es hin und wieder vor, dass sie dachten, sie könnten die Speisekammer mit wilden Kaninchen oder Rebhühnern etwas auffüllen, und dann passierte es, dass die Förster den einen oder anderen Wilderer aufgriffen, aber jetzt, mitten in der Woche? Wer konnte da noch unterwegs sein?

Albers stieg vom Hochsitz, band die Hunde von der Leiter, behielt sie aber an der Leine und schlug die Richtung ein, in der er seine Beobachtung gemacht hatte. Lautlos ging er über einen sandigen Wildpfad, der den Weg abkürzte und ihn kurz nach den Wacholdersträuchern kreuzte.

Und dann blieb er verdutzt stehen. Auf einer kleinen Kuppe, mitten im Heidekraut, sah er sie sitzen. Im letzten Dämmerlicht umwehten blonde Locken Gesicht und Hals und spielten im leichten Abendwind, der aufgekommen war.

Sabine beobachtete eine Spinne, die in der beginnenden Dunkelheit unverdrossen ihr Netz zwischen die Äste eines verblühten Ginsterstrauchs wob. Akkurat, wie mit dem Millimetermaß gezogen schob sich das kleine Tier von Knoten zu Knoten und hinterließ den klebrigen Faden, der ihm eine nächste Mahlzeit garantieren sollte. Plötzlich hob Ronca den Kopf, ließ ein leises Knurren hören, das sich gleich darauf in ein freudiges Bellen verwandelte. Da wusste Sabine, dass sie nicht mehr allein war.

Jürgen Albers trat neben sie. »Darf ich mich setzen?« Er reichte ihr die Hand. »Ein Abend, an dem man es nicht im Haus aushält.«

Sabine nickte. »Mich hat es auch nach draußen gezogen. Diese Stille hier ist unbeschreiblich. Sogar die Vögel haben ihre Musik eingestellt.«

Der Forstmeister setzte sich, und auch die Hunde legten sich nieder. »Ich sah Sie vom Hochsitz aus, aber ich konnte Sie nicht erkennen. Da hab ich gedacht: ›Schau‘ nach, dann weißt du, wer hier so spät noch unterwegs ist‹.«

»Ich hab‘ mich mit Abrechnungen gequält, und dann habe ich gedacht, der Abend ist viel zu schön, um in der Stube zu sitzen.«

»Mir ging es genauso. Wir müssen die Schleppjagd vorbereiten, und das ist auch mit Stubenhockerei verbunden.«

»Eine Schleppjagd? Ist das so etwas wie eine Fuchsjagd?«

»Im Grunde ja. Nur jagen die Hunde keinen Fuchs wie in England, sondern eine Schleppe, die gelegt wird.«

»Und was ist eine Schleppe?«

»Ein Reiter legt mit einem Tropfbeutel Wildlosung als künstliche Spur und reitet vorneweg. Die Hundemeute verfolgt die Spur, und die Reiter hetzen hinter den Hunden her. Es geht kreuz und quer über die Heide, und zahlreiche Hindernisse erschweren die Verfolgung. Wer den Reiter mit der Losung, der einen Fuchsschwanz an der Schulter trägt, einholt und den Fuchsschwanz erobert, hat gewonnen.«

»Die englischen Jagdszenen, in denen Hunde und Pferde so einen armen kleinen, zu Tode erschreckten Fuchs jagen, haben mich immer abgestoßen.«

»Diese Jagden sind bei uns seit 1934 verboten. Aber die Schleppjagden sind, genau wie die Schützenfeste, Höhepunkte des Jahres in den Dörfern. Hier bei uns ist Graf Rebellin von Schloss Schwanenwyk der Jagdherr, und die Jagdreiterei ist für die Dörfer der Umgebung eine wichtige Einnahmequelle, denn die gut betuchten Gäste lassen eine Menge Geld hier.«

»Aber hier gibt's doch kaum etwas zu kaufen.«

»Die Bauern vermieten ihre Stallungen, und die Pferdepfleger wohnen bei den Bauern, um die Tiere zu versorgen. Es gibt Feste, Folklore, Trödelmärkte, Straßenmusikanten und Umzüge, und selbst die Imbissbuden-Besitzer und Toilettenhäuschen-Vermieter machen ihre Geschäfte. Außerdem mieten die Gäste alle verfügbaren Bauernkutschen, um den Reitern im vorgeschriebenen Abstand zu folgen. Das bringt Geld in die Kassen der Landwirte.«

»Meine Güte, so groß und so aufwändig hatte ich mir eine Schleppjagd nicht vorgestellt. Stört Sie der Trubel nicht in Ihrer behüteten Heide?«

»Ja, aber ich muss mich fügen. Schließlich kommt auch unser Ministerpräsident, und der ist mein oberster Dienstherr.«

»Ja, ich verstehe. Und wann findet das alles statt?«

»Am letzten Oktoberwochenende.«

»Und was müssen Sie machen?«

Er lächelte. »Schaden begrenzen und mein Wild schützen.«

»Und wie machen Sie das?«

»Ich bestimme, wo geritten wird, und im Großen und Ganzen richtet man sich nach meinen Vorschlägen.« Und nach einer Weile: »Wie geht es Ihnen? Seit Henriettes Geburtsdrama haben wir uns nicht mehr gesehen, und da haben Sie mich mächtig angeschrien.«

»Verzeihung. Aber ich war nervös. Ich wusste nicht, ob ich das Kind ohne Kaiserschnitt würde holen können, und für einen Kaiserschnitt war ich nicht gerüstet. Schließlich war ich unterwegs, um eine ausgekugelte Schulter einzurenken und dem Schäfer ein Mittagessen zu bringen.«

»Aber Sie haben das doch alles sehr ruhig gemacht.«

»Hätte Henriette meine Nervosität gespürt, hätte sie sich verkrampft und ich das Kind nicht holen können.«

»Ach so. Wissen Sie, wer der Vater ist?«

»Ja.«

»Ich auch. So ein durch Nacht und Nebel schleichender Schäfer bleibt einem gewissenhaften Förster natürlich nicht verborgen.« Er grinste. »Mich freut's für die drei.«

»Sie wollen es aber geheim halten.«

»Ich weiß.«

Beide sahen gedankenverloren in die Dunkelheit. »Ich werde Sie nach Hause bringen, die Wege hier sind nicht beleuchtet, und wir haben Neumond, da ist auch von oben kein Licht zu erwarten.«

Sabine sah ihn erstaunt an. »Danke. Wir könnten einen Rotwein trinken.«

»Aber nicht den, den wir bei dem Unwetter stehen gelassen haben?« Die Stimme klang leicht besorgt, und Sabine lachte. »Nein, ganz bestimmt nicht. So lange hält Rotwein sich nicht bei mir. Außerdem haben wir Korn und Bier getrunken.«

»Richtig, das Heidjer-Frühstück. Und Sie hatten ja auch noch Besuch in der Nacht.«

›Ach ja‹, dachte Sabine, ›der lässt ihm keine Ruhe.‹ »Ein pudelnasser Mann, der sein Cabrioletdach nicht schließen konnte. Er ist dann ins Wirtshaus umgezogen.«

»Ich weiß, so etwas spricht sich rum. Lisbeth ist immer stolz, wenn sie zahlungskräftige Gäste vorweisen kann.«

Dicht nebeneinander gingen sie auf dem schmalen Weg zurück nach Auendorf, und als Sabine über eine Wurzel stolperte, reichte der Förster ihr seine Hand. »Besser, ich halte Sie mal ein bisschen fest. Sie mit einem gebrochenen Bein zu tragen wäre mir zu schwer.«

»Sie haben ein angeborenes Rettersyndrom, Herr Forstmeister.«

»Das befürchte ich inzwischen auch.«

Sie lachten beide und legten Hand in Hand den Weg zurück. Und Sabine merkte, dass sie die Rettungsambitionen des Jürgen Albers allmählich genoss.

Auf der Terrasse zündete Sabine eine alte Petroleumlampe an und holte Wein und Gläser aus der Küche.

»Hübsch ist die Laterne, sie passt genau zu diesem Abend, zu diesem Tisch und zu diesem Wein ...«

»Und zu dieser Stimmung«, ergänzte Sabine. »Von so einem romantischen Sommerabend habe ich oft geträumt, wenn der Klinikalarm an meinen Nerven zerrte.«

»War das ein Grund, hierher zu kommen?«

»Ja, auch, aber es gab noch andere Gründe, und als ich gespürt habe, dass ich dem Stress nicht mehr gewachsen bin, habe ich damit Schluss gemacht.«

»Sehr vernünftig. Man merkt Ihnen an, dass Sie sich in diesen Sommermonaten gut erholt haben.«

»Sie haben das bemerkt?«

»Natürlich, als Sie kamen, waren Sie ein richtiges Nervenbündel, empfindlich, aggressiv und unzufrieden. Das hat sich alles gelegt.«

»Aber wir haben uns doch kaum gesehen.«

»So etwas spürt man.«

»Dann sind Sie ein guter Spurensucher.«

Er lachte leise. »Für einen Förster ist das eine berufliche Voraussetzung.«

Sabine füllte Wein in die Gläser. »Ich wollte schon immer eine Friedenspfeife mit Ihnen rauchen«, lächelte sie.

»Und ich wollte schon immer ein ›Du‹ in unsere Umgangssprache einflechten.« Sie stießen an, und der Förster konnte nicht mehr umhin, den Arm um ihre Schulter zu legen und sie sanft auf die Wange zu küssen. »Du schmeckst nach Heide und Honig und Sand und Abendwind.«

Dann stellte er beide Gläser auf den Tisch und nahm Sabine richtig in seine Arme. Sie wollte sich wehren, aber ihre Hände versagten den Dienst. Es ging ihr durch den Kopf, dass sie schnellstens aufstehen und ins Haus gehen sollte, aber ihre Beine machten nicht mit. Sie fühlte den sanften Druck seiner Arme und sah, wie sich seine Augen verdunkelten. Es war, als würde er mitten in ihre Ängste hineinblicken. Das, genau das war es, was sie nicht wollte, die Arme eines Mannes, Augen, die in ihre Seele sahen, stumme Fragen, die in ihren ungeordneten Gedanken stöberten. Männer! Sie hatte einfach genug davon! Aber sie blieb sitzen, hielt seinem Blick stand und ließ die Gefühle, die sie vergessen zu haben glaubte, Besitz von ihr ergreifen. Langsam wurde die Umarmung inniger. Ihre Gesichter bewegten sich aufeinander zu, bis sich die Lippen berührten. In dieser Berührung lag jedoch eine Rauheit, die Sabine nicht erwartet hatte. Der Kuss war auf eine Art unbeholfen, ihm fehlte die Zärtlichkeit erster Berührungen, wie sie sie von Axel kennen gelernt hatte – doch sie zog sich nicht zurück. Vielleicht war alles Teil einer Hingabe, die sie unbewusst bereits damals, im Wald, bei der ersten Begegnung und trotz der Grobheit dieses Mannes gespürt hatte. Ja, er war anders als die Männer, die ihr Leben bisher berührt hatten, anders als der eine, dem sie sich beinahe hingegeben hätte. Und das war gut so. Sie wollte, dass nichts mehr so sein würde, wie es gewesen war, sie wollte, dass jede Erinnerung an das, was sie einst gehabt und verloren hatte, ausgelöscht wurde. Dieser Mann hier würde sie befreien. Ein tiefer Seufzer der Dankbarkeit unterbrach das Spiel der Lippen.

Jürgen löste sich sofort von ihr. »Du bist nicht einverstanden?«

Atemlos schüttelte sie den Kopf. »Ich bin erschrocken.«

Erstaunt sah er sie an. »Besiegelt man nicht ein ›Du‹ mit einem Kuss?«

Enttäuscht nickte sie. »Ja, doch, man haucht sich einen Kuss zu.«

»Ein Hauch erschien mir zu wenig. Ich möchte wissen, woran ich bin.«

»Und nun weißt du es?«

»Ja. Weißt du es nicht auch?«

Sabine wollte rasch aufstehen, doch Jürgen hielt sie fest. »Nicht weglaufen.« Er schenkte nach. »Diesmal soll uns nichts und niemand daran hindern, die Flasche zu leeren.« Er reichte ihr das Glas und erhob seines. »Auf die Friedenspfeife und auf uns.«

Sabine lächelte. Die Spannung wich, und sie fühlte sich wieder frei.

»Ich werde dich nachher nach Hause fahren, und das kann ich nicht mit einer halben Flasche Rotwein im Blut.«

»Du brauchst mich nicht zu fahren. Ich werde laufen, und das wird mir verdammt gut tun.«

»Quer über die dunkle Heide?«

»Ich kenne jeden Stein und jede Wurzel, die Heide ist mein Zuhause.«

»Du liebst sie sehr.«

»Hier möchte ich alt werden.«

»Man hat dir größere, interessantere Gebiete angeboten.«

»Man kennt mich eben nicht. Ich bin ein bodenständiger Mensch, und hier habe ich Wurzeln geschlagen, tiefe, haltbare, trotzige Wurzeln.«

»Es muss schön sein, irgendwo Wurzeln zu haben.«
»Du hast sie nicht?«
»Noch nicht.«
»Wie kommt das?«
»Ich habe keine Familie, keine Tradition, das Elternhaus habe ich verkauft, um mich hier einzurichten, und ob die Heide für mich ein Zuhause wird, weiß ich noch nicht.«
»Du musst Geduld mit ihr haben. Sie öffnet sich nur langsam und nur dem, der sie verdient.«
»Und du verdienst sie?«
»Ich liebe und achte und hege sie. Glaub' mir, sie spürt das und gibt mir dafür ihre Geborgenheit.«
»Schön, wenn man das sagen kann.«
Er strich ihr mit der Fingerspitze durch das Gesicht, umkreiste behutsam ihren Mund, strich ein paar Haare hinter ihr Ohr und legte seine Hand in ihren Nacken. »Ich werde dir helfen.« Langsam zog er ihr Gesicht näher. »Ich werde jetzt gehen.« Dann küsste er sie zärtlich und liebevoll, stand auf, rief seine Hunde und ging.

XIX

Sabine war enttäuscht und verärgert. Vierzehn Tage waren seit dem Herbstabend vergangen, vierzehn Tage, an denen sie auf ein neues Treffen, auf einen Besuch oder wenigstens ein Zeichen der Verbundenheit mit Jürgen Albers gehofft hatte. Aber nichts war geschehen. Sie arbeitete und wartete, und langsam verwandelte sich die erste Freude und Hoffnung über eine engere Beziehung in eine handfeste Wut.

›Ich hätte es wissen müssen‹, dachte sie verärgert, ›ich hätte es wissen müssen und nicht wie ein dummer Backfisch in die Falle tappen dürfen. Er ist nicht anders als alle anderen Männer. Sie wecken Hoffnungen und Gefühle in einem, und wenn sie sicher sind, dass man nachgibt, haben sie ihr Ziel erreicht. Wild erlegt! Jagd beendet! Eine weitere Zeitverschwendung ist nicht nötig – Männer!‹

»Die Nächste, bitte.« Sie schloss die Wartezimmertür und wandte sich der Mutter zu, die mit ihrem Kind seit zwei Wochen regelmäßig kam, weil der kleine Robert an Neurodermitis litt und die Kräutercremes, die Henriette vor Monaten gemischt hatte, nichts nützten. Nun kam die Mutter zu ihr, und Sabine bestand darauf, das Kind jede Woche zu sehen, um den Heilungsprozess zu beobachten, denn die Kortisonbehandlung, die sie in der ersten Notsituation angewandt hatte, durfte nicht unbegrenzt fortgesetzt werden. Viel wichtiger war es, das Umfeld, die Kleidung, die Nahrung und die Hautpflege zu kontrollieren. Auch heute musste sie die Mutter ermahnen. Das Wetter war umgeschlagen, eine kühle, regnerische Witterung lag über dem Land, und die besorgte Bäuerin hatte ihren Sohn mit Wollpullover, Pudelmütze und Gummistiefeln ausgestattet.

»Frau Perchau, keine Wollsachen, die die Haut reizen, keine Gummistiefel, in denen die Füße schwitzen. Sie wissen doch, leichte, luftige, frisch gewaschene und sehr gründlich gespülte Baumwollkleidung und luftdurchlässige Schuhe muss Robert anziehen.«

»Aber es regnet, und es ist kalt, und ich will nicht, dass er sich erkältet. Da muss er doch warme Sachen ankriegen.«

»Sie bringen ihn doch auf Ihrem Fahrrad her, da braucht er keine Gummistiefel, und statt der Wollsachen können sie ihn in ein Baumwolltuch hüllen, das schützt und lässt trotzdem Luft durch.«

»Aber so ein großes Tuch habe ich nicht. Ich müsste ihn dann in ein Betttuch hüllen, und das ist nicht gerade ein schöner Anblick, da redet ja das ganze Dorf drüber.«

»Auf das Aussehen sollten Sie jetzt nicht achten. Aber warten Sie, ich habe da ein Tuch, das ich nicht benutze, das werde ich holen. Setzen Sie sich einen Augenblick, ich bin gleich wieder da.«

Sabine nickte Helga zu. »Ich bin gleich zurück, wirf einen Blick ins Behandlungszimmer.« Dann lief sie in die Wohnung. In der alten Truhe oben im Gästezimmer bewahrte sie Sachen auf, die nicht benutzt wurden, aber zu schade zum Wegwerfen waren. Sie musste nicht lange suchen, dann hatte sie das seidenweiche Umschlagtuch aus Biarritz gefunden, das ihr Axel Bentrop, dieser Beinahe-Ehemann, einmal mitgebracht hatte und das sie längst in die Altkleidersammlung hatte geben wollen. Dem kleinen Robert würde es jetzt gute Dienste leisten, und da es in dezenten Grüntönen gehalten war, würde die Mutter kaum Aufsehen damit erregen.

»So, da bin ich wieder«, lächelte sie atemlos. »Es fühlt sich sehr weich an, aber es ist reine Seide, die sehr gut wärmt.«

»Danke schön«, die Mutter strahlte. »Aber kann ich das auch annehmen?«

»Natürlich. Bei mir wäre es eines Tages den Motten zum Opfer gefallen.« Sie half der Mutter, den kleinen Jungen einzuhüllen, und begleitete sie nach draußen zum Fahrrad am Straßenrand.

Als sie allein war, sah sie verdrossen zum Himmel. Grau in grau zogen die Regenwolken über das Land, Tropfen hingen von den Blumen und Büschen, und auf den Wegen hatten sich Pfützen gebildet. ›Seit Tagen hält dieses Wetter schon an, aber die Bauern sagen, der Boden braucht viel Wasser. Dann soll es meinetwegen regnen, passt genau zu meiner Stimmung‹, sinnierte sie und stellte sich unter das schützende Reetdach. ›Robert war der letzte Patient an diesem Nachmittag, und Helga hat keine Hausbesuche notiert, also ist jetzt Feierabend.‹ Sie ging zurück in die Praxisräume, gab letzte Notizen in den Computer ein und schaltete ihn aus. Mit ihrer Arbeit war sie endlich zufrieden. Die Heidjer kamen, wenn sie Hilfe brauchten, und hin und wieder schaute auch mal ein Tourist in die Praxis. Es war kein übermäßiger Andrang im Wartezimmer, aber es waren genug Patienten, um ihr das Gefühl zu geben, gebraucht zu werden. Sanatoriumsgäste sah sie nur noch selten, viele waren abgereist, und neue interessierten sich kaum mehr für die Landärztin. ›Doch‹, dachte sie, ›eigentlich kann ich jetzt ganz zufrieden sein. Wenn, ja, wenn nur dieser verflixte Stachel nicht wäre, den ich mir selbst unter die Haut getrieben habe.‹

Immer noch verstimmt, ging sie ins Wohnzimmer und besah die Post, die Lotti auf dem Tisch sortiert hatte. ›Rechnungen‹, dachte Sabine, ›immer nur Rechnungen. Na ja, wer soll mir auch schreiben? Geschwister habe ich nicht, zu den weiter entfernten Verwandten habe ich kaum Kontakt, weil weder die Eltern noch ich selbst enge Beziehungen gewünscht haben, und für Freundschaften hatte ich während der Arbeit im Klinikum keine Zeit. Wer also sollte mir schreiben?‹

Dann fand sie doch noch eine bunte Ansichtskarte. Neugierig zog sie das Blatt zwischen den weißen Umschlägen hervor. ›Der Wendelstein‹, las sie, ›wer schreibt mir denn vom Wendelstein?‹

›Hier siehst du den Berg, den wir mithilfe einer Zahnradbahn erklommen haben‹, stand da. ›Wir?‹, überlegte Sabine. Unterschrieben war der ›herzliche Gruß‹ mit ›Ina Birkenfeld und Jochen Bellmann‹. ›Aha, Jochen und die neue Assistenzärztin‹, dachte sie, und der Stachel der Enttäuschung, der verletzten Eitelkeit, der sie ärgerte, piekte noch ein bisschen mehr. Dann schüttelte sie den Kopf. ›Ist ja gut, dass er jemanden gefunden hat, aber den Berg hätte er lieber zu Fuß erklimmen sollen, es wäre bestimmt besser für seine Gesundheit gewesen.‹

Dann fand sie noch einen Brief, der nicht nach Rechnung aussah. Absender war Hartmut Neuberg, und einen Augenblick lang wusste sie mit dem Namen nichts anzufangen. Erst als sie Uelzen las, fiel ihr der tropfnasse, von Flöhen gebissene Tourist wieder ein.

Neugierig öffnete sie den Umschlag. Sie hatte ihn nach dem Unwetter noch zweimal getroffen, zufällig, wie sie meinte, aber ganz sicher war sie da nicht, denn hin und wieder hatte sie ihn beobachtet, wie er am Haus vorbeiging oder durch die Heide hinter dem Garten schlenderte. Da sie aber keinen großen Wert auf eine Vertiefung der Bekanntschaft legte, hatte sie sich nicht zu erkennen gegeben. Nun hatte er ihr also geschrieben. Neugierig öffnete sie den Umschlag und las:

›Sehr verehrte Frau Doktor, liebe Sabine Büttner – die korrekte Anrede fällt mir schwer, viel lieber würde ich eine andere gebrauchen, aber mit der wären Sie vielleicht nicht einverstanden, also muss es bei den oberen beiden bleiben.

Wie in jedem Jahr werde ich auch diesmal als Besucher an der berühmten Schleppjagd Ende Oktober im Moordorfer Heide-Forst teilnehmen. Dieses spannende und abenteuerliche Ereignis ist sogar für mich, der ich nur als Besucher dabei bin, einer der Höhepunkte des Jahres, den ich seit langer Zeit nie versäume. Aber keine Sorge, ich werde nicht als nasser, ungebetener Gast bei Ihnen vor der Tür stehen. Ich habe bereits im Sommer mein Zimmer im ›Auenkrug‹ gebucht und beim Bauern Böbling eine kleine Kutsche gemietet, um die Reiter zu begleiten. Das ist ungeheuer spannend.

Würden Sie mir die Ehre erweisen, mich auf der Kutschfahrt als mein Gast zu begleiten und abends mit mir den Reiterball zu besuchen?‹

Sabine überlegte: ›Warum eigentlich nicht? Mir wird eine Abwechslung auch einmal gut tun. Allzu viele Events gibt's hier wirklich nicht. Und eine Kutschfahrt wäre wunderbar. Und abends ein Reiterball ...?‹ Bei dem Gedanken an Reiter musste sie plötzlich an einen ganz bestimmten Reiter denken, und der Stachel piekte wieder ein wenig. Sabine dachte: ›Jawohl, und abends der Reiterball! Kein Mensch soll denken, dass ich auf ortsansässige Förster angewiesen bin, wenn ich einmal ausgehen will. Und da die Veranstaltung für gut betuchte Reiter und ihre Gäste gedacht ist, kann man sogar mit einer gewissen Eleganz rechnen. Ich werde mir ein schickes Kleid kaufen, passende Schuhe und die nötigen Accessoires! Braucht ja keiner zu wissen, dass ich so etwas noch nie besessen habe, und bei Lisbeth werde ich mich ganz diskret erkundigen, was man hier so trägt. Ja, ich will ihm gleich antworten, abschicken tue ich den Brief aber erst in einer Woche. Nur nichts überstürzen, der Herr muss ja nicht wissen, dass mich sein Brief in einer depressiven Phase erreicht hat.‹ Und so setzte sie sich hin und schrieb seinem Brief entsprechend in sehr korrekter Weise:

›Sehr geehrter Herr Neuberg, ich danke Ihnen für Ihren Brief vom 30. September und für die Einladung zur Kutschfahrt während der Schleppjagd in der Moordorfer Heide sowie zum

Reiterball am selben Abend. Ich gestehe, dass mich Ihr Brief überrascht hat. Aber ich nehme Ihre Einladung gern an. Mit freundlichen Grüßen, Sabine Büttner.‹

Lächelnd klebte sie den Umschlag zu und legte ihn in ihren Sekretär, damit die pflichtbewusste Lotti nicht auf die Idee käme, ihn bereits am nächsten Tag zur Post zu bringen.

Sabine stand auf und schaltete die Stehlampe an. Das Regenwetter sorgte für eine frühe Dämmerung, und die kleinen Fenster unter dem weit überhängenden Dach ließen nicht allzu viel Licht herein. Im Sommer war das angenehm, denn das Haus blieb kühl, und im Winter ließen die Butzenscheiben keine Wärme nach draußen. Als sie in die Küche gehen wollte, hörte sie Lotti und Helga auf dem Flur schwatzen. Stutzig wurde sie aber erst, als das Wort ›Forstmeister‹ fiel. Neugierig blieb Sabine stehen.

»... und da hat er erzählt, dass der Albers keine Zeit mehr hätte, seitdem die Schleppjagd vorbereitet wird. Die Tochter vom Grafen ist zurück und kümmert sich eigenhändig um die Strecke.«
»Ist das die, die in Salem im Internat war?«
»Ja, und jetzt ist sie meist bei Verwandten in Dänemark und kommt nur selten ins Schloss.«
»Was macht sie denn in Dänemark?«
»Genau wusste der Böttcher das auch nicht.«
»Na ja, der ist ja auch nur Waldarbeiter, wie soll der sich denn bei dem Grafen auskennen?«
»Der Böttcher ist aber täglich beim Förster. Er ist seine rechte Hand im ›Heidehaus‹ und kriegt alles mit und manchmal eben auch Telefongespräche.«
»Dann belauscht er den Albers?«
»Ach, der lässt beim Telefonieren immer alle Türen auf, und dann hört der Böttcher eben, mit wem er redet. Und in letzter Zeit ist das ständig das Fräulein Gräfin.«

»Na ja, wenn die sich in seine Pläne einmischt?«

»Hört sich aber nicht bloß nach Reiterplänen an. Sie sind gemeinsam auch viel mit den Pferden unterwegs, und neulich waren sie zusammen in Hannover.«

»Ach was, mir soll's egal sein. Lass die Leute reden. Ich muss das Abendessen machen. Tschüss, bis morgen.«

So war das also! Sabine ging schnell zurück zu ihrem Sessel und vertiefte sich in die neueste Ausgabe der ›Apotheken Umschau‹.

»Hallo, Frau Doktor, in zehn Minuten gibt ,s das Abendessen, ich hab' schon alles vorbereitet.«

»Danke, Lotti, aber bitte keine Riesenportion, ich habe keinen großen Hunger.« Ja, der Appetit war ihr gründlich vergangen. Der Oberförster und die Komtess, da konnte eine Heideärztin wirklich nicht mithalten. Aber wollte sie das überhaupt? Sabine legte die Zeitschrift zur Seite und schloss die Augen. ›Was gehen mich die Avancen des Försters an,‹ dachte sie verärgert und spürte doch, dass sich der Stachel in ihrem Gemüt deutlich schmerzhaft drehte. ›Da bin ich also wieder einmal gründlich reingefallen. Bloß gut, dass ich alles noch rechtzeitig erfahren habe.‹ Enttäuscht klopfte sie Ronca auf den Rücken. »Wäre wohl auch ein Wunder gewesen, wenn ich mal einen akzeptablen Mann kennen gelernt hätte«, flüsterte sie der Hündin ins Ohr. Ronca, glücklich über jede Zuwendung, legte ihr die Vorderbeine auf den Schoß und leckte ihr mit der langen rosigen Zunge blitzschnell einmal quer über das Gesicht. »Nicht doch«, schimpfte Sabine leise und lächelnd, »du denkst wohl, du musst mich trösten? Nein, nein, so weit ist es noch nicht, so schnell kommt mir keiner mehr nahe.«

Lotti kam und deckte den Tisch. »Ronca, dein Futter steht in der Küche.« Ronca, die es wie immer eilig hatte, wenn das Wort Futter fiel, wollte in die Küche springen, aber auf dem Holzboden fand sie keinen Halt und rutschte, alle vier Pfoten von sich gestreckt, über die blanken Dielenbretter. Die beiden Frauen lachten.

»Was gibt es denn zu essen? Riechen tut es wunderbar!«

»Grete hat mir Steinpilze mitgebracht. Die weiß ja immer, wo die besten Pilzsorten wachsen, aber verraten tut sie's nicht. Und nun gibt's heute Ragout mit Pilzen und Schweinefilet.«

»Hm, hört sich gut an. Möchten Sie nicht mitessen?«

Lotti lachte. »Nein, danke, zu Hause warten hungrige Mäuler auf mich. Mein Mann hat bis zum Beginn der Apfelernte im Alten Land frei, dann muss er wieder für vier Wochen weg. Na, und mein Sohn ist auch wieder aufgetaucht. Wenn er nicht mehr weiß, wohin, dann ist Mutters Küche sehr gefragt.«

»Sie haben Probleme mit dem jungen Mann?«

»Das kann man wohl sagen. Aber was soll ich machen? Hätte Horst Arbeit und feste Verpflichtungen, wäre alles anders. Aber er hat ja keinen Beruf. Hier gibt's kaum Ausbildungsplätze und die, die ihm angeboten wurden, machten ihm keinen Spaß. Na, und welcher Arbeitgeber nimmt schon einen Azubi, der keine Lust hat?«

»Was hätte er denn machen können?«

»Der Müller hätte ihn genommen und der Teichvogt auch, und vielleicht hätte er auch beim Bäcker anfangen können, aber alle Angebote waren mit frühem Aufstehen verbunden, und das kam für meinen Sohn nicht infrage. Er hat ja nicht einmal einen Hauptschulabschluss, weil er morgens immer die ersten Stunden geschwänzt hat.«

»Und was macht Horst nun?«

»Er treibt sich rum, und je öfter er in die Städte fährt, umso verdorbener kommt er wieder. Dann schwärmt er von der Seefahrt und von Superautos, von Videospielen und so genannten Künstlern, die die Mauern besprühen. Das sind in seinen Augen die wahren Helden, weil sie den Polizisten immer ein Schnippchen schlagen.«

»Was sagt denn Ihr Mann dazu?«

»Der? Der ist doch nie da. Und wenn er was sagt, dann gibt er mir die Schuld. Ich hätte ihn eben besser erziehen müssen.«

»Lotti, wir müssen uns da etwas einfallen lassen, sonst rutscht Horst ins kriminelle Milieu ab.«

»Das weiß ich, und glauben Sie mir, Frau Doktor, ich habe eine Menge schlafloser Nächte deswegen.«

»Wie alt ist denn Ihr Sohn?«

»Neunzehn.«

»Dann wird es aber höchste Zeit, dass er etwas findet.«

»Aber wo denn? Das ist ja das Problem hier auf dem Land. Von der Schule in die Arbeitslosigkeit. Und dann die Langeweile, da kommen die Jungen natürlich auf dumme Gedanken.«

»In der Stadt ist es genauso, also von dort kann er keine Hilfe erwarten.«

»Das will er ja auch gar nicht. Leider. Aber die Jungen sind so träge, die haben auf alles ›null Bock‹, wie er immer wieder betont. Wie soll ich das ändern? Ich bin ja nicht die Einzige hier in der Samtgemeinde. Es gibt mindestens noch vier andere Mütter mit diesen Problemen. Und ein paar versuchen, es geheim zu halten, wenn die Jungen auf die schiefe Bahn geraten.«

»Lotti, ich muss mir das in Ruhe durch den Kopf gehen lassen. Haben Sie denn schon mal mit dem Pfarrer gesprochen? Vielleicht weiß der einen Ausweg.«

»Pastor Breitner ist ein alter Mann. Der wartet nur noch auf seine Pensionierung und ist froh, wenn er mit seinen Konfirmanden klarkommt, leicht ist das auch nicht.«

»Und der Gemeinderat? Der Bürgermeister?«

»Die haben mal versucht, die Jungs für die Freiwillige Feuerwehr zu interessieren. Aber die Burschen wollten nur mit dem Spritzenauto herumkutschieren. Und da gab's ein paar Beulen, und damit war das Thema erledigt.«

Sabine schüttelte den Kopf. »So einfach kann man sich das nicht machen. Fehlschläge gibt es immer, aber deshalb muss man doch weitersuchen.«

»Hab' ich auch gedacht, Frau Doktor. Aber das ist nun schon zwei Jahre her, und geändert hat sich nichts. Nur immer öfter werden die Jungen vom Polizisten heimgebracht, weil sie etwas ausgefressen haben, und eines Tages landen sie im Knast, das ist meine größte Angst.«

»Ich werde gründlich nachdenken, und wenn ich gründlich sage, kommt auch meist etwas dabei heraus. Jetzt fahren Sie nach Hause und füttern Ihre hungrigen Männer. Vielleicht fällt mir schon bald eine Lösung ein.«

»Das wäre herrlich, Frau Doktor, nur wüsste ich nicht, in welche Richtung Sie überhaupt nachdenken könnten. Also, nichts für ungut. Ich fahre denn mal, und guten Appetit. Hoffentlich ist nicht alles kalt geworden.«

»Aber nein, das Essen steht ja auf der Heizplatte, da kann nichts passieren.«

Sabine, die sich noch immer über den Förster ärgerte, konnte nicht schlafen. Vielleicht war auch der Vollmond daran schuld, der hell ins Schlafzimmer schien, nachdem der Regen aufgehört hatte.

Und dann gingen ihr die Probleme dieser Dorfjungen durch den Kopf. ›Kein Wunder, dass man so gut wie nie junge Leute draußen antrifft. Sie treiben sich in den Städten rum und kommen nur nach Hause, wenn das Portemonnaie leer ist. Wenn sie dann überhaupt kommen und nicht auf andere Art und Weise versuchen, Geld aufzutreiben‹, überlegte sie. Die Feuerwehrausbildung war gar keine schlechte Idee, aber vielleicht wurde die Mitgliedschaft dort so langweilig angeboten, dass den Jungen die Lust verging? Was war mit der Waldarbeit? Aber nein, das klang ja nach Plackerei, und genau das wollten diese jungen »Herren« nicht, wie Lotti sagte. Aber wo zum Kuckuck konnte man faule Jungen unterbringen? Beim Sport? Dazu brauchte die Gemeinde Geld, einen Raum, einen Platz, einen Coach ... ›Ich glaube, den Gedanken kann ich vergessen‹, dachte sie

Es wurde schon hell, und die ersten Vögel begrüßten den neuen Tag, als Sabine endlich einschlief. Ihr letzter Gedanke galt dem Schäfer. ›Ja, ich werde mit Caspar Winkler darüber reden.‹

XX

Fast unbemerkt wechselte der Sommer in den Herbst. Schafgarbe, Glockenblumen, später Rainfarn und rosarote Grasnelken blühten an den Wegrändern, und die violette Pracht der blühenden Heide ging in herbstliches Braun über. Das Wetter hatte sich verändert, die warmen Sommerabende mussten dem Westwind weichen, der von der Nordsee her mit Regenschauern über das Land zog. Die Heidschnucken legten ihr Winterfell an, und die Frühlingslämmer waren kaum noch von den Müttern zu unterscheiden.

Der Schäfer hatte alle Hände voll zu tun. Die Böcke mussten von den Schafen, die nicht gedeckt werden sollten, getrennt werden. Schlachtreife Lämmer wurden aussortiert und abgeholt, außerdem sollten Milchschafe von den übrigen Tieren getrennt werden, weil viele Bäuerinnen ihre Schafe nach dem Absetzen der Lämmer den Winter über in den eigenen Ställen haben wollten. Die umfangreichen Stallanlagen mussten für den Winter vorbereitet werden. Dachdecker befreiten die großen Reetdachflächen von Moos und reparierten undichte Stellen, und die große Lagerhalle musste von den Resten des Vorjahres gereinigt werden, bevor die Bauern mit den Strohballen für die Winterstreu und den Heufuhren für die Fütterung aus der Wümme-Niederung eintrafen. Außerdem mussten zahlreiche Zäune und Gatter rund um die Winterställe ausgebessert werden. Wie in jedem Jahr hatte Caspar Winkler für diese Arbeiten Hilfskräfte eingestellt, die rund um die Uhr beaufsichtigt und eingewiesen werden mussten, denn die Männer, meist Polen, da Deutsche nicht zur Verfügung standen, waren ungelernte Saisonarbeiter. Caspar Winkler grenzte deshalb seine Wanderungen stark ein. Die Herde blieb in der Nähe der Dörfer.

Trotz der vielen zusätzlichen Arbeiten war der Schäfer mit dieser Herbstzeit sehr zufrieden, denn er hatte die Möglichkeit, öfter an Henriettes Heidekate vorbeizuwandern. Wenn er sie auch nicht jedes Mal sprechen konnte, so sah er doch, dass es der Mutter und dem Baby gut ging.

Um diese Jahreszeit hatte die Heilerin viel in ihrem Garten zu tun: Die Kräuter mussten geerntet, getrocknet oder in verschiedenste geheimnisvolle Tinkturen eingelegt werden, andere Pflanzen mussten winterfest versorgt, die Erde für das kommende Jahr bearbeitet, Samen gezogen und Wurzeln gereinigt und frostsicher aufbewahrt werden. Außerdem war Henriette viel in der Heide und im Wald unterwegs, um die wilden Kräuter der Natur zu sammeln. Bei all den Arbeiten trug sie Luuva in einem Schal um die Brust gebunden bei sich, und Caspar konnte sich überzeugen, dass sein Kind gesund und zufrieden aufwuchs.

Einmal hatte er Henriette gefragt, ob sie das Kind nicht taufen lassen wolle, aber sie hatte energisch den Kopf geschüttelt. »Mein Kind habe ich auf meine Art und nach der uralten Tradition meiner Vorfahren Gott geschenkt, eine Kirche und dieses ganze Drumherum ist dazu nicht nötig«, hatte sie ihm erklärt. Und als er sie an die Tradition der Heidjer erinnerte, die wohl kaum Verständnis für den Verzicht auf eine kirchliche Taufe aufbringen würden, hatte sie nur abgewinkt. »Sie brauchen mich als Heilerin und nicht als Kirchenmitglied. Sie wissen, dass ich andere Traditionen, andere Werte, andere Gaben habe, und so soll es bleiben.«

›Ja‹, dachte er, ›andere Gaben hat sie wirklich. Sie ist keine Heilerin, die durch Handauflegen, Gebete und Besprechungen Wunder zu bewirken versucht, sondern eine Frau, die durch profundes Wissen um die Natur sich der natürlichen Heilmittel bedient.‹ Ihre Art zu heilen war ihm nicht fremd, und eigentlich war es die Tatsache, dass auch er sich mit den Kräutern in Wald und Flur auskannte, die die ersten Bänder der Sympathie zwischen ihnen geknüpft hatte.

Dass Henriette ein Kind geboren hatte, war im Dorf schnell bekannt geworden, denn nach wie vor kamen Frauen, um sich helfen zu lassen. Und eines Tages hatte der Pastor den Schäfer darauf angesprochen. »Ich halte ja nicht viel von dieser Heilerin am Gehöckel, aber da sie keinen Schaden anrichtet und keine satanischen Predigten hält, soll es mir egal sein, dass sie seit zwanzig Jahren mit den Bäuerinnen zugange ist, doch jetzt hat mir das Standesamt mitgeteilt, dass sie ein Kind geboren hat. Darum ist es meine Pflicht, Mutter und Kind zur Taufe einzuladen. Könnten Sie nicht mal mit ihr reden, wenn Sie an der Hütte vorbeikommen? Ich müsste jemanden bitten, mich hinzufahren, das wäre mir unangenehm.«

Caspar Winkler hatte es versprochen, und als er zwei Wochen später den Pastor wieder einmal traf, teilte er ihm die Absage von Henriette mit.

»Ein Heidenkind in meiner Gemeinde, das gefällt mir gar nicht«, empörte sich der Geistliche. Aber als der Schäfer ihn an die Rechte der Menschen erinnerte, ihren Glauben selbst zu bestimmen, schwieg der alte Mann. Mit den modernen, für ihn meist unmoralischen neuen Kirchenregelungen, wie etwa die Segnung homosexueller Paare, Seebestattungen oder die kirchliche Trauung von Geschiedenen, wollte er sich nicht mehr anlegen.

Als der Schäfer an diesem Morgen seine Herde unweit der Heidekate über die Hügel führte, sah er den Geländewagen der Ärztin vor der Hütte parken. Gab es Probleme mit Luuva? Er hatte nach langem Überreden Henriette ein Mobiltelefon dagelassen, damit sie Sabine Büttner anrufen konnte, falls sie ärztliche Hilfe brauchte. »Bei einem Kind kann es schnell mal zu Problemen kommen«, hatte er gesagt. »Es ist deine Pflicht unserem Kind gegenüber, Hilfe zu holen, wenn Not am Mann ist.« Brauchte sie jetzt, in diesem Augenblick Hilfe?

Langsam trieb er seine Herde näher an das Grundstück heran. Vom Blöken der Schafe und vom Bellen der Hunde angelockt, kamen Sabine und Henriette nach draußen und winkten ihm lächelnd zu. ›Sie lachen‹, dachte er, ›dann ist nichts Schlimmes passiert.‹

Sabine verabschiedete sich von der Heilerin und kam zu ihm. »Hallo, Schäfer, zu dir wollte ich eigentlich, aber da ich schon mal auf dem Weg war, wollte ich deiner Tochter die erste Impfung geben.«

»Tag, Doktor. Und das hat Henriette erlaubt?«

»Na ja, etwas Überredungskunst war notwendig. Aber dann habe ich beiden ihre Spritze verpasst.«

»Was denn, Henriette und die Erstlingsimpfung?«

»Nein«, lachte Sabine, »deine Henriette habe ich gegen Tetanus geimpft. Sie wühlt so viel in der Erde oder verletzt sich an Dornen, wenn demnächst die Schlehenernte beginnt, können die Bakterien überall auf der Lauer liegen. Als Mutter ist sie jetzt verpflichtet, auch an sich selbst zu denken. Das hat sie schließlich eingesehen.«

Der Schäfer nickte. »Gut gemacht, Doktor.«

»Dafür bin ich da. Aber eigentlich wollte ich zu dir.«

»Um was geht es?«

Sabine wanderte langsam neben ihm her. Die Herde bestimmte das Tempo, und die Menschen folgten ihr. »Es gibt da ein Problem im Dorf, und eigentlich ist es kaum zu lösen, jedenfalls nicht für uns beide. Aber ich dachte, wenn ich nicht irgendwie damit anfange, wächst es und wächst, und dann ist es schnell zu spät.«

»Mach's nicht so spannend.«

»Es geht um die Dorfjugend. Eigentlich um Lottis Sohn, der im Begriff ist, ins kriminelle Milieu abzurutschen. Und wie das so ist bei einer Lawine, erst rollt nur ein Schneeball und Sekunden später der ganze Berg. Und so ist es eben bei den jungen Leuten auch. Ihre Helden sind die Dealer und die Sprayer, hat Lotti gesagt.«

Fassungslos sah der Schäfer die Ärztin an. »Du willst die Arbeitslosigkeit bekämpfen? Doktor, ich antworte mit dem Beispiel vom Berg: Du hebst einen Stein auf, und ein ganzer Berg rutscht hinterher.«

»Ich weiß. Aber als ich hier anfing, habe ich mir vorgenommen, nicht nur die körperlichen Krankheiten zu bekämpfen, sondern auch die sozialen. Und jetzt hat mich diese Vorgabe eingeholt.«

»Und ich soll dir dabei helfen? Siehst du die Herde da? Um die muss ich mich kümmern. Ich kann sie nicht allein lassen. Ich bin Tag und Nacht an sie gefesselt. Ich muss mehr als sechshundert mir anvertraute Tiere hüten und bewahren. Das ist meine Aufgabe! Wie soll ich dir bei arbeitslosen Jungen und Mädchen helfen, die auf die schiefe Bahn rutschen?«

»Schäfer, wofür hältst du mich? Ich will dich doch nicht von deinen Aufgaben wegholen. Ich weiß, wie viel Arbeit du hast. Ich will ja nur deinen Rat. Hier. Auf der Heide. Hinter deiner Herde. Auf diesem Weg. Mehr will ich doch gar nicht.«

»Das sagst du so. Da muss ich in Ruhe drüber nachdenken.«

»Dann tu das bitte.«

Langsam, Schritt für Schritt gingen die beiden hinter der Herde her. Die Hunde umkreisten die gemächlich grasenden Tiere, der Schäfer, auf seinen Hirtenstab gestützt, behinderte diese langsam wogende Masse grauweißer Leiber nicht, und Sabine folgte, ohne die Einheit von Himmel, Heide und Herde zu stören. Dann drehte sich der Schäfer um und blieb stehen.

»Mir fallen nur die Schützenvereine ein.«

»Finde ich nicht gut. Junge Männer mit Langeweile und Schießgewehre, das ist keine gute Mischung.«

»Und Sport?«

»Daran habe ich auch schon gedacht. Aber Sport kostet sehr viel Geld. Da müsste ein Platz her, eine Halle für schlechtes Wetter und ein Coach, der die Zügel in der Hand hält. Und wie ich weiß, besitzt die Gemeinde keinen Cent für Extraausgaben.«

»Also müssen wir nach einem Sport suchen, der nichts kostet.«

»Was besitzt die Gemeinde denn bereits?«

»Eine Wiese mit zwei klapprigen Toren als Fußballplatz, aber der hat bisher nicht einen einzigen jungen Mann hervorgelockt.«

»Was haben wir noch?«

»Eine Kegelbahn, aber die wird nur im Sommer von Touristen genutzt. Ich glaube nicht, dass wir damit Herumtreiber und Discosüchtige von der Straße locken können.«

»Kegeln? Das ist nichts für junge Menschen. Gibt's denn sonst nichts?«

»Hinterm Friedhof steht ein alter Schuppen. Da wurden früher Fahrräder für Sommergäste verliehen. Aber das Geschäft hat sich nicht rentiert. Jetzt liegen nur noch alte Fahrradreste drin, von denen die brauchbaren Teile alle gestohlen worden sind.«

»Fahrräder? Das wäre doch eine Idee. Die Räder müssten hergerichtet und für die Jugend zur Verfügung gestellt werden.«

»Aus den Resten lässt sich nichts mehr herrichten, Doktor, das sind nur Trümmer. Und die Typen drücken lieber aufs Gas- als aufs Fahrradpedal.«

»Aber damit könnten wir anfangen. Wenn ich Geld beschafft habe, geht's an die Arbeit. Man muss die Jungs dafür begeistern. Wir organisieren Fahrradrennen und später Wettbewerbe zwischen den Dörfern. Kampf und Siegeschancen reizen immer.«

»Und wer organisiert das? Sag' nicht ›wir‹, dazu haben wir beide keine Zeit.«

»Das können die jungen Leute ganz allein. Man muss ihnen die Sache nur schmackhaft machen. Wem gehört der Schuppen eigentlich?«

»Der Samtgemeinde. Ist wetterdicht und hat viel Platz.«

»Na, das ist doch besser als gar nichts, Schäfer. Vielleicht gelingt es, den einen oder anderen Herrn vom Gemeinderat dafür zu interessieren, dann hätten wir sogar Organisatoren und eine gewisse Oberaufsicht.«

»Du hast vielleicht Ideen, Doktor, diese Männer sind hart arbeitende Bauern und Handwerker, die die Gemeindearbeit mehr oder weniger ehrenamtlich machen.«

»Wir müssen Wettbewerbe in den Vordergrund stellen. Moordorf gegen Immenburg, Lindenberg gegen Auendorf, unsere Samtgemeinde gegen eine andere. Und dann veranstalten wir Sternfahrten und später vielleicht Wander- oder Ferienfahrten, so etwas zieht immer.«

»Du glaubst tatsächlich, damit holst du junge Leute von der Straße? Und sag' nicht immer ›wir‹.«

»Man muss es versuchen, und dann weiß man es. Der Kampf muss sie reizen. Vielleicht kann ich sogar etwas Geld beschaffen.« Sie erzählte ihm von dem Brief von Alexander Markwitz.

»Das könnte eine Chance sein, vielleicht würde er sogar als Sponsor agieren, und Fahrräder oder Bruchteile davon haben fast alle. Aber rechne nicht mit mir.«

»Du hast mir schon sehr geholfen. Ich wollte schließlich nur deinen Rat, und den habe ich bekommen.« Sabine reichte ihm die Hand. »Danke, Schäfer, ich muss jetzt umdrehen, sonst wird aus diesem Treffen eine Tageswanderung, und so viel Zeit habe ich tatsachlich nicht.«

Als Sabine an diesem Abend allein war, setzte sie sich hin und schrieb an Alexander Markwitz. Sie schilderte ihm die Situation der arbeitslosen Dorfjugend, ihre Befürchtungen und Pläne und erinnerte ihn diplomatisch-behutsam an seinen Brief.

Und der Berliner antwortete umgehend. Er schrieb, nachdem er sich für das Vertrauen bedankt und Sabines Pläne als ›sehr überzeugend‹ gelobt hatte: ›Ich würde mich freuen, Ihnen helfen zu können. Sponsoring oder Mäzenatentum sind eine gute, hilfreiche und befriedigende Arbeit. Aber bisher habe ich mich zurückgehalten, denn mir fehlte das Vertrauen, dass meine Mittel wirklich den richtigen Adressaten zufließen, wenn ich mich an große Verbände oder Vereine wende. Aber so eine kleine, überschaubare Hilfe, die ich gezielt einsetzen kann, gefällt mir. Suchen Sie einen fähigen, vertrauenswürdigen und pflichtbewussten Mann, der kompetent genug ist, alle Aufgaben zu übernehmen. Zuerst muss er einen gemeinnützigen Verein gründen, ihm einen zugkräftigen Namen geben und dann einen attraktiven Plan entwickeln. Er muss die jungen Männer und Frauen begeistern und aktivieren können und schließlich die Führung übernehmen. Suchen Sie einen guten Mann! Wenn ich den Verein sponsere, möchte ich natürlich auch Erfolge sehen, und das ist nur mit einem Fachmann zu erreichen. Und wenn Sie den Eindruck haben, dass die jungen Leute bereit sind, alte Räder zu reparieren, ihre Arbeitskraft und Zeit dafür einzusetzen, wenn Sie also guten Willen erkennen, dann bin ich bereit, neue Räder zu finanzieren. Ganz gleich, ob es Renn- oder Geländeräder sein sollen. Alle Kosten übernimmt mein Büro, auch die der Instandhaltung der Räumlichkeiten und der Sportkleidung, die immer sehr wichtig ist für junge Leute – und auch für den Sponsor, da bin ich ganz ehrlich. Ich freue mich auf unsere Zusammenarbeit, wobei ich weiß und das auch für richtig halte, dass Ihre Aufgaben als Ärztin in eine andere Richtung gehen. Deshalb ist es mir eine Freude und Ehre, Ihnen helfen und Sie gleichzeitig von diesen für Sie fremden Aufgaben befreien zu können. Suchen Sie diesen kompetenten Mann, alles andere können Sie mir überlassen.‹

Sabine war sprachlos. ›Dass es so etwas noch gibt‹, dachte sie und machte sich auf den Weg zum Bürgermeister, um mit ihm die ersten, die nächsten und alle weiteren Schritte zu besprechen. Denn die Genehmigung der Vereinsgründung und die Übernahme des verwaisten Schuppens mussten über den Bürgermeister und den Gemeinderat erfolgen. Das Gleiche galt für die Suche eines Vorsitzenden, der zugleich Coach und Kumpel der jungen Leute werden sollte.

Da der Gemeinderat auf Nummer Sicher gehen wollte, erforschte man die Provenienz der Familie Markwitz in Berlin und stellte fest, dass es sich bei Alexander Markwitz um den Eigentümer der Firma ›Bernburger Motorenbetriebe‹ handelte, einem weltweit bekannten Werk für die Herstellung von Flugzeug- und Schiffsmotoren.

Zwei Wochen später hatten sie einen jungen Mann gefunden, der, ähnlich wie die Dorfjungen, von Arbeitslosigkeit gestraft, nach einer Aufgabe suchte. Er war ein von den Schulschließungen in Hamburg betroffener Lehrer, sportbegeisterter Marathonläufer und ehrenamtlich als Boxpromoter in Soltau tätig. Und er war der Neffe des Landrats.

Mit Akribie und Begeisterung nahm er sich der neuen Aufgaben an, überaus zufrieden, dass er für sein Hobby ›Sport‹ auch noch bezahlt wurde. Sabine vermittelte die Bekanntschaft zwischen dem Berliner Mäzen und Olaf Boizenberg und gab getrost die Arbeit in die Hände des jungen Mannes ab.

Jedoch bereits wenige Tage später geriet ihr Plan beinahe ins Wanken:

In der Nacht wurde sie plötzlich wach, weil Ronca knurrte und unruhig zwischen Tür und Bett hin und her lief. Sabine richtete sich auf und horchte. Alles war still. Leise ermahnte sie den Hund zur Ruhe, aber Ronca ließ sich nicht beruhigen. Ohne Licht zu machen, stand Sabine auf, zog den Morgenmantel über und griff nach ihrer Taschenlampe, die wie immer auf dem Nachttisch lag. Sie hielt Ronca, die inzwischen so groß wie ein Boxer war, am Halsband fest und ging leise auf den Flur. Aber alles war still, trotzdem knurrte der Hund leise vor sich hin. Im Schein der Taschenlampe ging Sabine ein paar Treppenstufen hinunter. Dann sah sie Licht, die Wartezimmertür war nur angelehnt, und in einem der hinteren Praxisräume bewegte sich ein Lichtkegel. ›Da hinten sind der Arzneischrank und der Tresor mit den Opiaten‹, überlegte sie. ›Irgendjemand will an die Narkotika.‹

Ronca wollte losstürmen, aber Sabine hielt sie zitternd zurück und schlich die Treppe wieder nach oben. ›Es hat keinen Zweck, wenn ich da allein etwas unternehme. Ich muss die Polizei anrufen! Hoffentlich erreiche ich jemanden auf der Wache. Die Nachtschicht ist unbeliebt bei den beiden Beamten, sie gönnen sich durchaus schon mal eine Mütze Schlaf, wenn die Nacht anscheinend ruhig verläuft. ‹ Leise schloss sie die Tür hinter sich, ließ Ronca los und suchte nach ihrem Handy. Dann fiel ihr ein, dass sie die Handtasche gestern Abend im Wohnzimmer gelassen hatte. Schockiert überlegte sie, wie sie ungesehen hinunter- und wieder hinaufkommen sollte. ›Lass ich den Hund oben, bin ich vollkommen wehrlos. Nehme ich Ronca mit nach unten, verrät sie mich vielleicht. Doch, ich nehme sie mit. Selbst wenn sie den Fremden fröhlich anspringt, fällt der vor Schreck vielleicht um. Mit ihren sechs Monaten ist sie ja noch ein Baby, und alle Menschen sind für sie Freunde.‹

Leise öffnete Sabine die Tür und schlich mit Ronca an der Hand nach unten. Diesmal drangen Geräusche aus dem hinteren Raum. ›Jetzt versucht jemand, mit Gewalt den Schrank aufzubrechen‹, überlegte sie. Dann zersplitterte Glas. ›Das war die Scheibe vom Schrank mit den medizinischen Geräten‹, dachte sie erschrocken. Ronca bellte. Im gleichen Augenblick, als Sabine nach dem Telefonhörer auf dem Schreibtisch greifen wollte, rannte ein Mensch durch den Flur, riss die Haustür auf und verschwand in der Dunkelheit. Vor Schreck erstarrt, ließ Sabine den Hund los. Ronca rannte bellend hinter der Person her. Draußen sprang ein Motor an. ›Ein Mofa‹, dachte Sabine, zu schwach, um ans Fenster zu laufen. Der Schock saß tief.

Atemlos und fröhlich mit der Rute wedelnd, kam Ronca zurück. Ihr hatte der nächtliche Ausflug gefallen. Sabines Schock löste sich. Sie griff zum Telefon. Nach mehrmaligem Klingeln meldete sich die Polizeiwache. »Bollmann hier«, klang es nicht gerade erfreut aus dem Hörer.

»Hier spricht Doktor Büttner, in meiner Praxis ist gerade eingebrochen worden.« Sie schilderte, was geschehen war.

»Rühren Sie nichts an, ich komme.«

Sabine brachte Ronca nach oben. Fünf Minuten später kam der Polizist mit Blaulicht und Sirene. ›Mein Gott, er weckt das ganze Dorf‹, dachte sie. »Bitte, kommen Sie herein.«

Piet Bollmann stellte fest, dass die Haustür und der Praxiseingang nicht beschädigt waren. »Der hatte einen Schlüssel. Wer außer Ihnen besitzt einen Schlüssel?«

»Meine Sprechstundenhilfe und meine Haushälterin. Aber ...«

»Kein Aber. Wo ist Ihr eigener Schlüssel?«

»In meiner Tasche.« Sabine holte ihren Schlüsselbund aus der Tasche und zeigte es dem Beamten. Bollmann ging weiter und kontrollierte Fenster und Fensterläden. »Alles dicht. Morgen schicke ich einen Trupp vorbei, der nach Fingerabdrücken sucht.« Dann kamen sie in den hinteren Raum, das Licht brannte noch immer. Einer der Schränke stand offen, die Fächer waren leer. »Was war hier drin?«

»Amphetamine, die ich für die Praxis brauche.«

»Also einer, der ‚s auf Rauschgift abgesehen hat.«

»Der Schrank hatte ein vorschriftsmäßiges Sicherheitsschloss.«

Bollmann hatte sich Gummihandschuhe angezogen und untersuchte das Schloss. »Und was war in dem Schrank mit den Glasscheiben?«

»Spritzen, Instrumente, Apparate, was man als Arzt so braucht.«

»Fehlt etwas? Können Sie das feststellen?«

Sabine kontrollierte die Fächer und Schubladen. »Als das Glas zersplitterte, hat mein Hund gebellt, daraufhin ist er weggelaufen. Ich glaube, hier fehlt nichts.«

»Wir wissen noch nicht, ob's ein ›Er‹ oder eine ›Sie‹ war. Und sonst? Vermissen Sie sonst noch was?«

Sabine sah sich um, ging durch alle Praxisräume und schüttelte den Kopf. »Ich glaube, sonst ist alles in Ordnung.«

Piet Bollmann zog einen kleinen Fotoapparat aus der Tasche und machte ein paar Aufnahmen der Schränke und Türen. »Gut, rühren Sie nichts an. Morgen kommt die Spurensicherung. Erst wenn sie die Räume freigibt, können Sie hier drin aufräumen und wieder arbeiten. Ich fahre jetzt zu Lotti Habermann und zu Helga Brenner.«

»Jetzt?«

»Natürlich. Ich hab' zwar einen Verdacht, aber ich muss es genau wissen, und das so schnell wie möglich. Rauschgift, Dealer, Junkies, das ist eine ernste Angelegenheit, die meist weite Kreise zieht. Da ist nicht nur einer verdächtig, da steckt meist eine ganze Clique dahinter.«

»Und ich hatte gehofft, durch Sport die Leute von diesen Problemen wegzukriegen.«

»Ich hab's gehört, aber jetzt muss erst mal dieser Fall geklärt werden, denn Beschaffungsdelikte werden sehr ernst genommen.«

Sabine sah auf die Uhr, es war kurz nach vier. »Soll ich

Ihnen noch schnell einen Kaffee kochen? Oder ein Frühstück machen?«

»Nein, nein, erst die Arbeit, dann das Vergnügen.«

»Dann kommen Sie nach der Arbeit vorbei. Ich möchte mich doch revanchieren.«

»Rechnen Sie lieber mit der Truppe aus Soltau, die wird kurz nach acht hier eintreffen. Dann haben Sie das Haus voller durstiger Kaffeetrinker. Und wenn die fort sind, können Sie da drin wieder Ordnung schaffen.« Er wies auf die Praxisräume und reichte ihr die Hand. »Nichts für ungut, Frau Doktor. Und denken Sie daran, ich muss den Diebstahl der Rauschmittelzentrale melden. Da werden noch Nachfragen auf Sie zukommen.« Piet Bollmann setzte seine Mütze auf und verabschiedete sich. »Am besten halten Sie ein Telefon immer griffbereit auf dem Nachttisch und vergessen Sie nicht, die Schlösser auszuwechseln.«

XXI

Im »Auenkrug« ging es heiß her. So viele Gäste hatten die Wirtsleute selten. ›Nur gut, dass das Wetter wieder besser ist‹, dachte Lisbeth, ›drinnen hätte ich die Leute gar nicht alle unterbringen können. Aber so ist das immer. Tagelang lässt sich keiner blicken, aber wenn dann mal was los ist, kommen sie alle auf einmal.‹ Sie sah sich um und lächelte zufrieden. ›Ganz gleich, ob was Gutes passiert oder was Schlechtes, der ›Auenkrug‹ profitiert davon.‹

Sie brachte ein Tablett mit Limonade nach draußen, wo sich eine Gruppe von Müttern mit Kinderwagen um einen Tisch geschart hatte und eifrig diskutierte. Bei ihnen ging es um die neuen Reformen und um das Kindergeld, das anscheinend nicht ausgezahlt, sondern als Steuervergünstigung angerechnet werden sollte. »So ein Schwachsinn«, erklärte eine junge Frau. »Wenn ich für meinen Thomas Haferflocken und Milch kaufen will, dann brauch' ich das Geld jetzt und nicht in ein paar Monaten, wenn die Steuern berechnet werden.« Die Mütter nickten zustimmend. »Sie nehmen's, wie sie's kriegen können.«

Am Nebentisch saßen Gäste, die zur bevorstehenden Schleppjagd gekommen waren und über die Strecke debattierten, die sie erwandert und besichtigt hatten. ›Ja‹, dachte Lisbeth, ›am Wochenende ist es so weit, hoffentlich hält das Wetter. Bei regennassem Boden wird die Jagd zur Tortur für die Pferde.‹

Sie stellte ein Tablett mit Biergläsern auf den Tisch der Gäste. Es waren Leute aus Berlin, das hörte sie an der leicht lässigen Sprache und an den Witzen, die sie beim Reden einfließen ließen. ›Auf jeden Fall haben sie gute Laune mitgebracht. Schade, dass sie nicht bei mir wohnen. Berliner sind immer großzügig beim Geldausgeben‹, das wusste Lisbeth aus den vergangenen Jahren. ›Aber diesmal sind diese Berliner beim Lindenwirt in Immenburg abgestiegen. Schade!‹

Sie ging wieder nach drinnen, wo ihr Mann kaum mit dem Bierzapfen nachkam. ›Hier ist dicke Luft‹, dachte sie, ›und zwar nicht nur wegen Rauch- und Bierdunst, sondern wegen schlechter Stimmung. Der Einbruch im Arzthaus wird diskutiert, dabei kommt die Ärztin auch nicht gerade gut weg, und am meisten regen sich die Männer über die Polizisten auf‹, stellte Lisbeth überrascht fest. ›Dabei machen die doch nur ihre Arbeit.‹

»Konnten die nicht die Klappe halten?« Kurt aus der Gärtnerei war wütend. »Mussten sie so einen Wirbel machen?«

»Wer hat eigentlich die Zeitungen informiert?« Hin und her flogen die Wortfetzen von Tisch zu Tisch.

»Man hätte alles diskret und still erledigen sollen«, versuchte Olaf zu beschwichtigen.

»Du meinst, die ganze Sache untern Tisch kehren? Nein, das geht auch nicht.« Hermann war wie immer für Recht und Ordnung.

»Klar geht das, wenn man was will, geht alles.« Fritz schlug zur Bestätigung mit der eisernen Faust des Schmieds auf den Tisch, dass die Gläser klirrten.

»Aber es schadet unserem Dorf, und gerade jetzt, wo die zahlenden Gäste eintreffen.« Hermann, der Hausmeister im Rathaus, war wie immer um das Ansehen der Samtgemeinde besorgt.

»Die kümmert so was nicht. In den Großstädten sind Einbrüche und Verbrechen an der Tagesordnung.«

»Die hätten den Kerl am Kragen packen sollen und ab mit ihm hinter Schloss und Riegel«, verlangte Kurt.

Lisbeth merkte den Männern den Bierkonsum bereits an.

»Stattdessen suchen sie im ganzen Dorf nach Komplizen.«

»Haben ja auch welche gefunden.« Karl sah sich triumphierend um.

»Na ja, die Jugend, wenn die Geld braucht, ist nichts mehr sicher. Beschaffungskriminalität nennt man das heute.«

»Dealer müssen bestraft werden«, bestimmte Hermann. »So ein Anfang von Kriminalität ist wie 'ne Lawine. Wer weiß, was da noch kommt.«

»Ach was, der Horst hat doch kaum was gefunden. Die spärlichen Mittelchen, die die Ärztin da im Schrank hatte, sind doch nicht der Rede wert.«

»Quatsch, die Mittelchen, wie du sie nennst, ruinieren unser Ansehen in der ganzen Gegend.« Fritz war wütend und kaum zu beruhigen.

»Lotti ist ein Trottel, warum lässt sie ihre Schlüssel herumliegen?«

»Halt die Klappe, auf Lotti lass ich nichts kommen. Das ist eine ehrliche Person.« Hermann hatte schon immer ein Auge auf Lotti geworfen, aber der alte Habermann war ihm vor zwanzig Jahren zuvorgekommen.

»Sie weiß aber doch, was für ein Früchtchen der Herr Sohn ist.«

»Wer rechnet schon mit so was? Eine Mutter bestimmt nicht«, brummte Hermann vor sich hin.

»Aber die Ärztin hätte mit so was rechnen müssen. Warum hat sie so einen Mist im Haus.«

»Wo soll sie denn sonst das narkotische Zeug aufbewahren? Das muss doch schnell da sein, wenn es gebraucht wird. Außerdem war das ein gesicherter Schrank, das stand in der Zeitung.«

»So sicher, dass der Horst ihn in null Komma nichts ausräumen konnte«, brüllte der Schmied und lachte. »Der hatte ein Brecheisen dabei, damit kannste jeden Schrank aufkriegen.«

»Hausdurchsuchungen haben die veranstaltet. Meine Frau ist fast in Ohnmacht gefallen. Polizei im Haus, und das bei uns.« Kurt war noch immer wütend.

»Was ist denn nun aus dem Horst geworden?«, wollte Hermann wissen.

»Erst haben sie ihn und zwei Komplizen mitgenommen nach Soltau, und dann haben sie alle drei wieder laufen lassen.«

»Die Ärztin hat sich eingemischt und gesagt, sie passt auf, dass so was nicht wieder vorkommt. Die Burschen müssen bei ihr ,ne ganze Obstwiese umgraben. Sie musste sich Spaten und Harken von mir ausleihen.« Grölendes Lachen folgte den Worten des Gärtners.

»Und sie hat alle Schlösser auf eigene Kosten ausgewechselt«, erklärte der Schmied.

»Ist ja anständig von ihr.«

»Sie mag Lotti, deswegen bestimmt«, nickte Hermann zufrieden.

»Die Frau hat ganz schön was auf die Beine gestellt. Habt ihr das von der Fahrradtruppe gehört?«, wollte Fritz wissen.

»Ja, die wäre geplatzt, wenn die Jungen in den Knast gekommen wären.« Die Stimmen wurden leiser, und Lisbeth atmete auf.

»Jetzt bauen sie hinten im Schuppen die alten Touristenräder wieder zusammen, und bei der Schleppjagd wollen sie als Melder mitmachen.« Kurt wischte sich den Schweiß vom Gesicht. Ihm war richtig heiß geworden bei der Debatte.

»Und sie müssen an Kreuzungen Wache halten, damit kein Zuschauer über die Strecke läuft«, wusste Karl, der als Waldarbeiter den Verlauf der Schleppjagd kannte.

»Da sind die Burschen wenigstens sicher untergebracht. Voriges Jahr haben sie nur rumgelungert und sich heimlich bei den Verpflegungszelten bedient.«

»Die Wirte wollten uns dieses Jahr boykottieren«, warf Kurt ein.

»Hat ganz schön Stunk gegeben.« Olaf sprach aus Erfahrung, er hatte damals als Aushilfe an einer Würstchenbude gearbeitet und den Ärger miterlebt.

»Mehr Stunk als diese Klauerei im Arzthaus.«

»Ach Unsinn. Die Wirte kommen immer wieder. Hier ist Geld zu machen, das wissen die genau.« Beifall heischend sah Hermann sich um.

»Klar, die Zelte stehen ja schon«, nickte Olaf. Er hatte bereits den kleinen Vertrag für die Mitarbeit in der Tasche und dem Obstbauern im Alten Land für diesen Monat abgesagt. »Man kann schließlich nicht auf zwei Hochzeiten tanzen«, erklärte er seiner Frau, der die Arbeit beim Obstbauern lieber gewesen wäre, weil er dann weit fort gewesen wäre und sie ihre Ruhe gehabt hätte.

»Der Graf soll sich eingeschaltet haben.«

»Ist ja schließlich seine Schleppjagd, und seine Tochter ist diesmal dabei. Vielleicht will er sie unter die Haube bringen. Genug blaues Blut wird ja erwartet.« Alle lachten, und zwei Männer klatschten Beifall.

»Eine schöne junge Dame«, stellte Olaf fest.

»Das hat der Forstmeister auch schon mitgekriegt.«

»Weibertratsch!« Unwirsch rief Fritz nach neuem Bier.

»Ich hab's mit eigenen Augen gesehen«, grinste Karl.

»Was haste gesehen?«

»Wie sie geritten sind und wie sie abgestiegen sind und wie sie im Wald verschwunden sind.« Er kicherte anzüglich über die Beobachtungen.

»Na und? Sind schließlich freie Menschen.«

»Na hör' mal, ›ne Komtess und ›n Förster. Und dann noch ›n maulfauler Förster, der sonst mit keinem redet.«

»Heute ist alles möglich. Denk doch mal an Charles und Camilla.«

Alle lachten. ›Gott sei Dank‹, dachte Lisbeth, ›die Wogen glätten sich.‹ Sie brachte die nächste Runde an den Tisch. »Zum Wohl, meine Herren. Die Runde geht auf Kosten des Hauses.« Die Männer klatschten Beifall. Und eine neue Diskussion begann mit den Worten: »Der Bulle vom Frentzen hat sich gestern Nacht losgerissen. Er hat ...«

Beruhigt wandte sich Lisbeth anderen Gästen zu. ›So, so, der Forstmeister, und ich dachte, da bahnt sich was mit der Ärztin an.‹

Am Stammtisch stritten sich der Bürgermeister, der Pastor, der Mühlenbesitzer aus Moordorf, der Imker aus Lindenberg und vier Bauern aus Immenburg. Lisbeth griff nach einem Tablett mit sauberen Aschenbechern, um sie gegen die benutzten auszuwechseln. Sie war eine aufmerksame und ordentliche Wirtin, und neugierig war sie auch. Um was ging es wohl am Stammtisch? Die Männer saßen mit hochroten Köpfen vor ihren Gläsern, die Flasche mit »Salzhäuser Korn« vor sich auf dem Tisch. ›Schützenvereine, ich hätte es mir denken können‹, sagte Lisbeth zu sich. Das war ein Thema, das immer hochrote Köpfe erzeugte, denn die Konkurrenz zwischen den Dörfern war groß und artete meist in Drohungen und Beschimpfungen aus. Dabei ging es um Beiträge, Unterstützungen, Termine und zusätzliche Veranstaltungen. Beruhigt wandte sich Lisbeth anderen Gästen zu. ›Die Stammtischrunde weiß, was sich gehört, lautstark werden die nie, nur hochrot. – Heute und morgen kommen meine ersten Gäste‹, überlegte die Wirtin, ›übermorgen habe ich die sechs Zimmer voll. Bei solchen Veranstaltungen wünschte ich mir mehr Gästezimmer, aber im restlichen Jahr sind sechs schon fast zu viel. Die Leute fliegen lieber nach Mallorca und nach Rimini, anstatt unsere schöne Gegend zu besuchen. Und dabei reden alle von Armut und Arbeitslosigkeit und fehlenden Rentenanpassungen. Aber fürs Reisen haben sie alle Geld.‹

Lisbeth ging in die Küche. An Tagen mit vielen Gästen bat sie Floriana um Hilfe. Die Kroatin, mit einem Waldarbeiter verheiratet, war sauber, zuverlässig, fleißig und konnte sehr gut kochen. ›Ein bisschen südländisches Flair im Geschmack mögen die Gäste ganz gern‹, wusste Lisbeth, ›und mit Kräutern und Gewürzen kann sie wirklich gut umgehen.‹

In der Küche war es heiß, auf allen Herdplatten standen Töpfe. Die Berliner Wandergäste hatten ihr Abendessen im »Auenkrug« bestellt und wollten danach mit einer Kutsche nach Lindenberg zurückfahren. Die Stammtischrunde aß auch immer dienstags bei ihr, und ein paar andere Gäste würden sich zum Abendessen sicher noch einfinden.

Floriana mit weißer Kittelschürze, weißem Kopftuch und erhitztem Gesicht rührte den Teig für ihre berühmten Bierklöße, und in der Backröhre brutzelte ein überdimensionaler Schinken nach Prager Art. Verschiedene Gemüse, Soßen und Suppen verströmten ein Aroma, dass selbst der kochgewohnten Lisbeth das Wasser im Mund zusammenlief.

»Gut riecht's bei dir, Floriana, bist du in der Zeit?«

»Wie immer, alles pünktlich fertig«, lachte die junge Frau, sie kannte die Sorgen der Wirtin, die immer Angst hatte, in der Küche könnte etwas mit dem Essen geschehen, und die Gäste würden dann ihre Wirtschaft meiden. »Alles bestens, Wirtin.«

Lisbeth probierte ein paar Soßen. »Hm, lecker, wie machst du das, sie schmecken so cremig, wie Sahne?«

»Mein Geheimnis«, lachte Floriana, dann schüttelte sie den Kopf, »nein, nein, kein Geheimnis, Geheimnis heißt vollfetter Weichkäse, der macht jede Soße aromatisch und wie Creme.«

»Ich werd's mir merken, danke.« Lisbeth ging zufrieden zurück in die Gaststube.

Zu der Stammtischrunde hatte sich der Forstmeister gesellt. Die Wirtin beeilte sich und brachte ihm ein frisch gezapftes Bier. ›Gut sieht er aus, braun gebrannt, unternehmungslustig, richtig aufgeräumt‹, dachte sie und nickte ihm zu. ›Der Trubel um die Schleppjagd tut ihm gut, und wenn's stimmt mit der Komtess, dann ist er endlich mal über seinen Schatten gesprungen und hat die Einsiedelei aufgegeben. Jedenfalls für ein paar Tage. Hoffentlich ist es nichts Ernstes, täte mir Leid für die Ärztin, aber zwischen den beiden herrscht wohl nach wie vor kühle Zurückhaltung. Schade eigentlich. Die beiden würden so gut zusammenpassen.‹

Jürgen Albers zog behaglich an der Pfeife, die er sich angezündet hatte. Die Tischrunde hatte ihren Streit um die Schützenvereine beendet und sah neugierig zum Förster. »Na, läuft alles nach Plan?«

»Ich denke schon. Wenn das Wetter mitspielt, haben wir eine fabelhafte Veranstaltung«, und zum Müller gewandt: »Wann treffen die Hunde ein, hast du schon Nachricht?«

»Am Freitagabend, der Master of Hounds übernachtet diesmal auch bei uns. Er hat ein paar junge Hunde in der Meute und will in der Nähe bleiben. Er bringt zwölf Koppeln, also vierundzwanzig Foxhounds mit.«

»Das ist gut. Die Strecke ist schwer und für die kleineren Beagles vielleicht zu weit.«

»Wer teilt denn die Gruppen ein?«

»Der Jagdherr, also der Graf persönlich.«

»Und wer legt die Schleppe?«

»Komtess Francesca.«

»Was? Kennt die denn die Strecke mit all ihren Ecken und versteckten Finessen?«

»Ich bin hundert Mal mit ihr die Wege abgeritten. Sie weiß Bescheid. Aber ihr müsst daran denken, mit euren Gästen die Strecke nie zu kreuzen, an keiner Stelle, sonst verlieren die Hunde die Witterung.«

»Das wissen wir doch.«

»Aber sagt es bitte allen, die am Samstag unterwegs sind.«

»Wir haben eine Fahrradtruppe, die genau aufpasst.«

»Eine Fahrradtruppe? Seit wann gibt's denn in Auendorf eine Fahrradtruppe?«

»Hat die Ärztin aufgebaut.«

»Die Ärztin?«

»Ja, die Idee hatte Frau Doktor Büttner, und dann haben wir gemeinsam einen Coach aufgetrieben und einen Verein gegründet«, erklärte Bürgermeister Hollenbach stolz. »Alle arbeitslosen Jungs und auch ein paar Mädchen gehören dazu.«

»Donnerwetter, davon wusste ich ja gar nichts.«

»Du warst ja auch mit deiner Schleppjagd beschäftigt.«

»Und wie heißt der Verein, und wer bezahlt das alles?«

»Wir haben einen großzügigen Sponsor in Berlin, und der Verein heißt ›Auendorfer Velo-Club‹.«

»Hört sich schweizerisch an.«

»Sollte eben was Besonderes sein.«

»Und die Räder? Woher habt ihr die?«

»Die jungen Leute haben sie selbst zusammengebastelt und repariert. Irgendwie hatte jeder alte Räder oder Fahrradteile in den Scheunen und Kellern oder bei Verwandten, und jetzt haben wir dreiundzwanzig Räder. Alles alte Dinger, aber die Burschen haben hart daran gearbeitet.«

»Donnerwetter.«

»Und nächsten Monat kommen neue Geländeräder und passende Sportanzüge vom Sponsor mit seinem Logo auf dem Dress, das gehört sich so, nur, bis zur Schleppjagd hat die Zeit nicht gereicht. Die Anzüge sind nach Maß gearbeitet.«

»Das muss ein reicher Sponsor sein. Woher kennt ihr ihn?«

»Die Ärztin kennt ihn. Bei dem schrecklichen Unwetter hat sie seinem Sohn und dessen Familie das Leben gerettet. Das war doch das Tagesgespräch. Weißt du das nicht mehr?«

»Ich hatte damals so viel um die Ohren, das habe ich nicht mitgekriegt.«

Die Tür zur Gaststube ging auf. »Aha, Lisbeths Logiergäste treffen ein«, rief der Müller. »Früher hat der Zuckerkönig bei uns gewohnt, aber nach dem Feuer können wir keine Gäste mehr unterbringen.

»Ein Zuckerkönig?«

»Ja, der hat doch Zuckerfabriken in Uelzen. Ist aber ein netter und bescheidener Mann. Der könnte sich was anderes als unsere dörfliche Unterbringung leisten, er kam seit Jahren zu uns, weil er seine Ruhe haben wollte, sagte er jedenfalls Und er kommt jedes Jahr zur Schleppjagd. Diesmal hat er die Ärztin zu allen Veranstaltungen eingeladen. Das hat er mir geschrieben.«

Jürgen Albers drehte sich um und sah zur Tür. In der Öffnung stand jener Typ aus Uelzen, der ihm im Garten vom Arzthaus begegnet war. Damals klitschenass und aufgeweicht, heute aber braun gebrannt und fröhlich in die Runde winkend. Lisbeth lief ihm entgegen, begrüßte ihn hocherfreut, winkte ihren Mann zu sich, um die Koffer zu tragen, und führte ihren Gast die Treppe hinauf nach oben.

›Hm‹, dachte Jürgen Albers, ›da gibt's ja allerlei, was ich in den letzten Wochen versäumt habe.‹ Er trank sein Bier aus, stand auf, verabschiedete sich und verließ den »Auenkrug«.

XXII

Die Schleppjagd begann am Fuß des Krähenhügels, einer Erhebung am südlichen Rand der Nordheide. In der Nähe endete die Landstraße von Hundtstedt in einem großen Parkplatz für Hunderte von Autos, von dem sternenförmig Wanderwege in die Heide führten. Er bot Platz für die Reiter, die hier ihre Wagen mit den Pferdeanhängern parken, die Pferde satteln und dann die kurze Entfernung zum Sammelplatz reiten konnten. Auf einem zweiten Teil standen die gemieteten Kutschen, die von hier aus die Schleppjagd begleiteten, und der dritte Teil war für parkende Zuschauerautos abgetrennt.

Mit einem ganzen Tross von Fahrzeugen traf Graf von Rebellin ein, und pünktlich um neun Uhr waren alle Teilnehmer auf dem Abreiteplatz versammelt. Die fast hundert Reiter wurden in drei Gruppen eingeteilt. In der ersten Gruppe ritten die besten und sichersten Reiter unter der Führung des Grafen, in der zweiten Gruppe gute Reiter, die aber die Möglichkeit hatten, Hindernisse zu umreiten, die ihnen zu schwer erschienen, und in der dritten Gruppe sammelten sich die unsicheren Reiter und Kinder auf Kleinpferden, die in weiten Bögen um schwierige Strecken herumgeführt wurden und nicht springen mussten.

Etwas abseits der Pferde hatte der Master of Hounds seine aufgeregte Meute um sich versammelt. Er wurde von zwei Pikören begleitet, die für die Führung der Hunde verantwortlich waren und unterwegs dafür sorgen mussten, dass die Hunde nicht einem plötzlich aufgescheuchten Hasen folgten.

Graf von Rebellin begrüßte seine Gäste mit ein paar launigen Worten und dem Wunsch, alle glücklich und gesund abends zum Halali auf seinem Schloss begrüßen zu können. Neben ihm saß seine Tochter auf einem wunderschönen Goldfuchs. Als Schleppenlegerin hatte sie den am Sattel befestigten Kanister mit der Fuchslosung als Duftstoff bei sich. Ein Bläserchor im grünen Jägerdress spielte einen kurzen Choral. Danach ritt die Komtess zur Hügelspitze hinauf. Auf ihrem Weg musste sie regelmäßig einen Abfüllknopf am Kanister bedienen, um die stinkende Flüssigkeit tröpfchenweise auf der Strecke zu verteilen. Nach wenigen Minuten hatte die Reiterin die Hügelkuppe erreicht und verschwand auf der anderen Seite. Ohne sie zu sehen, mussten später die Hunde und nach ihnen die Reiter der Spur, die sie legen würde, folgen.

Mit großem Interesse und Vergnügen beobachtete Sabine den Beginn der Jagd. Hartmut Neuberg hatte sie kurz vor sieben Uhr mit der Kutsche abgeholt und zum Frühstück in den »Auenkrug« eingeladen. Während vor der Tür die Kutsche wartete, genoss sie Lisbeths selbst gebackene Hörnchen mit Butter, Honig und Aufschnitt, den heißen, duftenden Kaffee und das freundliche Geplauder mit den anderen Gästen.

Hartmut Neuberg sah mit Freude, dass Sabine sich in seiner Begleitung wohl fühlte, und träumte von häufigen gemeinsamen Frühstücksstunden – denen später vielleicht tägliche folgen würden? – Träume!

Als die Mahlzeit fast beendet war, schob er ein Päckchen über den Tisch. Lächelnd und beinahe um Entschuldigung bittend, sah er Sabine an. »Ein kleines Präsent für den heutigen Tag, nichts weiter als ein Andenken«, beschwichtigte er sofort, als Sabine Einspruch erheben wollte. »Bitte, nehmen Sie es, ich habe so lange überlegt, womit ich Ihnen eine angemessene Freude machen könnte, nun lassen Sie mich bitte nicht damit im Stich.«

Sabine wollte ihn nicht beleidigen, nahm das Päckchen prüfend in die Hand und bedankte sich. »Wenn aber ein Schmuckstück darin sein sollte, werde ich es nicht annehmen«, erklärte sie energisch und löste Band und Papier.

Erschrocken sah Hartmut Sabine an. »Halten Sie mich für einen Grobian, der nicht weiß, was sich gehört?«

Sabine lächelte. »Ich kenne Sie doch kaum.«

»Dann wird es Zeit, dass sich das ändert.«

Sie hatte das Papier gelöst, aber das braune Lederetui verriet nichts von seinem Inhalt. Langsam löste Sabine das Schloss und öffnete den Deckel. Auf Samt gebettet lag ein kleines, handliches Fernglas. »Oh, wie schön«, entfuhr es ihr. »Und wie praktisch für den heutigen Tag.«

»Das dachte ich auch.« Strahlend sah Hartmut sein Gegenüber an. Dass er den Optiker in Uelzen fast um den Verstand gebracht hatte, weil er sich nicht zwischen mit Gold verzierten, mit Emaille geschmückten, filigran gearbeiteten damenhaften Operngläsern und Gebrauchsgläsern für Jäger und Bergsteiger hatte entscheiden können, verriet er nicht.

»Danke, das ist ein wunderbares Geschenk. Aber wir werden es uns teilen.«

»Wie denn? Jeder bekommt die Hälfte?«, lächelte er.

»Nein, wir werden abwechselnd durchschauen.«

»Auch wieder schade, das mit dem ›abwechselnd‹. Geht es nicht auch gemeinsam? Sie mit dem rechten und ich mit dem linken Auge, so Ohr an Ohr?« Sie lachten beide. »Nein, nein, Spaß beiseite. Das Glas ist für Sie, ich habe auch eins in der Tasche.«

»Ich bin beruhigt, vielen Dank.«

Das Frühstück war beendet. Die Gäste standen auf und begaben sich zu ihren Autos, um zum Parkplatz bei Hundtstedt zu fahren und den Start nicht zu verpassen. Sie nahmen in der Kutsche Platz. Unter ihrem Sitz befanden sich ein Picknickkorb, den Lisbeth liebevoll gefüllt hatte, und ein kleiner Metallkoffer, den Hartmut erst jetzt bemerkte. »Ist das Ihr Koffer? Planen Sie eine Übernachtung? Das würde mir sehr gefallen.«

Aber Sabine schüttelte den Kopf. »Es ist mein Arztkoffer. Als ehemaliger Unfallarzt bin ich es gewohnt, bei Veranstaltungen, vor allem bei sportlichen, für den Notfall gerüstet zu sein.«

»An so etwas wollen wir gar nicht erst denken.«

»Nein, aber ich bin beruhigt, wenn ich ihn in der Nähe weiß.«

»Na gut.« Der Kutscher gab seinen Pferden ein kleines Signal mit der Peitsche, und die beiden Braunen zogen an. Auf dem Sandweg neben der Asphaltstraße fielen sie in einen flotten Trab und überholten die Autos, die sich in langer Reihe langsam zum Sammelplatz hin bewegten.

Wenige Minuten vor neun hatten sie den Kutschenplatz vor dem Krähenhügel erreicht. Der Kutscher lenkte die Pferde so, dass er abfahren und der Jagdgesellschaft folgen konnte, sobald die Reiter gestartet waren.

Sabine genoss das farbenfrohe Bild der Bläser in Grün, der Reiter in Rot, Weiß und Schwarz und der vielfarbigen Pferde. Hartmut erklärte ihr: »Es gibt bei diesen Jagden ganz genaue Verhaltensregeln und Kleidervorschriften. Kein Teilnehmer darf unterwegs seinen Vordermann überholen. Jede Gruppe wird von vier erfahrenen Reitern geführt. Der Erste bestimmt das Tempo, die anderen beiden flankieren das Jagdfeld in seiner Breite, und ein vierter Reiter schließt das Feld ab und sorgt dafür, dass niemand verloren geht.«

Als Sabine das elegante Aussehen der Reiter bewunderte, versicherte ihr Gastgeber: »Die Kleiderordnung schreibt vor, dass jeder Jagdreiter den roten Rock mit dem schwarzen Helm, den weißen Hosen und dem Plastron trägt.«

»Was ist ein Plastron?«

»Eine weiße Krawatte von drei Metern Länge, die mehrfach um den Hals gelegt und vorn mit einer Nadel festgehalten wird.«

»Drei Meter? Meine Güte.«

»Sie ist eben nicht nur eine Krawatte, sondern kann im Notfall als Verband für ein Tier oder einen Menschen genutzt werden.«

»Das ist ja fabelhaft. Allein die Idee, den Notfallverband um den Hals zu tragen, ist sensationell.«

Das Signal zum Aufbruch ertönte. Die erste Gruppe setzte sich langsam in Bewegung und folgte der Schleppenlegerin den Hügel hinauf. »Zuerst geht's langsam, bis die Pferde warm geworden sind«, erklärte Hartmut.

Als die zweite Gruppe oben über die Hügelkuppe ritt, fuhr der Kutscher los. Andere folgten. Fußgänger wanderten hinterher, ein paar Trecker mit Plattenwagen voller Bänke und Besucher starteten mit Getöse und Gestank.

Der Kutscher kannte die Strecke, er hatte, wie alle Besucher, eine Wegeskizze bekommen und wusste, wie die Strecke verlief. So dauerte es nur wenige Minuten, und seine Gäste konnten die Hundemeute und die erste Gruppe der Reiter in vollem Galopp über die Heide hetzen sehen. Während die Fahrzeuge sich an die ausgewiesenen Wege halten mussten, ritten die Reiter quer über das Land, tauchten ein in Wälder, kamen wieder heraus, preschten über die Heide und über die Hindernisse, die breit und massig immer wieder überwunden werden mussten: Mal mussten sie gefällte Bäume überwinden, mal über Gräben springen, mal Holzzäune bewältigen. Nach neunzig Minuten erreichten alle den ersten Haltepunkt. Die Hunde brauchten eine Rast. Auch Reitern und Pferden tat die Pause gut. Untrainierte zweibeinige und vierbeinige Teilnehmer waren nass vor Schweiß, und ein Tierarzt schritt zwischen den Pferden auf und ab, um die Verfassung der Tiere zu kontrollieren. »Für die Pferde wird gesorgt, aber wie sieht es mit den Reitern aus. Sind hier auch Ärzte unterwegs?«, fragte Sabine.

»Unterwegs nicht. Aber es gibt einen zentral gelegenen Sammelplatz vom Roten Kreuz mit einem Zelt und einem Krankenwagen für Notfälle.«

»Von der Schleppenlegerin ist nichts zu sehen.«

»Die macht ihre Pause ein Stück entfernt, damit sie nachher ihren Vorsprung behält«, erklärte Hartmut.

Der Graf stand inmitten von Reitern und Gästen und fühlte sich sichtlich wohl als Jagdherr. Es wurde gegessen und getrunken und gelacht und viel, viel diskutiert: die Schönheit der Gegend, die Tradition der Veranstaltung, die Schwere der Hindernisse, das Tempo, das unbekannte Ziel ...

Sabine und Hartmut hatten sich unter die Menschen gemischt, tranken einen Korn, weil der Graf alle einlud, und besprachen mit dem Kutscher den nächsten Streckenabschnitt.

»Ich möchte nach der zweiten Pause eine Abkürzung fahren«, zeigte er auf der Skizze. »Wir versäumen nichts, kommen dann aber schön dicht an die schwierigste Stelle der ganzen Strecke und können vom Schleppenleger bis zum letzten Reiter alle ganz nah sehen.«

»Was für eine Stelle ist das?«

»Hier. Das ist eine sumpfige Stelle mit einem Wassertümpel. Die Pferde müssen mittendurch und gleich danach über einen Stoß Birkenstämme springen. Das ist schwierig, weil die Pferde vom Morast und dann von der Nässe schwer und müde werden. Da landen viele Reiter im Teich.«

»Na, ich weiß nicht, ob das sehenswert ist. Wir wollen doch Spaß haben und keine Angst.«

»Es passiert nichts Schlimmes, das Wasser ist höchstens dreißig Zentimeter tief, aber wenn die feinen Herren dann aus der braunen Brühe rauskommen, dann gibt's tosenden Applaus. Und viele Pferde galoppieren fröhlich und vom Reiter befreit weiter hinter den Hunden her.«

Hartmut sah Sabine an. »Sollen wir uns das ansehen?«

Sabine zuckte mit den Schultern. »Ich weiß nicht.«

Der Kutscher ermunterte sie: »Doch, doch, das müssen Sie sehen. Das ist ja der Höhepunkt. Und das wissen auch alle. Die

Strecke wird in jedem Jahr so gelegt, dass der Teich einbezogen ist.«

Hartmut nickte. »Richtig, ich erinnere mich. Das ist tatsächlich eine Gaudi. Na gut, fahren Sie uns später hin.«

»Und wie wird im Wasser die Schleppe gelegt?« Sabine wollte alles genau wissen.

»Da ragt überall Gras und Gestrüpp und Schilf aus dem Wasser, für die paar Tropfen reicht es, und die Hunde wittern die Losung schon von weitem«, versicherte der Kutscher.

Die zweite Pause wurde eingelegt. Die Gesellschaft war leiser geworden. Die großspurigen Reden einiger Reiter waren verstummt. Viele nutzten die Rast, um sich abseits der Menge ins Heidekraut zu legen und zu verschnaufen. Die Pferde schlugen mit den Schweifen nach den Bremsen, die, vom Schweißgeruch angezogen, die Pferde attackierten.

Hartmut zog den Picknickkorb unter dem Sitz hervor. Gemeinsam mit dem Kutscher verspeisten sie Lisbeths knuspriges Brot, Forellensalat, Hühnchenkeulen, die harten Eier und herzhaften Bergkäse aus den Abruzzen, wie Sabine am Papier erkannte. »Sie hat uns italienischen Käse mitgegeben«, lachte sie, »dabei gibt es hier so delikate Sorten.«

»An dem Käse bin ich schuld. Ich esse ihn gern und habe ihn extra für heute in Uelzen besorgt.«

»Er schmeckt wirklich gut«, nickte Sabine, biss herzhaft in eine dicke Scheibe und lauschte den Gesprächen einiger Reiter: »Am Birkenrick wäre ich fast im hohen Bogen abgeflogen.«

»Ja«, kicherte eine Dame, »ich wäre da auch fast in Wohnungsnot geraten.«

»Aber mir ist was passiert, das hätte ins Auge gehen können«, unterbrach sie ein anderer.

»Was war los?«

»Ich hatte hinter mir einen Reiter, der konnte sein Pferd nicht halten. Dauernd saß er mir im Rücken. Ich habe ihm ein paarmal zugerufen, er soll sein Pferd zurückhalten, aber ich glaube, der hatte Korn statt Kaffee zum Frühstück getrunken.«

»So was sollte verboten sein. Und wie ging es weiter?«

»Wir kamen auf den schmalen Weg links von dem Heuschober, als er wieder an meinem Sattel klebte. Dann kam eine Kurve, und direkt vor uns war ein Stapel Klafterholz quer über den Weg geschichtet; Keine Chance auszuweichen. Die Pferde waren in vollem Galopp, die heizten sich natürlich auch gegenseitig auf. Der Typ sah dann wohl doch die Gefahr, gab seinem Pferd die Sporen, sprang direkt vor mir über den Holzstoß und flog in hohem Bogen aus dem Sattel. Meine Carina war schon in der Luft, als der Typ sich zusammenkrümmte und hinter den Holzstoß rollte. Ich merkte direkt, wie sich Carina streckte, um ihn nicht zu berühren, und in einem hohen Satz flogen wir beide, also mein Pferd und ich, über ihn hinweg.«

»Du lieber Himmel, das hätte ja fürchterlich ausgehen können.«

»Der Schlussreiter hatte alles beobachtet und zog den Mann sofort aus dem Verkehr. Jetzt sitzt er auf einem der Trecker und muss von da aus zuschauen. Aber sein Pferd ist bis nach vorne durchgepprescht und hat eine Menge durcheinander gebracht. Ich weiß nicht, ob man es inzwischen eingefangen hat.«

»Für solche Reiter ist die Jagd natürlich vorbei.«

»Das spricht sich rum, der wird auch andere Jagden nicht mehr mitreiten dürfen.«

»Hoffentlich, man sollte sich den Namen auf jeden Fall merken.«

»Ich weiß nur, dass sein Pferd Falco hieß, er hat es immer wieder mit dem Namen angefeuert.«

»Der Schlussmann wird wissen, wer er ist. Der muss so etwas melden.«

Die Gespräche zogen hin und her, und einmal grinste Hartmut, als ein Reiter erzählte: »In einem Graben, aber an den kommen wir erst noch, ist mal ein Reiterkumpel ertrunken. Er wollte beweisen, dass sein Pferd auch in dem schmalen Graben galoppieren kann, und dann blieben die beiden stecken und versanken im Morast.«

Sprachlose Stille! Dann erzählte er weiter. »Seitdem legen wir jedes Mal, wenn wir an den Graben kommen, einen Kranz für ihn nieder.«

Weiterhin sprachlose Stille! Dann ein anderer Reiter: »Und heute? Wo ist der Kranz?«

»Ein Kumpel in der dritten Gruppe hatte ihn seinem Pferd um den Hals gehängt, weil man ihn so schlecht selbst tragen kann.«

Einige Reiter sahen suchend zu der dritten Gruppe hinüber. »Und wo ist das Pferd mit dem Kranz?«

»Der Gaul hat ihn aufgefressen, aus der Kranzniederlegung wird in diesem Jahr wohl nichts.«

Einige Reiter grinsten, andere waren noch immer sprachlos, und Hartmut flüsterte: »Die Geschichte wird jedes Jahr erzählt, manche glauben sie, andere halten sie für einen makabren Scherz. Reiter sind im Erfinden solcher Geschichten noch fantasievoller als Jäger mit ihrem Latein.«

Sabine sah ihn unsicher an. »Nur ein Scherz?«

»Na ja, ein bisschen Wahrheit wird wohl dabei sein, vielleicht hat es da wirklich mal einen Sturz gegeben, aber dann, beim Erzählen gibt jeder seinen Senf dazu, und schon entsteht eine Geschichte, die jedes Jahr makabrer wird.«

Die Bläser gaben das Signal zum Aufbruch, die Reiter zogen die Sattelgurte fest und saßen auf. Man sammelte sich in den zugeteilten Gruppen und wartete auf den Aufbruch. Sabine sah sich um. Sie wunderte sich, dass Jürgen Albers überhaupt nicht zu sehen war. Er war weder unter den Reitern noch unter den Organisatoren, noch im Gefolge das Grafen. Sie stieg in die Kutsche, um einen besseren Überblick zu haben. »Suchen Sie jemanden?«, fragte der Kutscher.

»Ja, den Forstmeister, er hat das alles mitorganisiert, und nun ist er nicht dabei?«

»Der ist im Wald unterwegs, der beobachtet aus der Ferne, dass keiner die vorgeschriebene Strecke verlässt. Und das letzte Stück wird er wohl in der Nähe der Schleppenlegerin reiten. Es ist ein schwieriges Stück für eine Frau.«

Sie fuhren durch einen Wald. In der Ferne hörten sie das Geläut der Hunde, die hechelnd und bellend der Spur des ›Fuchses‹ folgten. Dann erreichten sie ein offenes, sumpfiges Gelände. In kleinen Tümpeln spiegelte sich immer wieder der Himmel.

»Wir sind jetzt vor den Reitern«, erklärte der Kutscher stolz. »Die Strecke verläuft in einem Bogen da drüben.« Er zeigte mit dem Peitschenstiel auf ein Gebiet jenseits der Tümpel. Zahlreiche Wacholdersträucher und kleine Birkengruppen wuchsen am Rand des Sumpfs. »Da drüben geht's gleich durch einen kleinen Wald, dann kommt die Stelle mit dem Teich und den aufgestapelten Birkenstämmen, die sind dann das letzte Hindernis. Da fahren wir jetzt hin.«

Sie waren tatsächlich unter den ersten Zuschauern. Der Kutscher fuhr auf eine kleine Anhöhe, und sie hatten einen guten Überblick.

Das Hundegebell kam näher. Dann sah man die Schleppenlegerin.

Mühsam galoppierte der Goldfuchs über die Heide und dann ins Wasser. »Das Pferd ist müde«, murmelte der Kutscher. »Wenn sie sich nicht beeilt, überholen sie die Hunde, und wenn denen dann die Spur fehlt, stieben sie in allen Richtungen davon.«

Sabine erkannte, dass auch die Reiterin am Ende ihrer Kräfte war.

Erschöpft klopfte sie mit ihren Schenkeln gegen die Flanken des Pferdes, aber wirklich antreiben konnte sie es nicht mehr.

»Wenn das mal gut geht«, murmelte der Kutscher. »Geländepferde brauchen Herz und Courage für solch einen Ritt, und beides hat der Gaul nicht mehr.«

Der Goldfuchs fiel in einen langsamen Trab und stolperte ein paar Mal. Die Reiterin nahm die Gerte zur Hand und munterte ihn mit leichten Schlägen auf. Langsam näherten sich die beiden dem Ufer. »Das schafft der nie«, flüsterte der Kutscher.

Überall wurden Stimmen laut. Und wieder trieb die Reiterin das Pferd mit einem Gertenhieb an. Das Pferd versuchte noch einmal zu galoppieren. Wasser troff von seinem Fell, und die Tropfen glänzten wie Diamanten in der Sonne. Dann kam der Sprung ans Ufer. Die Zuschauer klatschten Beifall. Danach folgte der Sprung über die breiten Birken. Ein Stolpern, ein Aufschrei, das Pferd blieb an den weißen Baumstämmen hängen, die Reiterin flog über seinen Hals und seinen Kopf auf die andere Seite des Hindernisses. – Aber da war Sabine bereits mit ihrem Arztkoffer unterwegs. »Haltet die Hunde und die Reiter auf«, rief sie den Menschen zu, die wie erstarrt dem Drama zusahen. Das Pferd trat um sich, fand aber keinen Halt und blieb schließlich erschöpft auf den Stämmen liegen. Sabine hatte das Hindernis erreicht, lief auf die andere Seite und fand die Reiterin besinnungslos auf dem Boden. Im gleichen Augenblick hielt Jürgen Albers neben ihr, sprang von seinem Pferd und kniete neben der Ärztin. »Mein Gott, wie konnte das passieren?«

»Pferd und Reiterin waren vollkommen erschöpft.« Sabine löste das Halstuch der Reiterin, öffnete die Jacke und tastete am Hals nach dem Puls. Erschrocken schüttelte sie den Kopf. »Hier ist gar nichts mehr«, flüsterte sie, griff nach ihrem Koffer, öffnete ihn und legte sich das Stethoskop um. Mit wenigen Handgriffen hatte sie die Bluse geöffnet und horchte nach den Herztönen. »Doch, es schlägt, aber sehr schwach.« Sie zog eine Spritze auf und spritzte ein Mittel in die Armvene. Dann horchte sie wieder die Brust ab. Sie nickte. »Es wird besser.« Neben ihr kniete jetzt auch Hartmut Neuberg. »Kann ich helfen?«

»Halten Sie die Hunde und die Reiter fern. Sie dürfen hier nicht drüberspringen.«

Erschrocken sprang der Forstmeister auf. »Um Himmels willen, die Hunde sind schon im Teich.« Er rannte um das Hindernis herum, löste den Kanister mit der Fuchslosung vom Sattel, sprang auf sein Pferd und jagte damit vom Hindernis weg in den nahen Wald. Die Zuschauer riefen und winkten, aber weder der Houndsman noch die Piköre, noch die nachfolgenden Reiter begriffen, was man ihnen zurief. Sie folgten den Hunden und diese dem Geruch des ›Fuchses‹. Aber als sie den Teich durchquert und wieder festen Boden unter sich hatten, änderten die Hunde abrupt die Richtung und rasten dem Wald entgegen. Die nachfolgenden Reiter waren endlich stutzig geworden, mäßigten das Tempo und sahen schließlich das Pferd auf dem Hindernis und die stumm und hilflos neben den Stämmen stehenden Zuschauer.

Sabine löste den Reiterhelm der Komtess und untersuchte den Kopf. Eine offene Wunde konnte sie nicht ertasten, ob es innere Verletzungen gab, konnten nur Röntgenaufnahmen zeigen. Und dann plötzlich kniete der Graf neben ihr und streichelte das Gesicht der Besinnungslosen. Sabine kannte ihn nicht, hörte aber durch Zurufe, um wen es sich handelte. »Ich bin Ärztin, ich habe der Komtess eine Spritze gegeben. Ihr Herzschlag war sehr schwach, ich musste sie stabilisieren.«

»Was ist passiert? Was fehlt meiner Tochter?«

»Sie ist schwer gestürzt. Pferd und Reiter waren sehr erschöpft, als sie hier ankamen.«

»Und jetzt? Was fehlt ihr?«

»Das kann ich ohne genaue Untersuchungen nicht sagen. Sie muss so schnell wie möglich in ein Krankenhaus. Rufen Sie den Rettungsdienst. Besser wäre ein Hubschrauber.«

Einige der umstehenden Männer griffen nach ihren Handys, andere versuchten, das Hindernis auseinander zu nehmen, um das Pferd freizubekommen. Jürgen Albers kam zurück und begrüßte den Grafen. Wütend drehte sich der Jagdherr zu dem Förster um. »Wie konnte das passieren? Sie wollten doch in ihrer Nähe bleiben und aufpassen.«

»Ich habe sie gewarnt, und beim letzten Stopp habe ich ihr angeboten, ihr Pferd gegen meines zu tauschen. Aber sie hat mich nur ausgelacht und erklärt, das verstoße gegen die Tradition. Ich konnte sie schließlich nicht zwingen, sich auf mein Pferd zu setzen.«

»Aber Sie hätten ... Es wäre Ihre Pflicht ge...«

Wütend sah Sabine die beiden Männer an. »Bitte streiten Sie sich woanders und halten Sie die neugierigen Leute fern. Zuschauer kann ich hier nicht gebrauchen.«

Eine fremde Frau kam und brachte eine Decke. »Bitte, legen Sie die Dame doch wenigstens auf eine Decke.« Zwei Männer kamen und wollten nach der Verletzten greifen. »Halt, sind Sie verrückt?«, fuhr die Ärztin dazwischen. »Die Verletzte darf nicht bewegt werden, wir wissen doch gar nicht, ob sie innere Verletzungen hat und ob der Rücken in Ordnung ist.« Sie nahm aber die Decke und legte sie der Komtess über. »Wärme kann nie schaden.« Sabine setzte sich neben die Bewusstlose, hob ihre Augenlider und kontrollierte die Augen, die Atmung und ihren Puls.

Die Männer hatten das zitternde Pferd befreit und brachten es zu den anderen. Hartmut Neuberg zog seinen Pullover aus, und Sabine rollte ihn zusammen und schob ihn der Verletzten vorsichtig unter den Kopf. Der Graf kniete wieder neben seiner Tochter. »Wie geht es ihr?«, flüsterte er.

»Ich hoffe, sie hält durch, die Atmung macht mir Sorgen. Bleiben Sie bitte in der Nähe, vielleicht muss ich sie beatmen, dann brauche ich Hilfe.«

»Der Krankenwagen ist unterwegs, und einen Hubschrauber habe ich auch angefordert. Wie konnte das bloß passieren? Sie ist so eine gute Reiterin.«

»Das Pferd war total erschöpft, und sie hatte auch keine Kraft mehr, das sah man von weitem.«

»Hätte ich ihr bloß ein anderes Pferd gegeben. Aber sie wollte ihr eigenes reiten, und dabei hatte der Forstmeister schon vor Tagen gesagt, der Goldfuchs eigne sich nicht fürs Gelände.«

»Dann dürfen Sie ihm jetzt keinen Vorwurf machen.«

»Das ist leichter gesagt als getan. Ich habe mich ganz auf ihn verlassen.«

Plötzlich ging ein Ruck durch die Komtess, dann musste sie husten, und ein Schwall hellrotes Blut schoss aus ihrem Mund.

»Oh, mein Gott«, entfuhr es dem Grafen.

Sabine drehte deren Kopf zur Seite, damit das Blut abfließen konnte. »Halten Sie den Kopf etwas hoch und seitlich, damit sie nicht erstickt.« Sie griff nach Mulltüchern, um den Mund und das Gesicht zu säubern. Dann horchte sie den Brustkorb ab. »Wahrscheinlich sind Rippen gebrochen, und diese haben die Lunge verletzt«, flüsterte sie dem entsetzten Vater zu.

Die Zuschauer zogen sich diskret zurück. Die Reiter standen mit ihren Pferden in einiger Entfernung und diskutierten den Sturz.

Endlich traf der Krankenwagen mit dem Notarzt ein. Sabine erklärte die Lage. Unter Aufsicht der beiden Ärzte legten zwei Sanitäter die Verletzte auf eine Trage, deckten sie zu und gurteten sie fest. Schließlich ertönte das näher kommende Rotorengeräusch eines Helikopters.

Der Forstmeister lief auf eine offene Heidefläche und winkte den Piloten herunter. Ein Arzt und zwei weitere Sanitäter sprangen aus der Maschine und brachten ihre Hilfsgeräte mit. Sabine erklärte noch einmal, was passiert war und was sie unternommen hatten. »Mehr konnten wir nicht tun.« Behutsam wurde Francesca von Rebellin zum Helikopter getragen. Der Graf flog mit ihr davon.

Lähmende Stille und tiefe Betroffenheit lagen über dem Land, als das Motorengeräusch verstummte. Alle Festivitäten wurden abgesagt. Geländekundige Reiter führten die Teilnehmer auf gefahrlosen Wegen zurück zum Sammelplatz.

Es dämmerte bereits, als der Kutscher seine Gäste durch die Heide zurück nach Auendorf fuhr. In einiger Entfernung folgte ihnen ein einsamer Reiter. Der Kutscher drehte sich um und sagte leise. »Der Förster fühlt sich verantwortlich für den Unfall, er gibt sich die Schuld.«

XXIII

Dicker grauer Novembernebel hüllte die Wacholderbüsche ein. Geisterhaften Wesen gleich, standen sie einzeln oder in Gruppen beieinander, umwoben von den weißen Schleiern, mit denen der Herbst Abschied nahm und dem Winter seinen Platz anbot.

Träge Stille lag über dem Land. Die Felder waren bestellt, die Gärten abgeerntet, die Teiche leer gefischt und viele Männer wieder zu Hause – arbeitslos und gelangweilt, denn die Saison bei den Obstbauern, auf den Kartoffelfeldern, in der Rübenernte war zu Ende, und die Männer verbrachten die Zeit in Küche und Kneipe. Der Alkohol floss in Strömen, und mit ihm floss das schwer verdiente Geld aus dem Haus.

Nur der Schäfer zog mit der Herde zufrieden seine Runden. Er liebte jede Jahreszeit und den Herbst am allermeisten. Es war für ihn die Zeit der Ruhe und Besinnung. Die Tiere waren wohlgenährt und mit einem dicken Fell für den Winter gerüstet. Wenn er jetzt über die Hügel wanderte, traf er selten einen Menschen, denn die Fremden hatten Angst, sich im Nebel zu verirren und im Moor zu enden.

Hin und wieder sah er den Förster. Der lebte nach dem Unfall noch einsamer und zurückgezogener als früher im »Heidehaus« oder war allein im Wald, denn die Arbeit im Revier ging weiter. Bäume mussten gefällt, die Stände für die Wildfütterung geprüft und instand gesetzt und die Hochsitze für die kommenden Jagden repariert werden. Meist war der Forstmeister auf seiner Stute unterwegs, denn vom Pferd aus hatte er den besten Überblick über das Wild. Vor dem Pferd flohen die Tiere nicht, denn sein Geruch war stärker als der des Menschen, und so konnte er aus der Nähe die Tiere zählen, feststellen, ob kranke oder verletzte darunter waren und welche er zum Abschuss freigeben konnte. Im Oktober hatten seine Arbeiter Eicheln und Kastanien für die Fütterung im Winter aufgekauft, Heu eingelagert und den Lastschlitten repariert. Wenn er jetzt noch die bestellten Salzlecksteine auf den Pfosten befestigen ließ, war für Wald und Wild bestens gesorgt.

Im »Heidehaus« angekommen, setzte sich Jürgen Albers an den Schreibtisch, um die Jagdzeiten im Kalender einzutragen und die Teilnahme an den Jagden festzulegen. Er musste die einzelnen Termine mit den Revierförstern und mit den Pächtern der Privatwälder koordinieren und Überschneidungen auf jeden Fall vermeiden. Eine Arbeit, die er jedes Jahr fürchtete, denn er liebte das von ihm gehegte Wild; eine Arbeit, die aber unbedingt nötig war, denn der Bestand musste reguliert, alte, kranke und verletzte Tiere mussten abgeschossen werden. Ganz gleich, ob Rot-, Reh-, Schwarzwild oder Hasen, er musste die Bestände reduzieren. Nur seine mühsam aufgebaute Mufflonherde wollte er schützen.

Auf dem Hof fuhr ein Geländewagen vor, das hörte er am Motorengeräusch. Er sah zum Fenster, konnte aber nichts erkennen, zu dicht war der Nebel. Einen Augenblick später klingelte es an der Haustür. Die Hunde sprangen auf und bellten. Jürgen Albers blieb sitzen und arbeitete weiter. Grete war noch im Haus, sie würde öffnen. Dann klopfte es an der Bürotür, und auf sein unwirsches ›Herein‹, denn er wollte nicht gestört werden, kam Sabine Büttner ins Büro.

»Entschuldige, wenn ich dich störe, aber ich habe einen Anruf bekommen, mit dem ich allein nicht fertig werde.«

Jürgen Albers stand auf und reichte ihr die Hand. »Dass du noch weißt, wo ich wohne?«

»Dasselbe könnte ich dich fragen. Aber du warst in den letzten Wochen so beschäftigt, dass ich nicht gewagt habe, dich zu behelligen. Und auch heute scheine ich einen ungünstigen Augenblick erwischt zu haben. Aber Piet Bollmann hat mich angerufen und gebeten, zum Streifenmoor zu kommen. Und ich finde in dem Nebel nicht den Weg.«

»Was macht der Polizist im Streifenmoor?«

»Zwei Kinder sind dort gehört worden, und nun sucht man sie. Er meint, sie brauchen vielleicht ärztliche Hilfe.«

Jürgen Albers war bereits an der Tür. »Dann nichts wie hin.« Er griff nach seinem Lodenmantel und dem grauen Jägerhut und hielt ihr bereits die Haustür auf, als er Jogas und Basco rief. »Ich nehme meinen Wagen und die Hunde. Du kannst bei mir mitfahren oder in deinem Auto nachkommen.«

Sabine war erschrocken über seine unfreundliche Art. »Ich möchte mit dir fahren, sonst verliere ich vielleicht den Anschluss. Ich muss nur noch meinen Arztkoffer, die Notfallgeräte und ein paar Decken holen.«

Jürgen Albers war bereits eingestiegen, ließ den Motor an und wendete. Sabine holte ihre Sachen, deponierte sie in seinen Wagen und stieg ein. Sie hatte die Tür noch nicht geschlossen, als er bereits Gas gab.

Er entschuldigte sich nicht, aber er erklärte: »In einer halben Stunde ist es dunkel, dann habe sogar ich Probleme bei dem Nebel. Mit dem Streifenmoor ist nicht zu spaßen.«

Dann schwiegen beide. Der Forstmeister musste sich auf die Fahrt konzentrieren, und Sabine wollte nicht schon wieder stören. Der Weg wurde immer schlechter, schmaler und unübersichtlicher.

»Wir kommen jetzt an eine sehr schwierige Stelle. Ich fahre ganz langsam. Mach' bitte deine Tür so weit auf, dass du unten den Weg sehen kannst. Rechts von uns ist jetzt ein Graben, ich muss dicht an seinem Rand weiterfahren, sonst rutschen wir auf meiner Seite ins Moor. Also achte ganz genau auf den Grasrand und dirigiere mich. Ich will weder rechts noch links abrutschen, und vorne sehe ich selbst nichts mehr vom Weg.«

Sabine starrte auf die Grasbüschel, die den Grabenrand markierten, und rief: »Mehr rechts, halt, mehr links, langsam geradeaus, mehr nach rechts, weiter, weiter, langsam, mehr nach links.«

Nach etwa sieben Minuten hielt Jürgen Albers. Schweiß bedeckte sein Gesicht. »Wir kommen jetzt auf einen Knüppeldamm, wenn wir den hinter uns haben, sind wir am Streifenmoor.« Er machte die Scheinwerfer an, aber das Licht prallte gegen die dichte graue Nebelmasse. »So sehe ich überhaupt nichts mehr. Also weiter dirigieren. Jetzt gibt's aber keinen Grasrand mehr, jetzt siehst du nur noch die grauen Enden der Holzstangen und das moorige Wasser. Also gut aufpassen.«

Und weiter ging die Fahrt. Jeder Fußgänger wäre schneller gewesen. ›Vielleicht sollten wir wirklich zu Fuß gehen‹, dachte Sabine, ›aber dann blockiert der Wagen den schmalen Weg, und keiner kommt mehr daran vorbei.‹ So dirigierte sie den Fahrer weiter, immer in der Gewissheit: Wenn wir abrutschen, ist es allein meine Schuld. Auch sie spürte, wie sich ihr Gesicht mit Schweiß überzog. ›Angstschweiß‹, dachte sie und merkte, wie sich die unangenehme Feuchtigkeit in ihren Achselhöhlen und am Rücken breit machte.

Endlich hatten sie den Knüppeldamm hinter sich. Am Streifenmoor entlang wurde der Weg wieder breiter. Dann verwandelte sich der Nebel in eine helle Wand. Albers schaltete die Scheinwerfer an, nicht, um besser sehen zu können, sondern, um selbst gesehen zu werden. Nach wenigen Minuten hatten sie ihr Ziel erreicht. Der Polizeiwagen von Piet Bollmann parkte am moorigen Ufer, und einige Männer mit Halogenlaternen standen am Rand der trüben Wasserfläche. Albers hielt, und beide stiegen aus. »Was ist passiert?« Der Förster wischte sich den Schweiß vom Gesicht und stellte den Motor ab.

Bollmann wies auf drei Männer. »Die Torfstecher haben Kinderstimmen gehört und zurückgerufen, um zu hören, woher die Stimmen kommen.«

»Und wo sind die Kinder jetzt?«, fragte Sabine besorgt.

Der Polizist zuckte mit den Schultern: »Wenn wir das wüssten.«

»Sie rufen nicht mehr«, sagte einer der Torfstecher, »aber die beiden Stimmen kamen aus dieser Richtung.« Er deutete mit dem Arm direkt auf die Wasserfläche. Für einen Augenblick legte sich lähmende Stille über die Menschen. »Da weiter drinnen ist eine kleine Insel«, erklärte ein anderer Mann. »Wenn sie die erreicht haben, sind sie wenigstens erst mal auf festem Boden.«

»Und wie erreicht man diese Insel mitten im Moor?« Entsetzt sah Sabine den Förster an.

»Bei Dunkelheit und Nebel gar nicht«, erklärte er schonungslos, »wir brauchen Boote, Bretter, Leitern, alles, was man übers Moor schieben kann Und genau das haben wir nicht.«

»Ich habe die Freiwillige Feuerwehr in Auendorf alarmiert, aber deren Gerätewagen ist zu breit für den Knüppeldamm. Nun wollen sie versuchen, Hilfe aus Soltau zu bekommen.«

»Um Gottes Willen«, rief Sabine, »das dauert doch alles viel zu lange. Es ist eisig kalt, und die Kinder sind wahrscheinlich nass.« Aus der Ferne war plötzlich wieder ein Hilferuf zu hören. Alle schwiegen. Dann hörten sie noch einmal ganz leise »Hilfe!« und dann nichts mehr.

Und Sabine wusste, da hatte ein Kind mit seiner allerletzten Kraft gerufen. Höchste Eile war geboten. »Ich habe aufblasbare Luftpolster im Notfallsack. Vielleicht kann man sie wie Minischlauchboote über das Moor schieben.«

»Ich lass die Hunde los. Sie finden mit Sicherheit die Kinder, und wir haben den genauen Standort.«

»Und wenn die Kinder sich vor deinen Hunden fürchten und wegzulaufen versuchen?«

»Die Hunde halten Abstand, genau wie beim Wild, das sie aufspüren. Aber die Kinder wissen dann wenigstens, dass Hilfe unterwegs ist, dass man sie sucht.«

Sabine lief zum Auto des Försters und holte den Notfallsack. Der Förster ließ die Hunde frei und rief ihnen einige Kommandos nach. Der Polizist telefonierte mit dem Rettungsdienst.

Sabine fragte den dritten Torfstecher: »Wie kommen die Kinder denn bloß bei diesem Wetter so tief ins Moor?«

»Wir denken, sie sind vom Kinderheim in Harkenscheidt. Das liegt hier genau gegenüber in einem Waldgebiet. Vielleicht wollten sie ausreißen und dachten, das sei das ideale Wetter.«

»Aber wie sind sie durch Wasser und Moor bis zur Insel gekommen?«

»Es gibt immer wieder kleine Inselchen, Grasbüschel und Moorplatten. Wenn man leicht ist und geschickt, kann man vielleicht von Büschel zu Büschel springen. Es war zwar neblig, aber noch hell, als wir sie zum ersten Mal gehört haben.«

Die Plastikkissen waren aufgepumpt. Aus der Ferne hörten sie die Hunde bellen. »Sie haben die Kinder gefunden.«

»Ja, das ist die Richtung zu der Insel«, nickte Bollmann.

»Worauf warten wir dann noch?« Sabine zog sich bereits die Schuhe und den Mantel aus. »Ich schwimme rüber«, erklärte sie und streifte den Rock ab.«

»Kommt nicht in Frage.« Jürgen Albers legte ihr den Mantel wieder über die Schultern. »Das ist Männersache.«

»Unsinn. Ich bin die Leichteste. Mich trägt so ein Polster, euch nicht.«

»Der Förster hat Recht.« Piet Bollmann streifte seine Stiefel ab. Er sah die Torfstecher an, die sich einer hinter dem anderen versteckten. »Los, wer ist am leichtesten von euch?«

Einer hob die Hand. »Dann komm, worauf wartest du noch? Zieh alles aus. Es wird zwar kalt, aber du musst ja mit den Armen rudern, und das wärmt dann wieder.«

»Können wir die Männer mit Stricken sichern?«, fragte Sabine leise.

»Nein, die Insel ist zu weit entfernt«, erklärte der dritte Torfstecher.

Die beiden Männer hatten nur noch Unterhosen an, als sie die roten Plastikkissen vorsichtig ins Wasser schoben, sich mit dem Oberkörper auf die Polster legten und vom Ufer abstießen. Die hereinbrechende Dunkelheit verschluckte sie sofort.

»Ich hoffe, die Dinger sind wasserdicht«, flüsterte der Forstmeister.

»Ich auch«, erwiderte Sabine und sah sich fröstelnd um.

»Wann hast du sie das letzte Mal gebraucht?«

»Noch nie.«

»Was, du weißt gar nicht, ob sie dicht sind? Himmel, wenn die nicht wasserdicht sind ...«

»Deshalb wollte ich die Männer mit Stricken sichern oder selbst schwimmen.«

»Und dein Leben riskieren?«

»Ich bin Ärztin.«

»Das weiß ich.« Jürgen Albers rief in die dunkle Stille: »Meldet euch. Wir müssen den Kontakt halten.«

»Okay, alles in Ordnung, aber verdammt kalt und nass.«

In Abständen riefen sich die Männer etwas zu. Sabine zog sich wieder an und sah fröstelnd in die Dunkelheit. Dann kam der Ruf: »Wir haben die Hunde erreicht. Sie kauern auf zwei Moosplatten. Von den Kindern ist nichts zu hören.« Und wenig später: »Wir sind auf der Insel.« Dann: »Wir haben die Jungs.« Und wenig später: »Sie sind beide bewusstlos. Einer ist sehr kalt, eisig kalt ...«

»Oh Gott«, flüsterte Sabine. »Sie sollen sich beeilen.«

Jürgen Albers brüllte in die Nacht: »Beeilt euch, verdammt noch mal.« Dann rief er die Hunde zurück und drehte seinen Wagen so, dass die Scheinwerfer das kleine Stück Heide am Rand des Wassers beleuchteten.

Sabine legte Decken, Spritzen, das Stethoskop und Verbände bereit. Danach musste sie nur noch warten. Endlich hörte man die heiseren, erschöpften Stimmen der beiden Männer, dann das leise Plätschern des Wassers, und endlich waren sie am Ufer.

Sie zogen die kleinen Plastikkissen an Land, halfen den Männern wieder auf die Beine, legten die Kinder auf das Ufer und zogen ihnen die nasse Kleidung aus. Sabine hüllte sie in die Decken. Einer der Jungen atmete kräftig, bei dem zweiten hatte der Atem bereits ausgesetzt.

»Massieren«, rief sie den Männern zu, »kräftig massieren, Arme, Beine, den ganzen Körper«, und zeigte auf den Jungen, der noch atmete. Sie selbst bemühte sich um den zweiten, kontrollierte, ob Mund und Nase frei waren, und begann mit der Mund-zu-Mund-Beatmung. Als die nichts nützte und sie keinen Herzschlag spürte, begann sie mit der Herzmassage. »Der Kreiskauf ist zusammengebrochen«, rief sie dem Forstmeister zu, »du musst die Beatmung übernehmen. Nach jedem fünften Druck von mir musst du einen Atemstoß in seinen Mund geben.« Dann zählte sie laut mit. Es ging sehr schnell, denn sie musste sechzig Mal pro Minute mit kräftigen Stößen auf die untere Hälfte des Brustbeins drücken. Aber alle Hilfe kam zu spät. Nach fünfzehn Minuten gab der Förster die Beatmung auf. »Es hat keinen Zweck, Sabine, es ist nichts mehr zu machen.« Erschöpft, verzweifelt und traurig stellte die Ärztin die Herzmassage ein. Langsam zog sie die Decke über den Toten.

»Ich hab' es nicht geschafft«, flüsterte sie traurig, »ich hab' es einfach nicht geschafft.«

»Frau Doktor, der Junge war schon tot, als wir ihn von der Insel geholt haben. Er war dort schon so kalt«, versuchte Piet Bollmann, sie zu trösten.

»Trotzdem, vielleicht hätte ich ihn gerettet, wenn ich auf die Insel geschwommen wäre und ihn dort schon beatmet hätte«, flüsterte sie traurig. »Jetzt bin ich einfach zu spät gekommen. – Was ist mit dem anderen?« Sie kniete neben dem zweiten

Jungen und untersuchte ihn. Er war wieder bei Bewusstsein und durch die Massagen einigermaßen warm. Sie horchte seinen Brustkorb ab. »Sein Herzschlag ist stabil, er wird es schaffen Aber er muss ganz warm gehalten werden.« Die Männer nickten und massierten ihn weiter. Sabine wandte sich ab. Niemand musste sehen, dass sie weinte. ›Er ist noch so klein‹, dachte sie, ›sein ganzes Leben hatte er noch vor sich.‹

Jürgen Albers trat neben sie und fragte leise: »Sabine, darf ich dich umarmen?« Und als sie nickte, nahm er sie in die Arme und hielt sie ganz fest.

Piet Bollmann sprach mit den Torfstechern und machte sich Notizen. Dann griff er zum Handy und gab an die Zentrale die Meldung durch, dass die Kinder gefunden seien und die Fahndung, die die Polizei nach einer Vermisstenanzeige des Kinderheims herausgegeben hatte, abgeblasen werden konnte. Danach benachrichtigte er das Kinderheim, und schließlich wandte er sich der Ärztin und dem Forstmeister zu. Er war zwar ein grobklotziger Mann und für seine Härte bekannt, er war aber auch sensibel und hatte genau erkannt, dass er die zwei Menschen wenigstens für einen Augenblick allein lassen musste. »Forstmeister, ich muss das Protokoll aufnehmen, geben Sie mir bitte die wichtigsten Punkte.« Und Jürgen Albers half ihm mit Zeitangaben, ersten Informationen, der Wegbeschreibung und der Dauer der Strecke, den Einzelheiten der Rettung, dem Erfolg und dem Misserfolg, denn er sah, dass dieser bullige Mann auch am Ende seiner Kräfte angelangt war. Dann fragte Bollmann die Ärztin nach medizinischen Einzelheiten und machte sich die notwendigen Notizen.

Als er fragte: »Und wie geht es jetzt weiter?«, erklärte Sabine: »Der Tote muss zur Obduktion ins Krankenhaus nach Soltau, den anderen Jungen nehme ich mit zu mir nach Hause. Ich will ihn die Nacht über beobachten, und morgen bringe ich ihn ins Heim.«

Etwas später fuhren alle zurück nach Auendorf. Der Polizist nahm die drei Torfstecher mit, die er nach Hause bringen wollte, und hatte den toten Jungen in eine Decke gehüllt, den zwei der Männer auf dem Rücksitz in den Armen hielten. Sabine saß hinter Jürgen Albers im Fond des Geländewagens und hielt den Jungen in den Armen, der, von Schwäche gezeichnet, immer wieder einschlief. Basco und Jogas lagen zusammengerollt im Fußraum vor dem Beifahrersitz. Der Nebel hatte sich gelöst und schwebte in grauen Fetzen über dem Moor, und im Schein der roten Rücklichter des Polizeiautos kam Jürgen Albers sicher zurück auf die befestigte Straße.

»Ich bringe euch zu dir nach Hause, deinen Wagen holen wir morgen.«

Sabine nickte müde. Sie war erschöpft, enttäuscht von der eigenen Hilflosigkeit und traurig. Wenn der Junge wach war, sprach sie ihn an, denn sie wollte, dass er wach blieb, damit sie ihm Fragen stellen und ihn später gründlich untersuchen konnte.

»Wie heißt du?«
»Sibahl.«
»Wie alt bist du, Sibahl?«
»Dreizehn.«
»Und der andere Junge?«
»Alif, mein Bruder, elf.«
»Wo wohnst du?«
»Kinderheim.«
»Und deine Eltern, wo sind die?«
»Pakistan. Wo ist Alif?«
»Im anderen Auto.«
»Polizeiauto? Nix gut.«
»Warum seid ihr allein in Deutschland?«
»Eltern sagen, Deutschland gutes Land, viel Geld, viel Essen.«

»Wie seid ihr hergekommen?«

»Große Karawane, dann Schiff und netter Mann.« Dann schlief er wieder ein. ›Er gehört zu den Kinderasylanten‹, dachte Sabine. ›Immer mehr Kinder werden allein nach Europa geschickt. Die im Elend hausenden Eltern wollen ein besseres Leben für sie – und sie wollen Geld, wenn die Kinder hier Arbeit finden und Lohn bekommen. Wenn!‹ Sie seufzte. Dass der Bruder tot war, wollte sie dem Jungen erst sagen, wenn er zu Kräften gekommen war.

»Alles in Ordnung, Sabine?«

»Ja. Er ist ein Kinderflüchtling aus Pakistan.«

Der Junge bewegte sich und wurde wieder wach. »Was ist?«

»Du warst im Moor und wärst beinahe ertrunken.«

»Wir weglaufen. Heim nix gut für uns. Bring‘ uns weg.«

»Warum ist das Heim nicht gut?«

»Viel arbeiten«, er streckte ihr die Hände entgegen. »Viel lernen«, er klopfte sich an den Kopf, »und viel essen, aber kein Geld.«

»Warum willst du Geld?«

»Eltern geben, Eltern warten.«

»Was für Arbeit?«, fragte Sabine entsetzt. Der Junge war so klein und so dünn, wie konnte man den zur Arbeit heranziehen?

»Arbeit in Heim, in Garten, in Küche.«

»Dafür hast du ein Bett und Kleidung und Essen.«

»Aber ich brauchen Geld für Eltern, nicht Bett, nicht Hosen und Jacken, nicht fremde Sprache lernen, nicht ...« Er schlief wieder.

Sie hatten Auendorf erreicht. Der Forstmeister bog in die Hauptstraße ein und dann in die Einfahrt zum Arzthaus.

»Warte, ich helfe euch.«

Sabine reichte ihm den schlafenden Jungen, stieg aus und schloss die Haustür auf. »Bitte leg ihn in der Praxis auf den Untersuchungstisch. Ich will ihn noch abhören.«

Während Jürgen Albers ihre Sachen aus dem Wagen holte, den Hunden einen kleinen Ausflug auf der Dorfstraße gönnte und sie wieder in den Wagen sperrte, hatte Sabine einen weißen Kittel übergestreift und horchte den Jungen ab. Blass, dünn und elend lag das Kind vor ihr. Aber es lebte.

»Wenn es dir recht ist, bleibe ich die Nacht über hier und bringe euch morgen ins Heim. Danach kannst du deinen Wagen abholen.«

Müde nickte Sabine. »Ja, das wäre gut. Bitte hilf mir noch, den Jungen ins Gästezimmer zu tragen.« Und als sie den Jungen gut versorgt im Bett wusste, legte sie Holz im Kamin nach und bereitete ein Abendessen in der Wohnhalle. »Bitte lass Ronca einen Augenblick in den Garten und dann hol auch deine Hunde herein, sie haben einen warmen Platz für die Nacht verdient.« Denn sie wusste, es würde eine lange Nacht mit vielen Fragen werden.

XXIV

Es war zehn Uhr abends, und die Nacht war hereingebrochen, als Sabine wieder in die Halle kam. Der Junge war so unruhig, dass sie befürchtete, er könnte aus dem Bett fallen oder im Schlaf aus dem Fenster klettern, besessen von dem Gedanken, in die Stadt zu fliehen, um Geld zu verdienen. Sie hatte ihn mehrmals beruhigt, mit ihm gesprochen, ihn gestreichelt und schließlich einen Tisch vor das Bett geschoben und die Fensterläden verriegelt. Sie ging ins Bad, zog die nebelfeuchte Kleidung aus und schlüpfte in einen gemütlichen Hausanzug aus angerauter Baumwolle. Dann ging sie zur Treppe.

Unten war es ruhig. Der Förster hatte seinen Sessel vor den Kamin geschoben, und die drei Hunde hatten sich vor seinen Füßen zusammengerollt. Einen Herzschlag lang stockte Sabine der Atem. Genauso hatte sie sich irgendwann, vor uralten Zeiten und verführt von Träumen, das Leben einmal vorgestellt: ihr Mann am Kamin, die Hunde zu seinen Füßen, ein beglückendes Leben zu zweit in einem gemütlichen Zuhause.

›Papperlapapp‹, unwirsch schüttelte sie den Kopf und ging weiter. Das Feuer im Kamin war zusammengesunken, aber im ganzen Haus hatte sich der würzige Duft der Fichten-, Eiben- und Wacholderscheite verbreitet, mit denen sie den Ofen am Nachmittag gefüllt hatte. Später dann, bevor sie heimfuhr, hatte Lotti Torfsoden darübergelegt, um die Glut zu dämpfen und bis in die Nacht hinein die Wärme zu erhalten.

Jürgen Albers sah Sabine die Treppe herunterkommen. Höflich stand er auf, und die Hunde hoben erschrocken die Köpfe.

»Bitte bleib' sitzen. Ich mache uns einen Tee und ein paar Brote, ich habe einen Heidenhunger.«

»Du meinst ein Heidefrühstück?«

»Nein«, lachte sie, »darauf bin ich nicht vorbereitet, aber schön, dass du dich noch daran erinnerst.«

»Es war ein seltsamer Abend, und wir haben die Friedenspfeife geraucht.«

»So war es. Und dann habe ich dich bis auf den einen Abend hier bei einem Glas Rotwein nie wieder gesehen abgesehen vom Unfall bei der Schleppjagd!« Sabine wandte sich ab und ging in die Küche. Auf keinen Fall wollte sie zeigen, wie enttäuscht sie war.

Jürgen folgte ihr. »Du weißt, ich war sehr beschäftigt«, erklärte er verlegen.

»Ja, natürlich, deine Beschäftigung war ein außerordentlich bedeutsames Gesprächsthema im Dorf.«

»Der ›Auenkrug‹ ist die gefräßigste Tratschzentrale der ganzen Gegend.«

»Ich habe es nicht nötig, Informationen in der Dorfgaststätte zu holen. Du vergisst mein Wartezimmer.« Sabine stellte den Wasserkocher an und suchte die Teedose im Schrank. »Magst du Darjeeling?«

»Ja, gern. Verbunden mit einer neuen Friedenspfeife dürfte er hervorragend schmecken.«

»Haben wir die nötig?«

»Ich glaube, ja. Ich muss mit dir reden.«

Sabine nickte. Dann deckte sie den Tisch und richtete Brot, Wurst, Käse und Butter auf einem Tablett an. Das Wasser kochte, und im Handumdrehen duftete die Küche nach dem würzigen Himalaya-Tee. Bevor Sabine sich setzte, füllte sie drei Näpfe mit Futter für die Hunde und stellte ihnen Wasser daneben. »Deine Hunde haben ihr Futter verdient, und meine Ronca kann nicht zusehen.«

Jürgen nickte. »Danke.«

Nach dem Essen zog er einen zweiten Sessel vor den Kamin, und als Sabine den Tisch abräumen wollte, nahm er ihre Hand und führte sie zum Kamin. »Komm, setz' dich.«

Sie machte die ungemütliche Deckenlampe aus und nahm ihm gegenüber Platz. ›Wie gut er aussieht, dieser verschlossene Mann, dem es so schwer fällt, sich zu öffnen‹, dachte sie und sah ihm in die Augen. »Rede.«

Er hielt ihrem Blick stand und langsam verdunkelte Sehnsucht seine Augen. Sein Blick wurde weich. In der Stille des späten Abends hörte sie jeden seiner Atemzüge. Das leise Geräusch ließ ihr Blut vibrieren. Sabine hatte nicht geahnt, dass die Nähe zu diesem Mann, trotz des Abstands, der zwischen ihnen herrschte, so intensiv war. Überrascht und gleichzeitig abwehrend sah sie ihn an.

»Du hast nicht viel Vertrauen zu mir, nicht wahr?«, fragte er leise.

»Warum sollte ich? Ich kenne dich kaum, und du gibst mir keine Gelegenheit, dich besser kennen zu lernen.« Sabine betrachtete ihr Gegenüber. ›Zu beherrscht‹, dachte sie, ›an seine Gefühle kommt man nur heran, wenn man eingeladen wird.‹ »Weißt du, nachdem ich aufgehört hatte, auf dich zu warten, war es mir gleichgültig, was geredet wurde.«

»Du hast auf mich gewartet?«

Hörte sie da den Klang eines kleinen Triumphs in seiner Stimme? »Ein schöner Abend und dann nichts mehr? Das muss man erst verstehen lernen.«

»Ich bin nicht immun gegen dich. Und damit muss ich umzugehen lernen.«

»Willst du damit etwa sagen, du hast Angst vor mir?«

»Nein«, amüsiert schüttelte er den Kopf. »Ich habe Angst vor mir selbst. Da erwachen Gefühle, die ich nicht kenne, und ich weiß nicht einmal, ob ich sie kennen lernen will. Und – ich verliere nicht gern meine Beherrschung.«

»Immunität, Beherrschung, Angst, so ein Unsinn, so eine

dumme Wortwahl. Ist es das, was du unter ›Reden‹ verstehst? Ich kenne da einfachere Redewendungen. Also? Warum bist du nicht mehr gekommen?«

»Ich hatte viel zu tun.«

»Unsinn. Wenn man etwas will, findet man auch Mittel und Wege. Aber du wolltest nicht, das ist alles.«

»Ich habe doch schon ...«

»Hör' auf damit. Dich haben andere Aufgaben gelockt, Aufgaben, die mit einer schönen Frau in Verbindung standen.«

»Bist du eifersüchtig?«

»Nein, wie kann man auf etwas eifersüchtig sein, das einem nicht gehört, das einem absolut egal ist?«

Er lächelte. »Also doch.«

»Jürgen, verletzte Gefühle haben nichts mit Eifersucht zu tun. Eifersucht ist dumm, oberflächlich, kleinlich, vielleicht sogar tödlich. Die Tatsache, einen Freund zu verlieren, den man gerade gewonnen hat, ist zwar schmerzlich, aber man kann damit leben.«

»Ich hatte eine Aufgabe, und die habe ich erledigt. Sie hatte nichts mit dir und unserer Freundschaft zu tun.«

»Wie geht es der Dame denn inzwischen?«

»Sie ist mit ihrem Vater nach Davos gereist. Sie wird lange dort bleiben, damit sich die Lunge von der Verletzung durch die gebrochenen Rippen erholt. Man hat mir schwere Vorwürfe gemacht.« Er schwieg, und Sabine spürte, dass ihn die Vorwürfe sehr getroffen hatten und er sie noch längst nicht verarbeitet hatte.

»So ein Unsinn.«

»Ich hatte sie gewarnt. Ihr Goldfuchs ist ein Dressurpferd und für unser Gelände nicht geeignet. Aber sie war besessen von der Idee, mit diesem Pferd alle Teilnehmer zu beeindrucken.«

»Das hat sie denn ja auch geschafft.«

»Sei nicht boshaft, ich werde nicht so schnell damit fertig.«

»Das weiß ich doch. Mir geht es so, wenn ich an den kleinen Jungen von heute Nachmittag denke. Das sind die Gefühle, die wirklich wehtun.«

»Sabine, es tut mir sehr Leid, dass ich dir wehgetan habe.« Seine Hände schlossen sich um die ihren. »Ich möchte dich in die Arme nehmen.«

Sie hob abwehrend die Hand, doch in einer fließenden Bewegung zog er sie an sich und küsste sie.

Genauso schnell ließ er sie wieder los, ging zu seinem Sessel zurück und schloss die Augen. »Ich wollte es nicht, aber es gab keine andere Möglichkeit, dir zu zeigen, wie viel mir deine Freundschaft bedeutet.«

»Braucht eine Freundschaft Beweise?«, antwortete Sabine atemlos. Hatte sie darauf gewartet, auf dieses Gefühl von Lust? Auf das Prickeln der Hoffnung? Waren das die Empfindungen und Erwartungen, die sie so oft und so lange verdrängt hatte? Sie fand keine Antwort.

Jürgen hatte aufgehört nachzudenken. Er wusste, dass Gefühle ihn übermannten, die er nie für möglich gehalten hatte. Er hatte sein Herz sprechen lassen und seinen Verstand den Gefühlen geopfert. Er ließ sich auf den Boden sinken und legte seinen Kopf in ihren Schoß. Sanft strich sie mit ihren Händen über sein Haar. »Wir müssen es beide lernen«, flüsterte sie, »wir müssen beide lernen, mit Gefühlen zu leben. Du wirst sehen, wenn man sich öffnet, ist es ganz leicht.«

»Aber wie kann man etwas lernen, das man nicht kennt?«

»Wir werden es üben. Wir werden gleich damit anfangen. Küss mich noch einmal.«

Einem Donnerschlag gleich flog über ihnen ein schwerer Gegenstand auf den Boden. Beide sprangen auf. Die Hunde bellten. Dann ein Wimmern, ein lautes Weinen, ein leiser Hilferuf. Jürgen und Sabine rannten die Treppe hinauf, die

Hunde im Gefolge. Im Gästezimmer machte Sabine Licht. Der Tisch war umgefallen, zwischen Bett und Tisch hockte der Junge, umwickelt von Sabines langem Nachthemd, mit dem er nichts anzufangen wusste. Verstört sah er die beiden an.

»Ich wollen aufstehen und nichts sehen«, murmelte er verlegen. »Ich wollen zu Alif, wo ist Alif?«

Hilflos sah Sabine den Mann an ihrer Seite an.

»Er ist in einem anderen Haus. Jetzt ist es Nacht, jetzt können wir nicht zu ihm, erst wenn die Sonne wieder scheint«, half ihr Jürgen und richtete den Tisch auf.

Beruhigt kletterte Sibahl wieder ins Bett. Sabine deckte ihn zu.

»Morgen ich gehen mit Alif in Stadt Geld machen.« Sabine schüttelte den Kopf. »Du brauchst nicht zu arbeiten, du bist doch noch so jung.«

»Doch, arbeiten. Dann bringen Geld für Eltern. Viel Geld, gute Eltern, wenig Geld, böse Eltern. Hauen und Hunger.«

Sabine beruhigte ihn. »Morgen überlegen wir, wie wir deinen Eltern Geld geben können, jetzt schlafen wir erst einmal.«

Als sie das Licht löschen wollte, schüttelte der Junge den Kopf. »Bitte, Frau, kleines Licht, ganz kleines.«

Sabine lächelte und knipste die Nachttischlampe an. »Ist gut, Sibahl, die lassen wir brennen, damit du siehst, wo du bist. Nun schlaf gut, und wenn du etwas brauchst, dann rufst du laut, wir sind im Haus und hören dich.«

»Ich nie allein in Zimmer. Ich immer schlafen in großes Saal mit viele Kinder.«

»Ich weiß.« Sabine strich ihm noch einmal über das Haar. »Nun schlaf schnell weiter.«

Leise gingen Sabine und Jürgen wieder nach unten. »Kennst du die Zustände in dem Heim?«

»Ja, etwas. Es wird von einer Jugendbehörde belegt, die sich um elternlose Flüchtlingskinder kümmert. Morgens haben sie Unterricht, vor allem Deutschunterricht, und nachmittags arbeiten sie in Haus und Garten. Wenn man die Herkunft der Kinder erfährt, werden sie zurückgeschickt und der Jugendbehörde des jeweiligen Landes übergeben.«

»Wenn es denn so eine Behörde dort gibt«, unterbrach ihn Sabine.

»Ja, meist sind die Zustände so chaotisch, dass man sie nicht zurückschicken kann. Dann werden sie hier an karitative Einrichtungen oder Pflegeeltern vermittelt. Aber viele landen auch wieder auf der Straße und werden als Dealer oder zur Prostitution missbraucht.«

»Wie kommen sie überhaupt hierher?«

»Durch Schleuserbanden. Viele Eltern verkaufen ihre arbeitsfähigen Kinder, um mit dem Geld die übrige Familie zu ernähren.«

»Entsetzlich. Man liest so etwas manchmal in der Zeitung und hört davon in den Nachrichten, aber wenn man direkt damit konfrontiert wird, sieht man erst einmal, wie hilflos man im Grunde ist.«

»Ja, ich weiß. Ich habe auch erst durch meine Arbeit, die mich öfter in die Nähe des Heims oder mit der Direktion zusammenbringt, Einzelheiten erfahren.«

»Und in diesen bösen Kreislauf sollen wir den Jungen morgen wieder zurückbringen?«

»Das Heim ist in Ordnung, er ist dort sicher aufgehoben. Später wird man sich bemühen, ihn in eine gute Obhut zu vermitteln.«

»Ein schreckliches Schicksal.«

»Von dem Millionen Kinder weltweit betroffen sind.«

»Und man kann daran gar nichts ändern?«

»Sabine, es handelt sich um Millionen.«

»Aber wenn man nicht im Kleinen anfängt, kann man auch im Großen nichts bewirken.«

»Höre ich da Weltverbesserungsabsichten in deinen Worten?«

»Ich werde mich erkundigen, ob ich nicht so etwas wie eine Patenschaft für Sibahl übernehmen könnte. Er wohnt weiterhin im Heim oder bei Pflegeeltern, aber ich habe dann ständig Kontakt zu ihm.«

»Dein soziales Engagement in Ehren, Sabine, ich habe auch von deinen erfolgreichen Bemühungen um die arbeitslosen Jungen hier im Dorf gehört, aber du kannst nicht die ganze Welt von ihrem Elend erlösen. Du hast deine Aufgabe als Ärztin, und ich denke, die sollte reichen.«

»Ach, Jürgen, ich finde, ein bisschen Verantwortung kann nicht schaden. Ich will und kann dem Jungen nicht die Familie ersetzen, ich will nur, dass er weiß, irgendwo ist ein Mensch, der ihn lieb hat.«

Jürgen legte den Arm um ihre Schultern und führte sie zur Couch.

»Komm, leg' dich hin, ruh' dich aus. Morgen sieht die Welt dann schon wieder ein bisschen besser aus. Ich werde noch mal nach dem Feuer sehen und lege mich dann auf das andere Sofa.« Er deckte sie zu, ließ die Hunde kurz in den Garten und schürte das Feuer, damit es noch etwas Wärme abgab, denn es war eine kalte, feuchte, neblige Novembernacht. Und es war die erste Nacht, in der sie gemeinsam einschliefen.

XXV

Der Herbst hatte dem Winter seinen Platz überlassen. Ein Hauch von Schnee hüllte das Land in eine Zauberwelt. Wenn Sabine morgens aus dem Fenster sah, erfüllte sie der reine weiße Anblick mit tiefer Freude. Hin und wieder blies der Wind weiße Wehen über die Hügel, die sich wie Schleier über Büsche und Bäume legten.

Erfrischt von dem morgendlichen Anblick, begann Sabine dann ihren eigentlichen Tag. Einen Tag voller Arbeit, denn das Wartezimmer war voller Patienten. Die erste Grippewelle hatte sich breit gemacht, viele Patienten litten unter Magen-Darm-Problemen, weil man im Sommer mit der Vorratshaltung zu leichtsinnig gewesen war, andere kamen mit Verletzungen, denn die Straßen waren glatt, und es gab immer wieder Unfälle, vor allem bei den Fahrradfahrern. Vom Sanatorium in Lindenberg kam nun niemand mehr.

Manchmal, wenn Sabine eine kleine Pause einlegte, um sich ein paar Atemzüge an der frischen Luft zu gönnen, hörte sie in der Ferne Schüsse und das Bellen von Hunden. Die Jagdsaison war eröffnet, und Jürgen Albers hatte alle Hände voll zu tun, um die Wünsche der Jäger zu erfüllen. Für viele war die Jagd ein Prestigeunternehmen, an dem man teilnehmen musste. Da kam die Politprominenz mit ihren Gästen, da kamen die Jagdpächter mit ihren speziellen Wünschen, es kamen die zahlenden Jagdherren, die mit ihren Geldern die Futterkosten für so manches Rudel beglichen, und es begann die eigene Jagd mit den Revierförstern, die sich um krankes, schwaches oder überzähliges Wild kümmerten.

Und abends, wenn die Dunkelheit das Jagen beendete, wenn das Halali geblasen, die Eichenzweige verteilt und das erlegte Wild geehrt war, ritt Jürgen Albers nach Auendorf, in den Satteltaschen Wildbret für gemeinsame Mahlzeiten. Es hatte sich seit jener nebligen Novembernacht so ergeben, dass er viele Abende bei Sabine verbracht hatte. Es waren schöne, gemütliche, ruhige Abende mit viel Zeit zum Ausspannen und zum Reden.

Mit Lottis Hilfe bereitete Sabine dann kleine Mahlzeiten vor, und wenn der durchgefrorene Reiter kam, servierte sie ihm Speisen, die sie mit Liebe und Sorgfalt ausgewählt hatte. Ja, es waren romantische Abende mit Kerzenlicht und Tannenduft, Abende der Stille nach dem Stress des Tages. Aber es waren keine erotischen Liebesabende. Sabine, die anfänglich enttäuscht gewesen war, wusste inzwischen, dass sie diesem Mann Zeit lassen musste. Er kam und genoss die Stunden in ihrem Haus, und später, oft nach Mitternacht, ritt er zurück in sein »Heidehaus«. Dann mussten ihr ein Händedruck und ein Dankeschön genügen.

Als der Winter härter und frostiger wurde, mussten sie eine Lösung für sein Pferd finden. Bis jetzt hatte der Förster die Lady in Sabines Carport gestellt, aber dafür wurden die Nächte zu kalt.

»Ich muss Lady wenigstens einmal am Tag bewegen, aber ich kann dann nicht mehr stundenlang bleiben«, erklärte er bedauernd.

Sabine, die sich selbst bereits Gedanken über die Unterbringung des Pferdes gemacht hatte, wusste einen Ausweg. »Wenn du mir Holz besorgst, baue ich einen Verschlag hinter dem Carport, in dem die Lady stehen kann.«

Jürgen lachte. »Aber du kannst doch keinen Schuppen bauen, wie stellst du dir das vor? Das ist Männerarbeit, und ich kann dich nicht unterstützen.«

»Du musst nur das Holz und ein bisschen Taschengeld liefern, alles andere kannst du mir und meinen Jungs überlassen.«

»Deinen Jungs?«

»Ja, ich habe doch die Fahrradtruppe. Die haben sich den Herbst über bestens bewährt, haben einen Fahrradverleih aufgebaut und sich als Kuriere für alle möglichen Besorgungen zur Verfügung gestellt. Und unter dem Motto ›Ein Mann für alle Fälle‹ haben sie einen Aushang am schwarzen Brett im Rathaus und im Krämerladen gemacht, auf dem sie ihre Hilfe anbieten. Ganz gleich, um was es sich handelt. Der Olaf Boizenberg hat seine Velo-Truppe bestens im Griff. Und jetzt sind sie gerade mit den Schlitten fertig und brauchen neue Aufgaben.«

»Mit den Schlitten?«

»Ja, viele Bauern haben noch ihre alten Pferdeschlitten in den Scheunen herumstehen, vergammelt, verrostet, seit Jahren vergessen. Die haben die Burschen repariert. Das war eine Mordsarbeit, aber jetzt können die Wintergäste wieder Schlitten fahren.«

»Wintergäste gibt's hier schon lange nicht mehr.«

»Dann werden wir Reklame machen, und du wirst sehen, das spricht sich herum. Es muss natürlich genügend Schnee fallen.«

»Und wie willst du sie dazu bewegen, jetzt einen Schuppen für mein Pferd zu bauen?«

»Die Burschen haben gemerkt, wie viel Spaß es macht, etwas gemeinsam auf die Beine zu stellen. Sie sind geradezu wild nach neuen Aufgaben, nach Bewegung und Bewährung. Lass mich nur machen.«

»Na gut, aber braucht ihr nicht einen Fachmann, wegen der Statik und so?«

»Das überlasse ich alles den Jungs. Du wirst sehen, die sind mit Begeisterung dabei. Die brauchen nämlich dringend neue Aufgaben, und das ist im Winter schwierig. Ich möchte auf keinen Fall, dass sie wieder vor Langeweile auf dumme Gedanken kommen.«

Am nächsten Mittwoch, als Sabine ihre Hausbesuche hinter sich hatte, fuhr sie in das kleine Gemeinschaftshaus, das die jungen Männer sich im Herbst zurechtgebaut hatten und in dem sie zurzeit ihre arbeitslosen Nachmittage beim Kartenspielen, bei Dartwettkämpfen oder am Billardtisch, einem Geschenk ihres Berliner Sponsors, verbrachten. Sie war ein gern gesehener Gast, denn sie brachte meist ein ganzes Blech Butterkuchen vom Bäcker und ein paar Thermoskannen Kaffee von Lisbeth mit.

»Hallo, Jungs«, begrüßte sie die elf Burschen, die heute in dem einzigen beheizbaren Raum waren. »Wie geht's?«

»Na ja, wie soll's gehen? Mit den Schlitten sind wir fertig.«

Sabine nickte. »Prima. Und wie haben's die Bauern aufgenommen, dass ihr plötzlich die alten, ungenutzten Pferdeschlitten reparieren wolltet?«

»Erst haben sie gefragt, ob wir ,ne Meise haben.«

»Einer hat laut gelacht und auf das bisschen Schnee gezeigt, das draußen liegt.«

»Einer hat mit dem Finger an die Stirn getippt und gesagt, die Jahre seien vorbei mit den Schlittentouren von Wochenendgästen. Bei der Erderwärmung und der Klimaveränderung könnten wir die Schlitten ruhig verrotten lassen.«

»Aber einer hat gesagt, das wäre ,ne gute Idee, und dann haben die andern auch langsam zugestimmt. Man kann ja nicht wissen, wie's mit diesem Winter wird.«

»Und dann habt ihr die Schlitten repariert?«

»Na klar doch. Zehn Schlitten stehen nigelnagelneu in den Scheunen.«

»Wir haben sogar die Polster aufgemotzt.«

»Manche waren von Mäusen total zerfressen.«

»Das wird sich in den Scheunen nicht vermeiden lassen.«

»Oh, doch. Wir haben die Polster abnehmbar gemacht. Die kommen erst drauf, wenn die Schlitten gebraucht werden.«

»Das Problem ist nur, ein paar Bauern trauen sich nicht mehr, mit den Schlitten zu fahren.«

»Und warum nicht?« Sabine schüttelte den Kopf. »Sie fahren doch sonst auch.«

»Es ist viel schwieriger als mit den Kutschen. Die Schlitten haben keine Bremsen.«

»Ach, richtig, und wie bremst man, wenn's nötig ist?«

»Keine Ahnung. Entweder man fährt immer langsam, oder man springt schnell vom Schlitten und hält die Pferde fest, bis der Schlitten steht.«

»Na ja, und das schnelle Runterspringen trauen sich die Alten nicht mehr zu.«

Sabine sah die Burschen nachdenklich an. ›Richtig, die Bauern die jetzt noch auf den Höfen leben, sind alte Männer, denn ihre Söhne sind längst in die Städte abgewandert. Hier fällt eine ganze Generation aus.‹

»Dann müsst ihr mitfahren und runterspringen«, sagte sie spontan.

Alles lachte. »Wir haben das Kutschieren doch nie gelernt. Mal ,n Heuwagen vom Feld in die Scheune, das geht schon, aber so richtig Kutschieren, das muss man lernen.«

»Und wenn man Menschen fährt, muss man sogar ,ne Prüfung machen.«

»Dann lernt es doch!«

Mehr oder weniger ungläubig sahen die jungen Männer die Ärztin an. »Und wie?«, lachten sie. »Also, das wäre der absolute Hammer.«

»Ich werde mal mit Olaf Boizenberg sprechen, wo ist der heute?«

»Der ist mit fünf von uns beim Teichabfischen. Die letzten Karpfen müssen raus, und der Teichfischer hat uns gefragt, ob wir helfen können. Abends sind die wieder hier.«

Sabine beschloss, mit dem Coach die Situation zu besprechen. Wenn die Burschen fahren lernten, konnten sie vielleicht auch im Sommer den älteren Bauern das Kutschieren abnehmen. Es gab Holzgestelle mit Lederriemen und schweren Gewichten, an denen man die Zügelhaltungen üben konnte, bevor man mit Pferden arbeitete. Sie nickte im Stillen, wieder eine Möglichkeit, die Burschen einzusetzen. »Ich werde mich umhören, wo Fahrunterricht erteilt wird. Aber heute habe ich eine andere Bitte.«

»Etwa wieder Arbeit?« Sehr begeistert klang das nicht. Aber so etwas überhörte die Ärztin grundsätzlich.

»Aber immer.«

Die Jungen am Billardtisch hörten auf zu spielen. Alle sahen sie an.

»Ich brauche einen kleinen Schuppen hinter meinem Carport. Könntet ihr den bauen? Nichts Großes, nur ein Unterstand für ein Pferd.«

»Die Stute vom Förster ist aber ‚n ziemlich großes Pferd«, grinste einer.

Sabine lachte. »Hat sich wohl herumgesprochen, dass er mich besucht?«

»Na klar, weiß doch jeder.«

»Eben, ist ja auch kein Geheimnis. Aber jetzt wird's zu kalt für das Pferd. Es braucht einen Unterstand.«

»Was is' mit ‚m Wohnzimmer? Is' doch viel kuscheliger.« Alles lachte.

»Kuscheliger fürs Pferd vielleicht, aber gemütlicher für uns nicht. Also, was meint ihr?«

»Hm, geht in Ordnung. Machen wir. Und wie sieht's mit Pinkepinke aus? Das Leben ist teuer, Frau Doktor, und jede Flasche Bier im ›Auenkrug‹ reißt Löcher in die leeren Portemonnaies.«

»Für die Finanzen ist der Pferdebesitzer zuständig. Ich werd' ihn dran erinnern.«

»Wann solln wir denn anfangen? Und wann gibt's endlich den Butterkuchen?«

»Morgen kommt das Holz, übermorgen könnt ihr anfangen. Und den Butterkuchen gibt's jetzt.«

Auf der Heimfahrt stellte Sabine NDR 90,3 an, um den Wetterbericht und den Straßenzustand abzuhören. ›Es wird kälter‹, dachte sie, ›und stürmischer. Wenn die Tiefs aus dem Osten kommen, bringen sie kalte Festlandsluft mit, erst wenn der Wind auf Nordwest dreht, wird's wärmer. Höchste Zeit für den Unterstand.‹ Dann überlegte sie, was sie als Abendessen servieren könnte. ›Meine Gefriertruhe ist gut gefüllt. Jürgen bringt uns reichlich Wild mit, und Lotti bereitet es zu, sodass ich später nur die Portionen herausnehmen und in der Mikrowelle fertig garen muss. Aber heute werde ich die Rebhühner machen, die Jürgen gestern mitgebracht hat. Fein mit Speck umwickelt, in Butter gebraten, mit Thymian und Majoran gewürzt und mit Sahne begossen, sind sie eine Delikatesse. Wenn Lotti Kartoffeln geschält hat, gibt's Kartoffeln dazu, wenn nicht, röste ich Brot in Rosmarinbutter. Und vorher einen schönen Glühwein mit Orangen- und Zitronenschale, mit Nelken und Wacholderbeeren und einem kleinen Schluck Gin‹, träumte sie, ›das wärmt nicht nur die Glieder auf, sondern auch müde Gemüter.‹

Sabine war fast fertig mit den Vorbereitungen, als das Telefon klingelte. »Doktor Büttner«, meldete sie sich.

»Ich bin's, Jürgen. Sabine, wir haben hier einen Unfall, könntest du bitte kommen?«

»Ja, natürlich. Was ist passiert, und wo bist du?«

»Wir hatten die Treibjagd hinter Immenburg, da, wo die Hügelgräber sind. Einer von den Treibern ist von einem Grabfelsen gerutscht und hat sich dabei ein Bein eingeklemmt. Die Feuerwehr ist mit einem Geländewagen und einem Traktor hier und hat die Steine auseinander gezogen, aber das Bein sieht schrecklich aus. Und bis der Krankenwagen aus Soltau kommt, können wir ihn nicht so liegen lassen.«

»Ich bin schon unterwegs. Wie weit kann ich mit dem Wagen fahren?«

»Bis an die Hügelgräber. Aber bitte beeile dich. Es wird ziemlich neblig hier draußen.«

Sabine holte Decken, Kissen und den Arztkoffer, brachte alles in den Wagen und startete. Die Landstraße bis Moordorf war sehr glatt. ›Nebel, Kälte und diese dünne Schneedecke auf dem Asphalt, was für eine grässliche Verbindung‹, dachte sie und fuhr im Schritttempo um die Kurven. Von Moordorf aus nahm sie die Abkürzung nach Immenburg. Der für die Allgemeinheit gesperrte Sandweg war zwar uneben und schwer zu fahren, aber er war nicht glatt.

Kurz hinter Immenburg sah sie im Nebel den großen Kranz alter Linden, die die Hügelgräber umrundeten. Dann erkannte sie die Feuerwehrautos und schließlich Menschen: Jäger mit ihren Hunden an der Leine, Treiber mit knallroten Westen, damit sie während der Jagd gut zu sehen waren, und Neugierige, die der Feuerwehr gefolgt waren.

Sie hielt und stieg aus. Der Forstmeister kam ihr entgegen, nahm die Decken und die Kissen und brachte sie zu dem Verletzten. Zwei der Jäger hatten ihre Lodencapes ausgezogen und den Mann daraufgelegt. Sabine grüßte kurz und sah sich den Verletzten an. Er war blass, aber bei Bewusstsein. Sie nickte ihm zu und fragte: »Wie ist das passiert?« Sie wollte wissen, ob er reagierte oder ob er einen Schock hatte.

Aber der Mann antwortete leise und verständlich, wenn auch mit schmerzverzerrtem Gesicht: »Ich bin auf einen der großen Steine geklettert, weil ich von da oben eine bessere Sicht hatte. Aber der Stein war mit Eis überzogen, und ich bin abgerutscht und hab' mein Bein zwischen dem Findling und dem daneben liegenden Felsbrocken eingeklemmt.«

Sabine nickte. »Ich gebe Ihnen eine Spritze gegen die Schmerzen, und dann sehe ich mir das Bein an.« Sie schob den

Ärmel zurück, desinfizierte die Armbeuge und gab ihm die Injektion. Als sie bemerkte, dass der Mann wieder etwas Farbe im Gesicht hatte und die Schmerzen anscheinend nachließen, bat sie den Forstmeister: »Bitte schick' die Neugierigen weg, das wird kein schöner Anblick.« Sie wartete einen Augenblick, bis die Feuerwehrmänner die Menschen fortgeschickt hatten, schnitt mit wenigen geübten Handgriffen das Hosenbein über dem Knie ab und zog es herunter. Was sie sah, gefiel ihr gar nicht. Das Knie sah wie ein übler, blutender Knochenbrei aus. Sie bat Jürgen Albers leise: »Pass auf, dass er nicht hinschaut.« Dann legte sie einen Druckverband an den Oberschenkel, um die Blutung zu stillen, deckte die offene Wunde mit einer sterilen Wundauflage ab und verband die Verletzung. Danach stützte sie das Bein mit Kissen und legte eine Schiene an.

»Ist es sehr schlimm?«, fragte der Mann leise. »Ich bin doch mitten im Stallbau.«

Sabine beruhigte ihn. »Das Knie muss gereinigt und geröntgt werden, dann kann man erst genau feststellen, was gemacht werden muss. Sie werden jetzt in ein Krankenhaus gebracht, damit es gründlich und gut behandelt werden kann, ich fürchte aber, mit dem Stallbau müssen Sie ein bisschen warten.«

»Kann ich nicht hier bleiben? Können Sie mich nicht nach Hause fahren, Frau Doktor?«

Sabine schüttelte den Kopf. »Mein Wagen ist nicht ausreichend gepolstert. Sie spüren jetzt nicht viel von Ihrem Knie, weil Sie eine schmerzlindernde Spritze bekommen haben, aber wenn die Wirkung nachlässt, werden Sie für einen ruhigen Transport sehr dankbar sein.«

Aus der Ferne hörte man ein näher kommendes Martinshorn. Scheinwerfer und blaue Blitze durchbrachen wie zuckende Ungeheuer die Nebelwand. Jürgen Albers hatte zwei Treiber an den Kreuzungen aufgestellt, und der Wagen kam problemlos bis zu den Hügelgräbern. Sabine informierte den Notarzt, zwei Sanitäter versorgten den Verletzten, legten ihn mit geübten Griffen auf die Trage und schoben ihn in den Krankenwagen. Der Arzt kletterte zu dem Mann in den Fond, und der Forstmeister stieg in sein Auto. »Ich fahre mit, ich kann ihn jetzt nicht allein im Krankenhaus lassen«, erklärte er Sabine.

»Sehe ich dich heute noch?«

»Ich weiß nicht, wie lange das alles dauert. Rechne nicht mit mir.«

Ein kurzer Gruß mit der Hand, und weg war er. Und Sabine dachte mit Bedauern an die Rebhühnchen und den Glühwein mit dem kleinen, geheimen Schuss Gin. Sie räumte ihre Sachen ein, die Feuerwehr fuhr ab, die Jäger gingen zu ihren Fahrzeugen und die Treiber nach Hause. Die Jagd war zu Ende, bevor sie begonnen hatte.

Als alle fort waren, ging Sabine zu den Hügelgräbern. Eine Informationstafel beschrieb die Beerdigungsriten der Bronzezeit und wies darauf hin, dass Knochenteile und Grabbeigaben im Helmsmuseum von Hamburg zu sehen seien. Müde, durchgefroren und enttäuscht setzte sie sich schließlich in ihren Wagen. Es war ein langer Tag gewesen, erst die Praxis, dann die Hausbesuche, anschließend die Jugendgruppe und zu guter Letzt noch der Unfall. ›Für heute reicht es‹, dachte sie und fuhr langsam nach Hause. ›Aber den Glühwein mit dem Extraschlückchen werde ich auf jeden Fall zubereiten.‹

Zu Hause in der Postablage fand sie einen Brief. An dem Absender sah sie, dass er aus Uelzen kam. ›Der Hartmut Neuberg‹, dachte sie, ›den gibt's also auch noch. Aber der kann warten. Erst die Dusche, dann das Schlückchen und dann der Mann.‹

Nach der Schleppjagd mit dem beängstigenden Unfall hatte sie nichts mehr von ihm gehört. Sie waren mit der Kutsche nach Hause gefahren, der Ball war ausgefallen, und er hatte sie zu einem Abendessen im »Auenkrug« eingeladen. »Als Ersatz für das Fest«, wie er sagte. Aber sie hatte abgelehnt. Ihr war nicht nach Essen und Trinken zumute, und er hatte ihr die Absage übel genommen.

Anscheinend hat er die Enttäuschung überwunden, ging es ihr durch den Kopf, als sie unter der Dusche stand und das Wasser nicht nur den Schmutz des Tages, sondern auch die Müdigkeit und die Enttäuschung, dass sie den Abend allein verbringen musste, fortspülte.

Später, als sie ein Spiegelei statt der Rebhühnchen gegessen und den ersten Schluck vom Glühwein getrunken hatte, öffnete sie den Umschlag.

Förmlich und höflich, wie es seine Art war, begrüßte er sie, fragte nach ihrem Ergehen, erzählte von seiner Arbeit, von Erfolgen und Misserfolgen und kam dann zur Sache: ›Liebste Frau Doktor, Weihnachten steht vor der Tür. Sie sind allein, ich bin allein, wie wäre es, wenn wir das Fest der Liebe zusammen verbringen? Ich würde jeden Vorschlag, der von Ihnen kommt, mit Freude begrüßen und mit Begeisterung akzeptieren. Fahren wir gemeinsam in die Berge? Oder feiern wir zu Hause – bei mir oder bei Ihnen –, oder suchen wir uns ein kuscheliges Heidehotel in Ihrer Nähe? (Aber nicht gerade den sehr schlichten ›Auenkrug‹!) Ich bin mit allem einverstanden und erwarte mit Freuden Ihre zustimmende Antwort. Lassen Sie mich bitte nicht zu lange warten. Ich weiß, dass wir wunderschöne Feiertage zusammen verleben könnten. Sie und ich, wir passen zueinander, wir haben die gleichen Interessen und dieselben Gedanken. Unsere Seelen sind verwandt, das spüren Sie doch auch. Unsere Lebenswege haben sich gekreuzt, ohne dass wir etwas dazugetan haben, so einen Wink des Schicksals muss man ganz einfach nutzen. Also?‹

Es folgten die höflichsten Grüße und herzlichsten Wünsche für die Zeit ›bis zum Wiedersehen‹ und ließen eine sprachlose Sabine auf ihrem Sessel am Kamin zurück.

Zuerst wusste Sabine nicht, was sie denken sollte. Dann wurde sie wütend und schmiss den Brief ins Feuer. ›Was bildet der sich ein, was denkt er, wer ich bin? Kuscheliges Hotelzimmer, gleiche Interessen, Seelenverwandtschaften, ich und er und seelenverwandt? Himmel, womit habe ich das verdient?‹ Entschlossen, die Verbindung zu beenden, und angeregt vom Glühwein, setzte sie sich an ihren Sekretär und schrieb:

›Sehr geehrter Herr Neuberg, Ihren Brief habe ich erhalten. Da ich weder Seelenverwandtschaft noch gleiche Interessen, weder Begeisterung für kuschelige Hotelzimmer noch einen Wink des Schicksals verspüre, muss ich Ihnen mitteilen, dass ich an gemeinsam verbrachten Weihnachtstagen nicht interessiert bin. Ich danke für Ihre Aufmerksamkeiten. Sabine Büttner‹

Sie adressierte den Brief, versorgte ihn mit einer Marke und zog sich an. »Komm, Ronca, es ist noch nicht zu spät. Wir bringen ihn weg und sind ihn los.«

Kurz vor Mitternacht warf sie den Umschlag in den Briefkasten am Rathaus. Dichtes Schneetreiben hatte eingesetzt und verzauberte Häuser und Gärten, Wälder und Wiesen, die Heide und die Straßen in ein nächtliches Wintermärchen.

XXVI

Es war am Tag vor dem Fest, als Sabine sich entschloss, die Einladung von Henriette Süderbloom für den Heiligen Abend anzunehmen und sie in ihrer Hütte zu besuchen. Caspar Winkler war persönlich gekommen und hatte die Einladung überbracht. »Wir möchten ein kleines, schwedisches Lichterfest feiern, und wir sind ganz unter uns. Aber es ist Luuvas erstes Weihnachten, und du, Doktor, solltest dabei sein, das wäre unser Herzenswunsch«, hatte er gesagt und sie bittend angesehen. »Weißt du, es ist für uns nicht so leicht, die deutschen und die schwedischen Gebräuche unter einen Hut zu bringen, aber wir wollen es Luuvas wegen versuchen, und du gehörst dazu.«

Bis zu diesem 23. Dezember hatte Sabine auf einen Vorschlag von Jürgen Albers gewartet, das Fest gemeinsam zu verbringen. Aber er hatte keinerlei Absichten geäußert, und nun wollte sie nicht länger warten. Er war, wie immer, ein paar Mal in der Woche bei ihr, stellte sein Pferd dankbar in den Holzschuppen, den die Burschen im Rekordtempo gebaut hatten, weil er ihnen das Geld für eine gemeinsame Weihnachtsfeier mit Freundinnen im »Auenkrug« versprochen hatte, und genoss die Stunden bei ihr. Sie sprachen über den verletzten Treiber, der mit dem eingegipsten Bein inzwischen wieder zu Hause war und dem die Velo-Truppe mit Olaf Boizenberg beim Stallbau helfen wollte, sie diskutierten die Jagdergebnisse und die Wildfütterungen, sprachen über Probleme des Bürgermeisters, der sich zur Wiederwahl stellen musste, und über die erfolgreiche Reklame im Internet, die den Bauern plötzlich wieder Wochenendtouristen bescherte, weil genügend Schnee für Schlittenfahrten gefallen war. Da die jungen Männer nicht so schnell fahren lernen konnten, einigten sich die Bauern darauf, die Burschen als Begleiter mitzunehmen. Und so fuhren seit zwei Wochen beinahe täglich Pferdeschlitten durch die Heide, begleitet vom hellen Klang kleiner Schlittenglocken und dem forschen Peitschenknallen plötzlich gut verdienender alter Bauern. Ganze Busladungen voller Gäste hatten schon am »Auenkrug« gehalten, um einen Wintertag in der Heide zu genießen. ›Ja‹, dachte Sabine, ›alles läuft bestens, nur zwischen Jürgen und mir läuft gar nichts.‹

Liebevoll packte sie einen kleinen Korb mit Geschenken für Luuva ein. Sie hatte schon im Oktober Reni Lindner, die Mutter vom kleinen Klaus, gebeten, warme Kinderkleidung für das Baby zu stricken, und nun lag ein bunter Stapel von Jäckchen, Mützen, Strampelhöschen und winzigen Handschuhen vor ihr auf dem Tisch. Auch an die Kinder und Jugendlichen vom Heim in Harkenscheidt hatte sie gedacht. Zu ihnen wollte sie am zweiten Weihnachtstag fahren und drei große Kartons mit Büchern und Bastelmaterial verteilen, die über Jochen Bellmann bei den früheren Kollegen im Unfallklinikum Großbresenbek gesammelt worden waren.

›Ach ja, der Jochen, nun wird er also seine Assistenzärztin heiraten‹, dachte sie. ›Sie haben mich zu ihrer Hochzeit eingeladen, und ich werde auch hinfahren, das bin ich dem alten Freund schuldig, aber dann will ich die Beziehung zu diesem Teil meines Lebens beenden. Jochens Idee mit den Büchern für das Kinderheim war sehr gut, aber irgendwann muss ich den Schlussstrich endgültig ziehen.‹

Die Betreuung von Sibahl hatte Jürgen Albers übernommen, der oft an dem Heim vorbeikam und seine kleine Aufgabe sehr ernst nahm. Manchmal erzählte er abends, dass er den Jungen zur Wildfütterung mitgenommen oder mit ihm vom Hochsitz aus ein Rehrudel beobachtet hatte.

›Er ist so ein hilfsbereiter, kluger Mann, wenn er doch nur nicht so verschlossen wäre‹, dachte Sabine. ›Ich mag ihn, aber wenn so gar nichts zurückkommt, wie soll man da Gefühle entwickeln? Damals, bei Bentrop, da schien alles so klar zu sein, man liebte sich, das Prickeln im Bauch schien kein Ende zu nehmen, und das Leben war einfach schön. Bis ... ja, bis zu dem einen, ganz bestimmten Tag und dann war alles aus. Da habe ich endlich gemerkt, dass diese Gefühle nur oberflächlich existierten. Das Prickeln war schön, und dann war es zu Ende. Trauer habe ich nicht empfunden, nur Wut, und die auch nicht aus Enttäuschung, sondern wegen verletzter Eitelkeit. Diesen sturen Förster, den könnte ich wirklich mögen – aber er lässt mich nicht.‹

Sabine schüttelte den Kopf. ›Schluss! Aus! Heute ist Weihnachten, und ich werde mit dem Schäfer, Henriette und dem süßen Baby feiern. Und wenn der Förster hier vor der verschlossenen Tür stehen sollte, dann hat er Pech gehabt.‹

Sie ging nach oben und zog sich um. Sie nahm ein schlichtes sandfarbenes Wollkleid aus dem Schrank, dazu einen braunen Ledergürtel und eine braune Holzperlenkette, die sie sich vor Jahren als Erinnerung aus den Redwoodwäldern Kaliforniens mitgebracht hatte. Beides würde zu den braunen Stiefeletten passen, die sie anziehen wollte.

Bevor sie abfuhr, ließ sie Ronca noch einmal in den Garten, dann nahm sie den Korb mit der Babywäsche, eine Tüte mit Rotweinflaschen für den Schäfer und einen Umschlag mit dem Geschenk für Henriette. Sie hatte lange überlegt, was sie der Heilerin mitnehmen könnte, und dann erinnerte sie sich an ein Gespräch mit dem Schäfer, der ihr von Henriettes Wissensdurst auf Forschung und moderne Medizin erzählt hatte. So hatte sie ein Abonnement über die modernste Fachzeitschrift, die sie im Internet finden konnte, für Henriette abgeschlossen.

Sabine sperrte die Haustür zu und legte ihre Geschenke in den Wagen. Langsam fuhr sie aus der Einfahrt und in Richtung Schlehenweg.

Über die Weihnachtstage war die Praxis geschlossen, aber ein paar Hausbesuche musste sie trotzdem machen. Dann dachte sie an das gemeinsame Essen mit Lotti am Mittag. ›Und danach habe ich sie, beladen mit Geschenken, nach Hause entlassen. Sogar für Horst, diesen pubertierenden Sohn von Lotti, habe ich ein Geschenk gefunden‹, lachte sie zufrieden. ›Ich habe zwar lange überlegt, dann aber kurzerhand einen Fotoapparat gekauft. Vielleicht entwickelt er Interesse am Fotografieren, und so ein Dorffotograf hat im Sommer bestimmt Gelegenheit, das eine oder andere Geschäft mit Touristen zu machen.‹

Sie sah in den Rückspiegel. Ihr Haus verschwand im winterlichen Nebel. Die Straße war glatt, aber wenn sie den Schlehenweg erreichte, würde sie Sand unter die Reifen bekommen, und dann konnte sie unbeschwert weiterfahren. Als sie endlich Henriettes Hütte sah, kam zum ersten Mal weihnachtliche Freude bei ihr auf. Aus der Kate stieg weißgrauer Rauch fröhlich in den Winterhimmel, und eine Kerzenreihe im Fenster lud zum Feiern ein. Sabine parkte den Wagen am Wegrand, nahm ihre Geschenke und stapfte durch den Schnee zum Eingang. ›Gut, dass ich die Stiefeletten angezogen habe‹, dachte sie, ›der Schnee kommt fast oben herein.‹

In der Stube war es wunderbar warm. Der Schäfer nahm ihr das dicke Wintercape ab, und Henriette begrüßte sie mit zwei Küssen auf die Wangen. Hier war sie willkommen, das spürte sie sofort. Luuva lag glucksend und strampelnd in ihrer Wiege, die beinahe schon zu klein war, im Kamin brannte ein herrlich duftendes Feuer, und am Herd hantierte der Schäfer, der einen Lammbraten vorbereitet hatte.

Als es draußen dunkel wurde, zündete Henriette die Kerzen an einem kleinen Tannenbaum und einen Lichterkranz über Luuvas Wiege an. »Er ersetzt uns die Lucienbraut. Später einmal wird uns Luuva als weiß gekleidetes Mädchen mit dem

Lichterkranz auf dem Kopf als Lussibrud erfreuen«, erklärte sie glücklich und hauchte dem Baby einen Kuss auf die Stirn.

Der Schäfer holte sein Geschenk aus einer Tasche. »Wenn schon überall die Lichter angezündet werden, dann darf mein Licht nicht fehlen.« Behutsam wickelte er aus einem Wolltuch eine selbst geschnitzte Weihnachtskrippe. Die schönste Krippe, die Sabine jemals gesehen hatte. Ganz schlicht hatte er aus einem einzigen Stück Eichenholz den Joseph geschnitzt, der mit ausgebreiteten Armen die sitzende Maria mit dem Jesuskind im Arm schützend umschloss. Kreisrund, ohne harte Kanten und glänzend poliert, stand das schlichte Bildnis vor den drei Menschen, und man sah dem Schäfer an, mit wie viel Freude er daran gearbeitet hatte. Henriette stellte eine brennende Kerze davor, und auf dem glatten Holz spielte die kleine Flamme mit Licht und Schatten und ließ die Figuren lebendig werden.

In der Wiege wurde Luuva unruhig. Henriette ging mit ihr in den Schlafraum, um sie zu stillen. »Man kann die Uhr nach ihr stellen, sie ist das pünktlichste Kind, das man sich vorstellen kann«, lachte der Vater.

Auf dem Schlehenweg kam ein Auto näher und hielt an. Vor der Haustür hörte man Schritte, dann klopfte jemand Schnee von den Schuhen, und dann klopfte es an der Tür.

»Erwartet ihr Besuch?« Sabine sah den Schäfer an, »wir sind ganz unter uns, hast du doch gesagt.«

»Sind wir auch, geh' Doktor, mach auf.« Aber bevor Sabine die Tür erreichte, war der Forstmeister schon eingetreten. Der Schäfer sah sie an. »Ganz unter uns, wie ich sagte«, lächelte er verschmitzt, »oder siehst du hier jemanden, der nicht zu uns gehört?«

»Redet ihr von mir?« Jürgen Albers schüttelte beiden die Hand.

»Nein, nur von Fremden, die wir heute nicht gebrauchen können.«

»Hier duftet es nach Weihnachten, nach Kerzen, nach Tannen, nach Bratäpfeln und ...«

»Himmel, meine Bratäpfel, die hätte ich fast vergessen.« Caspar lief zum Herd und holte eine Platte mit leise brutzelnden Äpfeln aus der Backröhre. »Hier, greift zu.«

Sabine, noch immer leicht verwirrt, nahm mit einem Löffel vorsichtig eine heiße Frucht und balancierte sie auf einen Teller. »Köstlich«, nickte sie, »wie hast du die gemacht?«

»Altes Geheimrezept«, grinste der Schäfer, der durchaus gesehen hatte, wie verdutzt Sabine beim Anblick des Försters war. »Aber dir wird es verraten: Also, man nehme aromatische Äpfel, höhle sie aus, fülle sie mit Rosinen, die vierundzwanzig Stunden lang im Rum gelegen haben, träufle Honig über die Füllung und gebe sie in die Backröhre. Ganz einfach, oder?«

Sabine nickte. »Wunderbar.«

»Lass mich probieren.« Und bevor sie reagieren konnte, hatte Jürgen ihre Hand mit dem Löffel und ihrem Apfelbissen in der eigenen Hand und schlürfte begierig die köstliche Frucht. »Danke.«

»Willst du dich nicht ausziehen, Förster?«

»Nein, Schäfer, ich möchte Sabine etwas zeigen, etwas, das sie noch nie gesehen hat.«

»Die Überraschungen nehmen kein Ende«, lachte sie. »Erst Luuvas hübscher Lichterkranz, dann die wunderschöne handgeschnitzte Krippe, dann ein Gast, mit dem ich nicht gerechnet habe, und nun auch noch – ja, ich weiß nicht, was jetzt kommt.«

»Zieh dich an, ich geh' mit dir in den Schnee.« Jürgen besah sich ihre Schuhe. »Nein, mit denen kannst du nicht gehen. Schäfer, hast du ein Paar Ersatzstiefel?«

»Aber ja«. Und zu Sabines großem Erstaunen holte er ihre eigenen alten pelzgefütterten Stiefel aus einer Kammer.

»Aber, das sind doch ...«

»Ja, genau, Lotti hat uns geholfen.«

Sprachlos zog Sabine ihre Stiefel an. »Ist das ein Komplott?«
»Ja«, nickte der Schäfer, »so könnte man es nennen.« Dann half er ihr galant in das warme Wintercape. Der Förster öffnete die Tür, und als sie draußen waren, nahm er einfach ihre Hand. »Komm.«

Wortlos gingen sie über die schneebedeckte Heide langsam einen Hügel hinauf. Nebel hing schwer über dem Land und ließ alle Geräusche verstummen. Nur der Schnee unter ihren Füßen knirschte leise. ›Was wird das alles?‹, dachte Sabine und sah den Mann an ihrer Seite prüfend an. Aber zielbewusst sah er nach vorn, hielt ihre Hand ganz fest und führte sie durch die beginnende Dunkelheit. »Werden wir auch irgendwo ankommen?«, flüsterte sie, um die Stille nicht zu stören.

»Wir sind gleich da.« Elfengleich tanzten Nebelschwaden um sie herum. Schneebedeckte Tannen beugten sich unter der weißen Last, und vom Nebel umwoben standen Wacholderbüsche wie Wächter am Rand, als sie die Anhöhe erreichten.

»Komm, Sabine, und sei ganz leise«, flüsterte Jürgen und zog sie in den Schutz eines großen Wacholderstrauches. Umhüllt vom Nebel und geborgen im Gebüsch, warteten sie einen Augenblick. Dann hörten sie Tritte, viele kleine Tritte, Fell, das sich an Bäumen rieb, Hörner, die aneinander schlugen, leises Blöken, brechende Zweige. Und dann sahen sie das Rudel der Mufflons, die geruhsam an ihnen vorüberzogen. Jürgen Albers hatte den Arm um Sabines Schultern gelegt. Sie wagten kaum zu atmen. Und dann waren die scheuen Tiere fort, im Nebel verschwunden. Die Tritte, das Blöken, das Hörnerschlagen wurde leiser.

In die Stille hinein sagte Jürgen: »Sabine, das wollte ich dir zeigen, denn das ist mein Leben.« Und als sie nickte, fuhr er fort: »Ein Leben, das ich mit dir teilen möchte.«

Er nahm sie inniger in den Arm und strich ihr zärtlich übers Haar. »Ich habe lange gebraucht, um zu begreifen, dass ich ohne dich nicht mehr leben kann. Verzeih mir.«

Alles kam so schnell und so unerwartet. Sabine hatte lange darauf gewartet, jetzt war es geschehen, zu plötzlich. Sie wollte sich zurückziehen und hob protestierend die Hand. Jürgen griff nach ihrem Handgelenk, und seine Finger spürten ihren Puls im gleichen Takt mit seinem Herzschlag. Er zog sie an sich. Ihre Lippen berührten sich. Ihr Mund war warm und weich. Endlich gab sie nach und öffnete sich ihm. Mit einem langen, sehnsuchtsvollen Kuss eroberte er ihren Mund.

Mit den Fingerspitzen strich sie über seinen Nacken. Ein prickelndes Gefühl unbekannten Wohlbehagens lief durch seinen Körper. Sabine spürte den Schauer, der diesen Körper eroberte, und schmiegte sich in seine Arme. Die Spannung zwischen ihnen war schmerzhaft schön und einzigartig. Schweigen breitete sich aus, und das Land schien den Atem anzuhalten.

Jürgen streckte die Hand nach ihr aus, und als sie jetzt ihre Finger in seine warme Hand legte, flüsterte er, sein Gesicht in ihr Haar gepresst: »Ich kann dir gar nicht sagen, wie oft ich davon geträumt habe, genau das hier zu tun.«

»Was zu tun?«

»Dich zu fragen, ob du dein Leben mit mir teilen würdest.«

Sabine sah ihm in die Augen, und in ihrem Blick lag all die Hingabe, die sie für ihn empfand und die sie so tapfer unterdrückt hatte.

Er zog sie an sich, und als sie nickte, nahm er ihr Gesicht in seine Hände und küsste sie so innig, so zärtlich und doch so Besitz ergreifend, dass dieser Kuss alle Zweifel, alle Ängste, alle Fragen beseitigte.

Atemlos ließ er sie schließlich los. »Warum habe ich bloß so lange gezögert, geliebt habe ich dich vom ersten Augenblick an. Damals, als ich von dieser Anhöhe kam und dich im Waldgraben fand, da wusste ich doch schon: Sie ist es, sie ist die Einzige, der ich mein Herz öffnen könnte.« Er sah sie an. »Verzeih mir, dass ich so lange gezögert habe. Aber ich wollte sicher sein, dass du mich magst.«

»Und jetzt bist du sicher?«

»Ja, ganz sicher. So etwas spürt ein Mann. Mein Herz zerreißt mich, wenn du fortgehst, es tut weh, allein zu sein, ich werde sprachlos, wenn du kommst, und wenn ich dich berühren darf, dann strömt eine Freude durch mich hindurch, die unbeschreiblich ist.«

Sabine sah ihn an, glücklich lächelnd bat sie ihn: »Küss mich noch einmal, denn auf diese Freude musste ich lange warten.«

Und während sie aneinander gelehnt ganz neue Gefühle sprechen ließen, lichtete sich der Nebel. Der Himmel wurde klar, und in der Dunkelheit tauchten die Lichter der Dörfer auf. Auendorf mit der Kirche, Moordorf mit der Försterei, Immenburg und Lindenberg. »Unsere Heimat«, flüsterte Sabine, »und mitten drin Henriettes kleine Kate am Schlehenweg. Komm, lass uns gehen, sie werden auf uns warten.«